MYSTERIUM

J'AI LU

ROBERT CHARLES WILSON

Vice versa	*J'ai lu* 3263/**3**
Les fils du vent	*J'ai lu* 3621/**5**
Le vaisseau des Voyageurs	*J'ai lu* 3733/**8**
Mysterium	*J'ai lu* 3949/**5**

ROBERT CHARLES WILSON

MYSTERIUM

TRADUIT DE L'AMÉRICAIN
PAR PIERRE-PAUL DURASTANTI

ÉDITIONS J'AI LU

Collection créée et dirigée
par Jacques Sadoul

Pour Jo: des mondes parallèles.

Titre original :

MYSTERIUM
A Bantam Spectra Book, a trademark of Bantam Books,
a division of Bantam Doubleday Dell Publishing Group, Inc., N.Y.

AVANT

République de Turquie, 1989

L'intérieur des terres. Une plaine sèche. Sous un ciel couleur d'agate, des Américains décapaient les vestiges de constructions en argile.

Le groupe se composait d'étudiants venus sur le terrain valider un diplôme d'archéologie sous la tutelle de quelques profs de fac. Trois semaines plus tôt, ils quittaient Ankara en Land Rover pour s'enfoncer au cœur du plateau central, dans le désert anatolien où un site néolithique attendait depuis neuf mille ans. Ils avaient dressé tentes et W.-C. portables à l'ombre d'un tertre rocheux, et le matin frais les voyait manier la brosse métallique et l'époussette.

Un site aussi réduit que décevant. William Delmonico, un étudiant de troisième cycle, fouillait une parcelle matérialisée par des ficelles tendues entre des piquets, qui n'avait livré que des pierres effilées, équivalents préhistoriques des mégots de cigarette, lorsqu'il mit au jour ce qu'il prit pour un tesson de jade poli – matériau insolite, beaucoup plus intéressant que les silex déjà catalogués par ses soins.

Mais la brosse à dents resta impuissante, et le fragment incrusté dans sa gangue pierreuse. William alerta son tuteur, un enseignant qui goûta la diversion : il considérait déjà que l'été était gâché, avec ces fouilles stériles et répétitives. Ce morceau de verre (et non de jade, malgré la ressemblance frappante) offrait au moins un défi intellectuel à relever. Le professeur assigna à deux vétérans la tâche de l'exhumer et à Delmonico, un grand échalas de vingt et un ans au visage couvert d'une pellicule de sueur, la supervision des travaux.

Trois jours plus tard, un aileron dentelé, vert terne, de la longueur d'un dessus de table, émergeait d'une excavation, mais restait enchâssé dans la terre.

Bizarre. Le plus étrange, c'est qu'on allait devoir faire appel à un expert en matériaux. Il ne s'agissait ni de jade, ni de verre, ni de terre cuite. La substance gardait la chaleur bien après le crépuscule – par des nuits souvent glaciales. De plus, l'objet avait l'aspect illusoire d'un mirage. Qui s'en éloignait le voyait s'amenuiser pour finir par se fondre dans une suture d'air et de sable.

Le lendemain, Delmonico se cloîtrait dans sa tente. Trois ou quatre fois par heure, il vomissait dans un bocal de deux litres alors qu'un vent de tempête secouait la toile et changeait l'air en craie. Tous parlaient de grippe. Ou de dysenterie – il ne serait pas le premier touché. Il se résigna.

Puis des plaies apparurent sur ses mains dont la peau noircit et se détacha des doigts. Les pansements jaunissaient de pus. Il trouva du sang dans ses selles.

Son tuteur le conduisit à Ankara où un médecin des urgences nommé Celal diagnostiqua le mal des rayons. Celal adressa un rapport à son chef du personnel, le chef du personnel une note au ministère de la Santé. Le médecin ne s'étonna donc guère que des militaires débarquent au milieu de la nuit pour emmener le malade en proie au délire. Mystère, se dit-il. Mais il y a toujours des mystères. Le monde est un mystère.

Delmonico mourut seul, une semaine plus tard, confiné dans un hôpital de l'US Air Force. On mit tout son groupe en quarantaine. Ses deux assistants lui survécurent un jour et demi avant de décéder à une heure d'intervalle.

On relâcha, une fois traités, les autres membres de l'expédition. On leur demanda de reconnaître par écrit que la divulgation de ces événements classés secret défense, à qui que ce soit et pour quelque motif que ce soit, pourrait entraîner des poursuites selon l'Official Secrets Act. Bouleversés, égarés, les quatorze survivants signèrent le document présenté.

Un seul devait revenir sur sa parole. Sept ans après la mort de Delmonico, Werner Holden, étudiant en archéologie devenu gérant d'un garage à Portland, en Oregon, confia à un spécialiste des O.V.N.I. qu'il avait assisté à la découverte d'une partie de la coque d'une soucoupe volante sur un site archéologique en Turquie centrale. Le journaliste l'écouta patiemment et promit de vérifier son récit, sans lui dire que l'angle des preuves matérielles était passé de mode – son public voulait de l'intime : enlèvements, réflexions. Un an plus tard, le livre du spécialiste accordait une simple note à ce témoignage. Nul n'intenta de poursuites. Holden mourut en janvier 1998 d'un lymphosarcome galopant.

Une section dotée de pelles et de tenues protectrices retira l'Anomalie de Jade – comme Delmonico l'avait baptisée – des fouilles abandonnées. Plutôt que de cuire en plein soleil dans leurs tenues doublées de plomb, les soldats travaillèrent du crépuscule à l'aube sous des projecteurs. Il leur fallut trois nuits pour déterrer un pan d'un matériau homogène, un peu incurvé, de 10,6 cm d'épaisseur, à la découpe irrégulière. Un observateur le compara à un bout de coquille d'œuf, « pourvu qu'on imagine un œuf assez gros pour qu'en éclose une limousine à six portes ». Sa radioactivité, très élevée, dans les longueurs d'onde voisines des 1 Nm, diminuait pour devenir indétectable à partir d'un mètre. Nul n'essaya d'expliquer cette violation flagrante d'une loi de la physique.

On conclut un accord secret d'évacuation avec l'Etat turc. Gainé de plomb, placé dans un container anonyme au fond de la soute d'un avion de transport Hercules, l'objet quitta une base de l'O.T.A.N. pour les Etats-Unis. Sa destination finale ne fut pas divulguée.

Alan Stern, récent prix Nobel de physique, arpentait un hôtel du Massachusetts pour assister à une conférence sur la théorie inflationniste quand il fut abordé par un jeune homme en costume trois pièces, plutôt incongru au milieu de cette foule de thésards livides, d'universitaires cossards, d'astrophysiciens barbus et autres savants au crâne dégarni. Son air d'autorité tranquille intrigua tant et si bien ce professeur – lui-même barbu et chauve –, qu'il accepta de suivre le jeune homme au bar, où celui-ci le déçut aussitôt en lui proposant un boulot.

– Pas question de secret, dit Stern. Je publie, sinon rien. D'ailleurs, la recherche militaire est dans l'impasse. C'est fini, la guerre froide. On a oublié d'informer la commission des finances adéquate ?

Le jeune homme resta de marbre.

– Il ne s'agit pas d'un projet militaire au sens strict.

Il s'expliqua davantage.

– Mon Dieu, murmura Stern quand l'autre eut terminé. C'est vrai ?

Ce soir-là, Stern, encore enflammé par les propos de son jeune interlocuteur, s'ennuyait ferme à la conférence d'un mathématicien de Cambridge usant du langage de la théorie des ensembles pour soutenir le principe anthropique. Il tira un carnet de sa poche et l'ouvrit sur son genou.

Dieu est la racine du Tout, écrivit-il. *Il est l'Ineffable qui réside dans la Monade.*
Seul dans le silence.

La construction du laboratoire de recherches en physique de Two Rivers, dans le nord du Michigan, sur une parcelle qu'une tribu ojibwa appauvrie avait cédée au gouvernement dura six mois.

La localité voisine accepta les installations sans protester. Two Rivers, née autour d'une minoterie, avait survécu grâce à la chasse et à la pêche et tenait désormais le rôle de banlieue pour les adeptes du télétravail. On avait redécoré la grand-rue avec de faux réverbères à gaz et de fausses briques. Une cafétéria gastronomique avait ouvert près du *Baskin-Robbins*. Certains se plaignaient que le ski nautique chasse les canards du lac Merced. Les pêcheurs, eux, affrétaient des charters pour fuir l'avancée de la civilisation, mais la ville prospérait pour la première fois depuis trente ans.

Le conseil municipal ne débattit guère de l'édification du laboratoire. Les équipes et leurs engins remontaient, de nuit, la nationale et abordaient le site par l'ouest en suivant une ancienne route de bûcherons. On avait cru que la population bénéficierait de retombées en matière d'emploi, mais l'espoir s'éteignit. Le personnel arriva en camion, aussi discrètement que les blocs de béton et les parpaings ; il y eut du travail, temporaire, pour les gens du cru, grâce à la pose de grosses canalisations d'eau et de lignes électriques à haute tension. Une fois le complexe devenu opérationnel – pour Dieu sait quelles recherches clandestines –, les employés restèrent à l'écart. Ils étaient logés – ou parqués – dans une caserne, effectuaient leurs achats dans une coopérative militaire. S'ils venaient quelquefois à Two Rivers par groupes de deux ou trois pour organiser des parties de pêche, boire un verre dans un bar ou voir un film au complexe multisalles de la galerie marchande, en règle générale ils évitaient tout contact.

Dexter Graham, un professeur d'histoire au lycée John Fitzgerald Kennedy, fut l'un des rares à manifester une quelconque curiosité envers ces installations dont il expliqua à sa fiancée, Evelyn Woodward, qu'elles n'avaient aucun sens.

– Consacrer des fonds à la défense nationale, c'est de l'histoire ancienne. Si tu lis les journaux, tous les budgets de recherche militaire subissent des coupes sombres. Et nous voilà avec notre petit projet Manhattan. Comme si la bombe atomique restait à inventer.

Evelyn tenait une pension de famille en bordure du lac, dans un paysage qui, vu des baies vitrées du premier étage, prenait des allures de carte postale. Dex s'était éclipsé de sa réunion pédagogique du vendredi afin de la rejoindre pour ce qu'elle appelait le « goûter coquin ». Ils en savouraient les effets – le lit frais, les rideaux ondoyant dans les longs soupirs d'un air empreint d'une fragrance de pin. Evelyn avait abordé le sujet du laboratoire car son nouveau pensionnaire, un jeune homme du nom d'Howard Poole, y travaillait.

– Etonnant, dit Dex en prenant une pose alanguie sous le drap de coton. Il s'est échappé du camp ? Je n'ai jamais entendu parler d'un employé qui habite en ville.

– Tu es d'un cynisme ! rétorqua Evelyn. Selon lui, ils ont trop de personnel pour les logements disponibles en ce moment. Il a dû perdre au petit jeu des chaises musicales. De toute façon c'est provisoire, l'affaire d'une semaine. Et puis il voulait visiter la ville.

– Quelle admirable curiosité !

Vaguement agacée, elle s'assit sur son séant et tendit la main vers son collant. Le pessimisme de Dex commençait à lui porter sur les nerfs. A quarante ans, il raisonnait déjà comme le concierge de son lycée, un édenté toujours à vitupérer contre « le gouvernement ».

Elle craignait qu'il ne gâche le dîner d'Howard Poole. Elle espérait que non. Elle aimait bien ce jeune homme timide, vulnérable. Son accent new-yorkais la charmait. Il devait venir du Bronx ou de Queens – deux endroits qu'Evelyn, qui n'avait jamais dépassé l'est de Detroit, ne connaissait que par ses lectures.

Elle s'habilla et descendit à la cuisine afin de préparer la salade et le coq au vin pour ses convives, Dex, Howard et une certaine Mme Friedel, arrivée de Californie. Ce faisant, elle fredonnait un petit air, distraite, le corps encore alangui de ce qui s'était passé dans la chambre. Des rayons de soleil rampaient sur le sol de lino et la planche à découper.

Le repas se passa mieux que prévu. Mme Friedel l'anima d'une voix douce, évoquant sa traversée du pays, et le plaisir que son défunt mari y aurait pris. Le coq au vin mit tout le monde de bonne humeur, mais le temps devait aussi y être pour beaucoup : un beau crépuscule de printemps, la première soirée clémente de l'année. Howard Poole, assis en face d'Evelyn, souriait souvent sans mot dire. Il grignotait, plus gourmet que gourmand. Les couleurs vives du couchant que laissait entrer la fenêtre se reflétaient sur les ovales jumeaux de ses lunettes, voilant son regard.

Dex attendit le cake à la cannelle pour aborder le sujet tabou.

– Il m'a semblé comprendre que vous travailliez à l'usine d'armement, Howard.

Evelyn se crispa. Mais Howard resta impassible, haussant ses maigres épaules.

– Je ne l'ai jamais envisagé sous cet angle, monsieur Graham.
– Les journaux disent « un laboratoire gouvernemental ».
– Oui.
– Qu'est-ce qu'on y fait, au juste ?
– Je viens d'arriver. Je ne peux pas vous répondre.
– Autrement dit, c'est un secret ?
– Autrement dit, j'aimerais être au courant.
Evelyn décocha en catimini un coup de pied à son amant et demanda à la ronde d'une voix pimpante :
– Du café ?
– Volontiers, répondit Howard.
Dex sourit et hocha la tête.

Curieusement, Mme Friedel voulait partir sitôt le dîner fini. Evelyn ne put se retenir, tout en calculant la note, de lui faire part de son inquiétude.
– Vous allez rouler de nuit ?
– En temps normal je m'abstiendrais, lui confia la veuve. Et je ne crois pas aux prémonitions – vraiment. Mais celle-là m'a secouée. Je me suis octroyé une sieste cet après-midi. Et Ben m'a parlé. En rêve.
– Votre mari ?
– Oui. Il m'a dit de boucler mes valises. Il n'avait pas l'air contrarié, juste soucieux. (Mme Friedel rougit.) Je sais ce que vous pensez. Je ne suis pas folle, mademoiselle Woodward – inutile de me dévisager.
Au tour d'Evelyn de rougir.
– Oh, non. Je vous en prie, madame Friedel. Il faut suivre son instinct, je l'ai toujours dit.
Pourtant, elle avait une drôle d'impression.

La vaisselle terminée, Evelyn alla comme chaque soir se promener avec Dex.
Ils traversèrent Beacon Road pour gagner la rive du lac. Des moucherons voltigeaient sous les réver-

bères, mais ce n'était pas encore la saison des moustiques. La brise était douce, le fond de l'air à peine frais.

– Quand on sera mariés, je compte sur toi pour laisser les pensionnaires en paix, dit-elle.

Dex saisit le message et prit une expression contrite.

– Bien sûr. Loin de moi l'idée de le vexer.

En son for intérieur, elle reconnaissait que le pire avait été évité. Mais elle redoutait l'obstination de Dex, le chagrin qu'il portait en lui.

– J'ai bien vu que tu te retenais.

– Howard est sympa, dans le genre petit génie. La proie idéale du chasseur de têtes. Il ignore peut-être tout du labo.

– Et s'il ne s'y passait rien ? Enfin, rien de grave.

– Possible.

– En tout cas, je suis sûre que c'est sans danger.

– Oui, comme Tchernobyl. Jusqu'à ce que ça pète.

– Merde, ce que tu es parano !

Il s'esclaffa à la vue de son air consterné ; une seconde plus tard, elle riait aussi. Puis ils longèrent en silence la rive du Merced.

Sous les étoiles, des vaguelettes léchaient les pontons. Sur le chemin du retour, Evelyn frémit, boutonna son cardigan.

– Tu restes, ce soir ? demanda-t-elle.

– Si tu veux.

– Bien sûr que oui.

Dex passa un bras autour de sa taille.

Par la suite, il repenserait à sa remarque sur Tchernobyl.

Une prémonition, comme celle de Mme Friedel ? Une sensation subliminale qui échappait à l'esprit conscient ?

Routarde, la chatte tigrée d'Evelyn, avait tourné

en rond dans la chambre toute la soirée jusqu'à ce que sa maîtresse, perdant patience, la laisse sortir. Et si l'animal avait perçu de faibles radiations qui franchissaient les eaux noires ?

Qui sait ? Qui sait ?

Il ouvrit les yeux peu après minuit.

Englué dans le sommeil, il sentait Evelyn à ses côtés, il entendait sa respiration, longs soupirs délicats. Qu'est-ce qui l'avait éveillé ? Un bruit ?

Oui. A la fenêtre. Un tapotement irrégulier, métallique.

Il se tourna et vit une silhouette qui se découpait sur fond de ciel étoilé. Routarde était montée sur le toit du garage, avait gravi la pente de bardeaux et demandait à entrer. A coups de griffes sur la vitre. *Tac-scratch*.

– Va-t'en, marmonna Dex.

Un vœu pieux. *Tac-tac*.

Il se leva, enfila ses sous-vêtements. La chaleur du jour avait fui ; la chambre était glaciale. La chatte debout sur ses pattes de derrière se pressait contre le verre. Etrange posture. Le clair de lune nimba Dex qui se tourna et aperçut son reflet dans le miroir de la coiffeuse. Les poils noirs et frisés sur son torse, les grandes mains contre ses cuisses, le visage émacié à moitié dans l'ombre, les yeux fatigués, quarante et un ans en août... Un vieux.

Il actionna la clenche, souleva le châssis de la fenêtre à guillotine. Routarde bondit, traversa le tapis ventre à terre et, plus frénétique que jamais, sauta sur le lit. Evelyn frémit dans son sommeil.

– Dex ? murmura-t-elle. Que... ?

Elle roula sur elle-même avec un soupir.

Il se pencha dans la fraîcheur nocturne.

Two Rivers dormait, calfeutrée dès minuit, malgré les douces températures de cette fin de semaine. Le bruit de la circulation s'était tu. Dex entendit le gazouillis lointain d'un huard chassant sur le lac. Les arbres parés de leur feuillage printanier bruissaient. Un chien aboya, au bout de Beacon Road.

Soudain, inexplicablement, un rayon lumineux déchira le ciel. A l'est, sur la rive opposée. Issu de l'usine d'armement. Il jetait des ombres fugaces, jouait sur l'eau tel un éclair. La pièce s'embrasa.

Projecteur ? Fusée éclairante ? Dex n'y comprenait rien.

Evelyn se redressa, alarmée, tout à fait réveillée.

– Dex ! Qu'est-ce qui se passe ?

Il n'eut pas le temps de répondre. Un autre rayon coupa le méridien du ciel, puis un troisième. Fins comme des faisceaux laser. Une arme testée là-bas ? Puis la lueur enfla, telle une bulle de savon, englobant le lac, la ville, la chambre d'Evelyn et lui. La pièce enflammée pivota, oscilla sur un axe invisible en décrivant des cercles de plus en plus larges jusqu'à réduire la conscience de Dexter Graham à un point, à une singularité dont la pulsation se noya dans un océan de lumière.

Two Rivers et le laboratoire fédéral situé sur ses abords disparurent un samedi de la fin mai, quelques heures avant l'aube.

Les incendies se déclarèrent peu après.

Ils permirent d'expliquer la destruction de la localité. On n'avait jamais caché l'existence d'installations militaires sur d'anciennes terres indiennes (ni précisé la nature du projet). Le secrétariat à la Défense souhaita dissocier ces deux faits malencontreux. Selon la version officielle, ville et laboratoire disparurent dans les flammes. Les divers foyers, simultanés, pouvaient résulter d'éclairs de chaleur, anormaux en pareille saison. Le feu avait encerclé et dévasté l'agglomération sans laisser le temps d'y trouver une parade. L'holocauste réduisit en cendres la quasi-totalité du comté de Bayard au cours de la catastrophe naturelle la plus meurtrière de toute l'histoire des Etats-Unis ; on compta des dizaines de milliers de victimes. Les membres des commissions nommées pour enquêter sur le terrain furent triés sur le volet.

Il y eut des questions, bien sûr. Une ville de la taille de Two Rivers, c'est un important dépôt de pierre, de goudron, de ciment, d'acier – tout ne part pas en fumée. Où étaient les fondations, les cheminées, la maçonnerie, les briques ? Et les *routes* ? Les barrages dressés à la hâte restèrent longtemps en place. Des bataillons de bulldozers les franchirent dès le feu maîtrisé – officiellement pour dégager la nationale. Mais selon un retraité des travaux publics qui vivait à l'est du front d'incendie, on avait plutôt l'impression qu'ils la *reconstruisaient*.

Des mystères demeuraient : étranges lueurs ; coupure de toutes les communications téléphoniques bien avant l'arrivée des flammes ; selon une quinzaine de civils, la route à l'est et à l'ouest s'achevait net devant des arbres et des fourrés. Les lignes électriques, coupées aussi, traînaient par terre ; certains les tenaient pour responsables de l'incendie.

Mais ces énigmes furent vite oubliées de tous, hormis les quelques spécialistes ès fantômes, pluies de pierres et autres combustions spontanées.

Officiellement, on ne relia jamais ce désastre au cas de Wim Pender, retrouvé errant dans un état d'hébétude le long de l'accotement herbu de la nationale 75. Il affirmait être parti camper et pêcher dans le « nord de la province des Mille Lacs » avec deux compagnons dont il avait été séparé quand il y avait eu « une boule de lumière et de flammes en pleine nuit au sud de notre position ».

En guise d'adresse, il donna un numéro dans une rue de Boston inexistante. Il avait soi-disant perdu portefeuille et papiers en fuyant l'incendie. Son sac à dos ne contenait qu'une gourde vide, deux boîtes de conserve étiquetées, en français, MIETTES DE THON et un testament apocryphe, *Le Livre secret de Jacques en langue anglaise*, imprimé sur du papier de riz et relié similicuir.

Lorsque les déclarations de Pender versèrent encore plus dans le délire – il accusa notamment les Eaux et Forêts et l'aide sociale du Michigan de ne compter que « mahométans, serviteurs de Samuel ou pire » –, on le mit en observation dans un service psychiatrique à Lansing.

Le 23 juin, on le déclara inoffensif et on le relâcha. Il se rendit à Detroit, où il passa l'été dans un refuge pour sans-abri.

Novembre fut glacial cette année-là. Durant une chute de neige précoce, Pender quitta son lit et consacra ses derniers dollars à l'achat d'un ticket de bus, car les autobus municipaux étaient chauffés. Son trajet le long du fleuve l'emmena à Southgate, où il descendit devant une scierie désaffectée. Il monta au dernier étage, déboucla sa ceinture, s'en confectionna un nœud coulant rudimentaire et se pendit à une poutre.

On trouva un mot épinglé à sa chemise :

LE ROYAUME DES MORTS APPARTIENT
À CEUX QUI SE DONNENT LA MORT.
JACQUES L'APÔTRE.
JE NE SUIS PAS FOU.
SIGNÉ WIM PENDER DE BOSTON

PREMIÈRE PARTIE

MYSTERIUM

Le néant qui précède la création de l'univers est un chaos impondérable et inconscient qui n'a ni matière, ni vide, ni temps, ni mouvement, ni chiffre, ni logique. Et pourtant, l'univers en provient selon une loi encore incomprise – une loi qui, en gouvernant le rien, produit tout !

On peut l'appeler le noûs. *L'Esprit idéal. Ou encore le* protennoia. *Le Dieu incréé.*

Extrait du journal intime d'Alan Stern

1

Quand Dex Graham reprit connaissance, il avait le soleil dans les yeux et le motif du tapis de la chambre d'Evelyn Woodward imprimé en creux sur la joue. Son corps transi était raide et perclus de crampes.

Il se redressa tant bien que mal, l'esprit en déroute. Sa dernière nuit sur un plancher remontait à la fac : au matin d'une monstrueuse fiesta, il s'était retrouvé étalé dans son dortoir, lesté d'une gueule de bois carabinée, sans savoir ce qu'était devenue la blonde qui l'avait ramené dans sa Mustang. Engloutie par la brume. Comme tout le reste.

Il frissonna sous un souffle d'air frais venu de la fenêtre. Il l'avait ouverte ? Les rideaux s'agitaient devant un ciel de porcelaine bleue. La journée était calme, sans autre bruit que le caquetage des oies du Canada sous les pontons.

Il se mit debout, lentement, et vit Evelyn recroquevillée dans une fausse position, sous un amas de draps, la main traînant par terre. Routarde gisait en travers de ses pieds.

Il avait bu ? Oui, ou non ? Il éprouvait les sensations familières – le malheur qui guette, les mauvais présages de la nuit prêts à se dévider dans sa tête.

Alors il se tourna vers le lac. *Ah, merde, oui – l'usine d'armement.*

Il se souvint des rais de lumière poignardant la voûte étoilée, du carrousel de la pièce autour de lui.

Le Merced était tranquille. Les pontons luisaient sous un soleil voilé. Les mâts des bateaux de plaisance dansaient au gré de la houle. Et derrière les pins qui se pressaient à l'autre bout du lac, un panache de fumée montait de l'ancienne réserve ojibwa.

Dex darda son regard dans cette direction tout en essayant de jauger la situation. Le souvenir de Tchernobyl lui revint. A l'évidence, il y avait eu un accident. Ce qu'il avait vu, sans être une explosion nucléaire, pouvait se révéler tout aussi catastrophique – la fusion du cœur d'un réacteur, par exemple. La fumée décrivait des cercles paresseux. Comme le vent soufflait de l'ouest vers le laboratoire, la ville n'avait rien à craindre des retombées. Du moins aujourd'hui.

Jamais une explosion n'expliquerait six ou sept heures d'inconscience. Et son cas n'était pas isolé. Beacon Road vide, sauf pour une volée d'étourneaux. Quais et passerelles déserts sous le soleil. Ni plaisanciers ni pêcheurs.

Pris de peur, il fit volte-face.

– Evelyn ? Ev, tu es réveillée ?

A son immense soulagement, elle frémit, soupira. Cilla devant l'éclat du jour.

– Dex. (Elle se racla la gorge, bâilla.) *Ferme le rideau.*

– Faut se lever, Evie.

– Hein ? (Calée sur un coude, elle plissa les paupières pour lire l'heure.) Merde, *le petit déjeuner* ! (Elle se leva, flageolant sur ses jambes, et passa sa robe de chambre.) Je sais que j'ai mis la sonnerie ! On doit crever de faim, ici !

Le réveil était un vieux modèle à clé. Elle l'a peut-être remonté, se dit Dex. Il a aussi bien pu ne pas se déclencher que sonner sans qu'on l'entende.

Et si on allait mourir d'irradiation ? Comment savoir ? On vomit ? Il était courbatu – après tout, il avait dormi par terre. Mais malade ? Non.

Evelyn se précipita dans la salle de bains et en ressortit aussitôt, perplexe.

– Plus de lumière, là-dedans.

Il appuya sur le commutateur de la chambre. Aucun résultat.

– Les fusibles, dit-elle, songeuse. Ou une coupure... Qu'est-ce que tu as, Dex ? Si tu voyais ta tête ! (Elle fronça les sourcils.) Tu étais à la fenêtre hier soir, non ? Je me rappelle, maintenant. Tu as laissé entrer Routarde...

Il acquiesça.

– J'ai vu un éclair, reprit-elle. Un orage magnétique ? La foudre a pu tomber sur le transformateur de la mairie. La dernière fois, on est restés six heures dans le noir.

Pour toute réponse, il la prit par le bras, l'amena devant la fenêtre. Elle s'abrita les yeux pour observer l'autre rive.

– Ça vient de l'usine d'armement, dit-il. Et la foudre n'y est pour rien, Ev. Je parierais plutôt pour une explosion.

– C'est pour ça qu'il n'y a plus de courant ?

Sa voix prenait un ton craintif. Elle crispa ses doigts sur les siens.

– Qui sait ? En tout cas, le vent refoule la fumée. C'est bien.

– Et la sirène ? Elle se déclenche, en cas d'incendie, non ?

– Les pompiers sont peut-être déjà sur place.

– Je n'ai rien entendu. La caserne est à côté. La sirène me réveille toujours. Tu l'as entendue, toi ?

– Non.

– C'est trop calme, Dex. Ça m'inquiète.

– Occupons-nous du petit déjeuner. Et si on écoutait le transistor, dans la cuisine ? Il marche sur piles.

Elle sembla réfléchir à sa suggestion et la juger acceptable... faute de mieux.

– On a tous faim, j'imagine. Bon. Je finis de m'habiller.

On était hors saison. Mme Friedel partie, Howard Poole restait le seul pensionnaire – et il n'était pas descendu.

Evelyn inspecta sa cuisine. Four, électrique. Frigo, déjà tiède.

– On en est réduits aux céréales. Jusqu'à ce que le lait tourne.

Dex trouva le Panasonic dans le placard à fournitures. Les piles n'étaient plus neuves, mais ça marcherait peut-être. Il le posa sur la table, déploya l'antenne et l'alluma.

Un crépitement de parasites retentit sur la fréquence de W.Q.B.X. Les piles étaient bonnes, mais le relais de Coby, cent kilomètres à l'est, restait muet. La station émettrice la plus proche se trouvait à Port Auburn. Ni Evelyn ni lui n'aimaient sa country à tout crin. Il faudra bien s'en contenter, se dit-il. Il tourna le bouton de recherche.

Rien.

– Elle doit être bousillée, dit Evelyn.

Il n'y croyait guère, mais sinon ? Dix ans auparavant, il aurait envisagé la guerre totale, l'apocalypse tant redoutée, la destruction du reste du monde. Le cas de figure semblait dépassé. Même si un Russe enfonçait un vieux bouton rouge, la civilisation survivrait. Jamais une bombe ne détruirait Port Auburn ni n'empêcherait sa station d'émettre.

Un accident au laboratoire de Two Rivers, un transistor grillé dans un poste. Il aurait voulu relier les deux, mais il n'y arrivait pas.

Il tournait toujours le bouton quand Howard Poole entra. T-shirt blanc, jean du dimanche déchiré au genou, expression de confusion somnolente.

– J'ai dû louper le petit déj'.

– Céréales froides, et on allait commencer, dit Evelyn d'une voix pétulante. Il n'y a plus d'électricité, au fait. Vous avez peut-être remarqué.

– Un problème à l'usine d'armement, intervint Dex, retenant aussitôt l'attention du jeune homme.

– Quel genre ?

– Comme une explosion cette nuit, d'après ce que j'ai vu d'en haut. Il y a de la fumée. La ville dort encore et la radio est muette.

Howard s'attabla. Il semblait avoir du mal à assimiler la nouvelle.

– Merde. Le feu au labo ?

– Oui, je crois.

– Merde.

A ce moment-là, Dex capta une voix masculine, ténue, noyée sous les parasites. Il monta le son sans résultat probant.

– Pose-le sur le frigo, dit Evelyn. Il marche toujours mieux ainsi.

Il s'exécuta. La réception s'améliora quelque peu, mais le signal se perdait et revenait sans cesse.

Soudain l'émission devint audiblc, puis disparut pour de bon. Dex éteignit le poste.

– Quelqu'un a compris ? demanda Evelyn.

– Peut-être un flash, répondit Howard avec prudence.

– Ou un feuilleton radiophonique, dit Evelyn. C'est ce qu'il m'a semblé.

Dex secoua la tête.

– La radio n'en diffuse plus depuis 1950. Il a raison. C'était un bulletin d'informations.

– Mais... (Evelyn eut un petit rire perplexe.) J'ai cru que le présentateur parlait des Espagnols. D'une guerre avec les Espagnols.

– Tu as bien entendu, dit Dex.

Quand la voix blasée s'était détachée des parasites, il avait saisi quelques mots, dont le premier était « annoncé ».

... annoncé des succès écrasants sur le front du Jalisco dans la guerre contre les Espagnols. Les pertes sont légères et les villes de Colima et Manzanillo contrôlées par les alliés. Dans le Bahia, les débarquements de véhicules amphibies...

Le bruit blanc avait alors englouti la voix.

– Excusez-moi, dit Howard, mais c'était quoi, ce putain d'accent ? Un croque-mort norvégien sous calmants ? Et les Espagnols ? La dernière fois qu'on leur a fait la guerre, c'était en 1898 ! C'est forcément une blague. Ou une pièce radiophonique, là je suis d'accord avec Evelyn.

– Comme pour Halloween. Ils ont programmé ce vieux truc d'Orson Welles, l'adaptation de *La Guerre des mondes*.

– Halloween est passé, dit Dex.

Evelyn le fusilla du regard.

– Et alors, tu trouves ça normal ? On est en guerre avec *l'Espagne* ?

– Je n'en sais rien. Je n'y comprends rien. Moi aussi, je me demande ce qui nous arrive, Evie. Mais n'essayons pas de nous raccrocher à la première explication venue.

– Ah, c'est ce que je fais, à ton avis ?

Elle haussait le ton. L'échange aurait viré à la dispute – du moins à l'un de ces débats acerbes nourris moins de colère que de peur – si la sirène des pompiers n'avait retenti et si deux véhicules n'étaient passés en trombe sur Beacon Road.

– Dieu merci, dit-elle. Enfin quelqu'un qui réagit.

– Une minute, murmura Howard.

Il avait comme un mauvais pressentiment.

– Les pompiers, indiqua Evelyn. Ils doivent foncer vers la réserve indienne.

– Merde, non, dit Howard.

Dex, sans comprendre, le regarda se lever et courir vers l'entrée.

A 8 heures, Dick Haldane sortit d'un sommeil troublé et vit, par la baie surplombant l'extrémité orientale du lac Merced, de la fumée monter de la réserve ojibwa.

Il était hélas chef suppléant des pompiers volontaires de Two Rivers. Le capitaine et la plupart des administrateurs se trouvaient à Detroit pour un séminaire sur la mise à jour des normes de sécurité internationales. Et il écopait d'une urgence : plus d'électricité ni de téléphone. Et, le pire de tout : plus d'eau – le réservoir des W.-C. de la salle de bains émit un dernier soupir quand il tira la chasse. Comme la ville était alimentée par un château d'eau situé au nord du comté, le problème pouvait être local... ou plus étendu, et l'idée d'un incendie se propageant faute de moyens de lutte appropriés était une de ses hantises. Obligé de réagir, Haldane sauta dans sa vieille Pontiac et roula comme un dératé jusqu'à la caserne.

Le laboratoire de recherches était censé disposer de sa propre équipe anti-incendie et personne n'avait dit à Haldane que les installations tombaient sous sa juridiction. Au contraire. Un agent du secrétariat à la Défense avait eu un long entretien avec la commission municipale d'incendie : les brigades de volontaires n'interviendraient qu'en cas d'appel ; et, selon Complet Veston, autant espérer entendre Dieu tout-puissant au bout du fil...

Le panache gris s'élevait toujours dans le ciel calme.

Il garda sous le coude les permanents de nuit et attendit l'arrivée de l'équipe de jour. Les deux générateurs de la cave fournissaient le courant nécessaire à la radio, mais nul ne répondait. Il voulut joindre la mairie, le domicile du maire. Chou blanc. Toute cette pagaille pour sa pomme.

En 1962, un incendie avait ravagé la forêt domaniale au nord de la ville. Haldane, âgé de vingt ans, avait été de ceux qui ménageaient les coupe-feu. Depuis, il avait vu beaucoup de foyers, sans qu'aucun ne le terrifie à ce point. Il se figura la réserve du temps des Indiens : des prairies herbues, des pins sauvages et les quelques huttes des traditionalistes, rasées avant l'érection d'un périmètre de sécurité : *Secrétariat à la Défense, Entrée interdite, Ici sont les Tigres*. Mais le feu, comme Haldane le dit à ses hommes, se fiche des barrières.

Vu de la caserne, ce foyer ne présentait aucun caractère de gravité pour l'instant, mais il ne serait pas dit qu'une forêt avait brûlé parce que Dick Haldane attendait un coup de fil.

Il laissa le C.C.F. à la caserne, mais envoya une Echelle sur le site. Il suivait dans le V.L.T.T., un break rouge équipé d'un projecteur.

La sirène déchira la tranquillité de ce samedi amorphe. En cette étrange matinée, la ville peinait à s'éveiller. Il vit des gosses en pyjama, des gens sortis pour regarder passer le petit convoi. On réclamait la télé, le téléphone. Il se posait la même question. L'urgence concernait le projet fédéral, mais comment cet incendie, même grave, pouvait-il isoler la ville ? Il fallait une saute de courant, ou un court-circuit sur l'une de ces lignes à haute tension posées l'an passé. De toute sa carrière, et c'était sa seule certitude, il n'avait jamais rien connu de tel.

Ils dévorèrent les six kilomètres de nationale qui séparaient Two Rivers de l'embranchement menant au complexe par un chemin de terre. Avec les subventions fédérales, ils auraient pu goudronner l'accès, se dit Haldane. Ses reins se plaignaient des nids-de-poule et des ornières. La forêt devenait plus dense et, même s'il apercevait par endroits la colonne de fumée, il dut attendre le faîte d'un escarpement qui surplombait le site pour discerner le laboratoire proprement dit.

Il franchit la crête, écrasa la pédale de frein, et faillit pourtant entrer en collision avec l'arrière de l'Echelle. Qui conduisait le camion ? Tom Stubbs, oui. Tom avait dû rester comme deux ronds de flan devant la scène, lui aussi.

Le laboratoire de recherches, un ensemble de bunkers en béton, était tapi sur l'esplanade goudronnée qui remplaçait le centre social. Au nord, un immeuble administratif et, au sud, une résidence dont les bâtiments de stuc paraissaient tout droit venus d'une banlieue de Los Angeles.

Deux bunkers avaient essuyé une explosion. Murs noircis, toits affaissés. La fumée grasse s'élevait d'un troisième bâtiment, plus central et bien plus endommagé. Pas de flammes, nota Haldane.

Mais ça, ce n'était rien, somme toute. Le plus stupéfiant, à ses yeux, c'était le voile de lumière bleutée qui nimbait le site.

Quelques années plus tôt, il avait pris ses vacances dans l'Ontario en compagnie de deux collègues pompiers et d'un agent immobilier du coin. Partis pêcher à la mouche dans la région des lacs, au nord du Supérieur, ils avaient pendant une semaine trouvé l'équilibre presque parfait entre sport, ébriété et machisme. Mais il gardait avant tout le souvenir de la nuit glaciale où, dans un ciel pailleté d'étoiles, une aurore boréale dansait sur l'horizon.

Cette lueur l'évoquait. Même nuance fugace, changeante. Il n'aurait jamais pensé avoir l'occasion de l'observer en plein jour. Ni la voir englober ce béton et ces briques comme un champ de force digne d'un film de science-fiction.

Transparence et opacité : certains détails restaient masqués ici et là. Mais Haldane remarqua une autre singularité : plus il fixait un point précis, moins il le distinguait. Il scruta le bâtiment central, à peut-être neuf cents mètres du sommet de l'escarpement, et son image vacilla. Au bout de dix secondes, il vit une confusion de couleurs.

Il secoua la tête, histoire de s'éclaircir les idées.

La radio crépita. Stubbs, qui l'appelait du camion. Il saisit le micro.

– Stubbs, tu m'as foutu la peur de ma vie, j'espère que tu en as conscience.

La voix de l'autre émergea d'un océan de parasites, comme s'il se trouvait à des kilomètres de là, et non à quatre ou cinq mètres.

– Chef, c'est quoi, ce foutoir ? On fait demi-tour ?

– Je ne vois personne combattre l'incendie.

– On devrait peut-être attendre les flics.

– Montre-nous que t'as des couilles, Tom. Ote-moi ton pied de ces freins.

L'Echelle s'ébranla.

Au même moment, Clifford Stockton repérait le feu.

Clifford, que sa mère et plusieurs tantes s'obstinaient à appeler Cliffy malgré ses douze ans, aperçut la fumée depuis sa chambre. Il resta planté en pyjama devant sa fenêtre, à se demander si la situation était grave. Il aurait voulu y voir un de ces mauvais présages caractéristiques des films catastrophes qu'il adorait – la jauge de pression détraquée dans

Panique à bord, la tempête de neige incessante d'*Airport*.

Un bon départ pour sa journée, et pour un des scénarios qu'il avait coutume de se raconter. Il se mit à composer le film. « Nul ne se doutait », dit-il à haute voix. Nul ne se doutait de... quoi ? Il n'avait plus qu'à le découvrir.

Sa mère dormait toujours tard le samedi. Il mit son jean de la veille et le premier T-shirt qu'il trouva dans le tiroir, essuya ses lunettes avec un Kleenex et descendit regarder la télé. Tiens, plus de courant. Ni au salon, ni dans la cuisine, ni dans le couloir, ni dans la salle de bains. Pour la première fois, il pensa qu'il vivait un événement réel, un truc vraiment pas ordinaire. Jusqu'alors, son existence n'avait eu d'intérêt qu'en rêve.

Un éclair, diffus, sans coup de tonnerre, l'avait réveillé, puis il avait passé une nuit agitée et baignée de lumière. Il s'en souvenait, maintenant.

Après réflexion, il monta à pas de loup au premier étage de leur maison de location et ouvrit doucement la porte de la chambre de sa mère. A trente-sept ans, celle-ci était maigre et sans grâce, mais il n'avait rien d'un observateur critique. Sa maman sautait au plafond si on la privait de sa grasse matinée le seul jour où elle pouvait dormir jusqu'à 10 heures. Et lui, il était libre – de se préparer le petit déj', de regarder la télé, de jouer dehors s'il laissait un mot et rentrait pour midi. Le top. Même aujourd'hui, la règle devait s'appliquer. Il rédigea un message – *Je suis parti en vélo* – qu'il fixa au frigo à l'aide d'un aimant en forme de fraise.

Puis il se rua dehors, ferma à clé, empoigna son V.T.T. et pédala ferme vers le pont de Powell Creek, au sud.

Il cherchait des indices. Il y avait le feu à la réserve et la lumière ne marchait plus. Mystère.

La ville paraissait trop paisible pour livrer le moindre élément de réponse. Alors, tandis qu'il franchissait le ruisseau et roulait vers le centre, Clifford se demanda si ce calme était un indice en soi. Personne dehors, à tondre la pelouse ou à laver la bagnole. Les maisons restaient closes, les rideaux tirés. Le soleil luisait sur la chaussée déserte.

Il entendit les véhicules des pompiers, sirènes ululantes, longer Beacon Road et quitter la ville à fond de train.

Ça ressemblait presque *trop* à un film.

Il s'arrêta chez Ryan, l'épicerie reprise l'an passé par des Coréens. Mme Sung, une petite femme replète aux yeux nichés dans des entrelacs de rides, trônait à son comptoir.

Il acheta un chocolat et une B.D. avec son argent de poche de la veille. Mme Sung lui rendit la monnaie en puisant dans une boîte à chaussures.

– Machine pas marcher, dit-elle avec un signe de tête vers la caisse enregistreuse.

– Comment ça se fait ?

Elle haussa les épaules en fronçant les sourcils.

Reprenant sa balade, il s'arrêta à Powell Creek Park, engloutit sa barre chocolatée et choisit une pelouse ensoleillée qui donnait au nord. Tout prenait vie avec une lenteur et une paresse étranges. Quelques chats battaient le pavé. D'autres magasins ouvraient. Au loin, le panache gris montait, placide, inchangé.

Il froissa l'emballage de sa friandise, le fourra dans sa poche et descendit lancer le support en carton dans le cours d'eau qui donnait son nom au jardin public. Une culbute sur un rocher, et le bateau chavira. Le *Titanic* dans *Atlantique latitude 41°*. Le paquebot insubmersible.

Puis il remonta observer Two Rivers, la ville où il ne se passait jamais grand-chose.

La ville insubmersible.

Clifford consulta sa montre. 11 h 20. Il rentra chez lui en se demandant si sa mère était levée et avait trouvé le mot ; elle risquait de s'inquiéter, se disait-il. Il laissa choir son vélo dans l'allée et se précipita à l'intérieur.

Mais elle venait de se réveiller. Attifée de son peignoir rose, la chevelure en bataille, elle trifouillait la cafetière électrique.

– Et cette saleté qui ne marche plus, dit-elle. Oh, salut, Cliffy.

Après le petit déjeuner, Dex Graham eut la même idée que Clifford Stockton : sortir pour inspecter la ville.

Il promit à Evelyn de revenir pour midi et grimpa dans sa voiture.

Il prit Beacon vers l'ouest pour regagner son logement, une chambre mal meublée dans un immeuble vieux de trente ans. Il possédait un canapé convertible, un téléviseur quarante-trois centimètres et un bureau où les devoirs d'histoire de la semaine précédente attendaient ses corrections. La vaisselle de la veille s'empilait dans l'évier. Un chez-soi ? Non, un paquet de tâches remises à plus tard. Pas d'électricité ici non plus. Ça ne se limitait ni à la maison ni à la rue d'Evelyn. Il s'en doutait d'ailleurs depuis un moment, sans s'expliquer son intuition.

Il décrocha le téléphone afin d'appeler le lycée, mais la tonalité, comme chez Evelyn, brillait par son absence.

Entamer sa reconnaissance lui parut la seule option utile. Il ferma à clé en partant.

En se dirigeant vers le centre, il ne croisa que quelques personnes dans les rues trop calmes. Pour un samedi matin, Two Rivers était bien léthargique. La panne retenait les gens à la maison et imposait la fermeture aux grands magasins, mais certaines boutiques avaient pu ouvrir : l'épicerie Tilson était éclairée par le jour que laissaient entrer les vitrines et par deux lampes à piles dans le coin sombre du congélateur. Dex s'arrêta là. Evelyn l'avait prié d'acheter des boîtes de conserve et des denrées non périssables. Et, vu l'impossibilité de prévoir la durée ou la nature du problème, il trouvait l'idée excellente.

Il avait rempli son panier et s'apprêtait à saisir une bouteille d'eau minérale quand un gros type le bouscula pour en prendre deux.

– Hé là ! dit Dex.

L'inconnu, veste de chasseur, casquette de baseball avec une pub pour les tracteurs John Deere, le fixa d'un air morne et alla au comptoir où il ajouta ses dernières acquisitions à un énorme tas – les mêmes courses que Dex, en plus grandioses.

La caissière, Meg Tilson, fraîche émoulue du lycée JFK, considéra l'amas de provisions.

– Vous êtes sûr de vouloir tout ça ?

L'homme, en sueur, respirait difficilement.

– Oui, tout. Combien ?

Privée de sa caisse enregistreuse, Meg dut utiliser une calculatrice de poche. Dex se rangea derrière l'inconnu.

– Vous avez l'air pressé.

Encore un regard inexpressif. L'autre semblait hébété.

– Vous savez quelque chose qu'on ignore ? insista Dex.

L'homme se détourna, comme si la question l'effrayait, mais il parut flancher.

– Merde, répondit-il, je regrette de vous avoir pris votre tour. Je suis juste venu...

– Faire des réserves ?

– Gagné.

– Une raison précise ?

– Cent soixante seize quatre-vingts, annonça Meg. Ouf.

L'autre tira de sa poche deux billets de cent dollars. Meg, stupéfaite, chercha la monnaie dans une boîte à biscuits.

– J'allais à Detroit ce matin, dit l'homme. Au mariage de ma sœur. Panne d'oreiller. Je fous le smok sur la banquette arrière, je descends Beacon, je prends la nationale, d'accord ? Deux kilomètres plus loin, fin du voyage.

– La route est barrée ?

Le gros type ricana.

– *Barrée ?* Elle n'est plus là. Elle s'arrête *net*. Coupée au couteau. Elle se termine dans les arbres. Même pas un sentier. (Il le fixa.) Vous l'expliquez comment, ça ?

Dex secoua la tête.

Meg rangea les achats dans deux cartons et lui rendit la monnaie en ouvrant de grands yeux effarés.

– On est parti pour un siège, dit l'inconnu à la casquette. Ça me paraît foutrement clair.

Meg calcula la note de Dex en jetant des regards nerveux vers l'homme qui chargeait ses cartons à l'arrière d'une vieille fourgonnette Chevrolet.

– Monsieur Graham ? C'est vrai, ce qu'il a dit ?

– Je n'en sais rien, Meg. Peu probable.

– Le courant coupé. Le téléphone aussi. Peut-être que...

– Tout est possible, mais... pas d'affolement.

Elle considéra les courses de Dex, semblables à celles du client précédent.

– Vous croyez qu'on devrait tous... faire des réserves ?

– Je n'en sais vraiment rien. Ton père est là ?

– En haut.

– Tu devrais le prévenir. Qu'il y ait du vrai dans ce que ce type a dit ou qu'il s'agisse simplement d'une rumeur, de toute façon tu auras foule ici cet après-midi.

– Entendu. Tenez, monsieur Graham, votre monnaie.

Une fois les provisions dans son coffre, il faillit revenir directement chez Evelyn, mais il tenait à en avoir le cœur net. Il passa devant son appartement et prit au sud par la nationale.

Il croisa de rares voitures. Voyageurs ? Citadins arrêtés par la mystérieuse barrière ? Même si le type avait affabulé, son demi-tour forcé pouvait avoir un lien avec la coupure de courant et l'explosion sur l'ancienne réserve indienne.

La route sinuait parmi des bois de pins rayés de chemins de traverse menant aux ruines de huttes et de vieilles cabanes écrasées par la chaleur. Premier panneau, VOUS QUITTEZ TWO RIVERS ; l'affiche d'un Stuckey implanté plus loin, là où la nationale rejoignait l'autoroute ; second panneau, VOUS QUITTEZ LE COMTÉ DE BAYARD. Puis Dex négocia un virage en épingle et manqua percuter l'arrière d'une Honda Civic mal garée sur la bande d'arrêt d'urgence. Il écrasa la pédale de frein tout en braquant à gauche.

La voiture s'immobilisa. Il laissa le moteur tourner. Au bout d'un moment, il lui vint l'idée de mettre au point mort, et de couper le contact.

L'inconnu avait dit vrai.

Trois véhicules avaient précédé Dex : la Civic, une Pinto bleue dotée d'une galerie et un tracteur de semi-remorque, tous à l'arrêt. Leurs propriétaires, une femme avec un bambin, un homme en complet et le routier, se serraient les uns contre les autres. Ils regardèrent Dex quitter son véhicule.

Il gagna le bout de la chaussée. Une observation attentive lui permettrait de tout décrire avec une précision scientifique lorsqu'il verrait Howard Poole, le physicien, chez Evelyn. Il lui semblait crucial de graver dans sa mémoire les moindres détails de cette scène absurde.

La nationale cessait, comme obéissant au coup de crayon d'un géomètre. D'un côté deux voies goudronnées, de l'autre la forêt.

La découpe semblait résulter d'un instrument plus fin qu'un couteau. Seules quelques particules de goudron s'étaient détachées. La route était en contrebas par rapport à la forêt et des lambeaux de mousse et des aiguilles de pin compostées jonchaient l'asphalte. Une odeur d'humus, âcre, chaude, émanait de cette falaise en miniature dominant la chaussée. Dex préleva une poignée de terre humide qui se compactait sans peine. Elle était là depuis très, très longtemps.

Devant son genou ployé, un lombric franchit la ligne blanche avec une sublime indifférence.

Le chauffeur de poids lourd écrasa sa cigarette sous le talon de sa botte.

– Y a pas, c'est là. Personne va vers le sud aujourd'hui.

Par-delà cette démarcation, il n'y avait pas de route et il n'y en avait à l'évidence jamais eu. Une forêt profonde, sans chemins, sans même un sentier animalier.

– Ce n'est pas possible, dit la femme.

Il lui attribua la Pinto. Elle gardait ses bras serrés autour d'elle tout en jetant sans cesse des regards furtifs sur les bois, comme s'ils allaient profiter d'un instant d'inattention pour disparaître. Le bambin se pressait contre sa cuisse.

– Ce n'est pas possible, dit l'homme en complet. Enfin, c'est là, d'accord, mais ce n'est pas, euh, *possible*. Enfin, je veux dire, c'est incroyable.

Tout à son examen, Dex gagna le bas-côté bordé de poteaux téléphoniques. Les câbles, tranchés net eux aussi, traînaient par terre.

– C'est pas tout, déclara le routier. Même les

arbres vont pas ensemble. De ce côté, ça a dû brûler deux, trois fois. Là-bas, c'est que du vieux pin. Dans cette direction, y en a un de coupé en plein milieu. On voit le cœur du bois, et la sève qui coule. Les insectes s'y sont pas encore mis, je vous parie que c'est tout récent. La nuit dernière, j'dirais.

– Vous êtes d'ici ? demanda Dex.

– J'y ai dormi. Fallait changer l'alternateur. J'partirais bien, mais c'est pareil à l'autre bout, cinq kilomètres après la carrière. Sans issue. On est pris au piège, à moins qu'ils aient oublié une voie secondaire.

– Ils ?

– Ceux qui ont fait ça. Ou ce qui a fait ça. On s'est compris. Y a peut-être moyen de s'en aller, mais j'en doute.

– Comment est-ce possible ? dit la femme.

A en juger par l'expression du chauffeur, elle devait se répéter depuis un bon moment.

Dex ne pouvait pas la blâmer. C'était la bonne question, voire la seule. Il n'avait aucune réponse à offrir, et la peur montait en lui à mesure qu'il découvrait l'ampleur du mystère.

Howard Poole poursuivit les pompiers jusqu'à l'ancienne réserve ojibwa. Lorsqu'il parvint sur la crête que Haldane et son équipe venaient de quitter et qu'il vit le laboratoire de recherches sous son voile bleu, un souvenir lui revint soudain.

Un soir, Alan Stern lui avait parlé – Stern, le physicien qui avait peut-être péri cette nuit ; Stern, son oncle.

Howard était alors un génie des maths âgé de seize ans, promis à une carrière fulgurante dans la physique des hautes énergies, perspective qui l'emplissait autant d'excitation que de frayeur. Stern séjournait dans le Queens, chez sa famille, cet été-là. Dépeint dans *Time* comme « prééminent dans la nouvelle génération des scientifiques américains » et photographié devant une file de radiotélescopes quelque part dans l'Ouest, il était passé à la télé et avait publié des articles farcis de formules algébriques au point d'évoquer des papyrus. Le jeune Howard l'idolâtrait.

Stern logeait là pour la semaine. Chauve, affublé d'une barbe extravagante, il accueillait les potins familiaux avec indulgence, le dîner avec courtoisie, l'évocation de sa carrière avec modestie. Howard prit patience. Tôt ou tard, il le savait, on le laisserait seul avec son oncle et, comme de coutume, le savant lui dédierait son curieux sourire de conspirateur et lui demanderait : « Alors, qu'est-ce que tu sais de nouveau sur le monde ? »

Assis sur la véranda un soir d'août, ils observaient les lucioles. Stern l'ébahissait par sa connaissance de la science moderne : les idées d'Hawking, de Guth, de Linde, et les siennes. Howard aimait ce sentiment mélangé de grandeur et de petitesse qu'il éprouvait devant de tels discours.

Puis, la conversation déclinant, son oncle se tourna vers lui.

– Howard, tu as déjà réfléchi aux questions qu'on ne peut pas poser ?

– Sans réponse ?

– Non. Qu'on ne peut pas *poser*.

– Je ne comprends pas.

Stern se rencogna dans sa chaise longue et croisa les bras sur sa poitrine frêle. Ses verres étaient sombres sous la lumière de la véranda. Soudain, le chant des criquets parut plus fort.

– Imagine un chien. *Ton* chien – comment il s'appelle ?

– Albert.

– Bon. Imagine Albert. Il est en bonne santé, non ?

– Oui.

– Intelligent ?

– Bien sûr.

– Il est donc normal, selon tous les paramètres de la gent canine. Un bon exemple de son espèce. Et il peut apprendre, n'est-ce pas ? Des tours ? Il met son expérience à profit ? Il perçoit son environnement. Il ne te confond pas avec ta mère ? Il n'est ni inconscient ni diminué en quoi que ce soit ?

– Non.

– Mais sa compréhension a des limites. A l'évidence. Parler de gravitons ou de transformations de Fourier l'exclut de la conversation. On emploie un langage qu'il ne connaît pas, qu'il ne peut pas connaître. Des concepts intraduisibles qui ne trouveront jamais place dans son univers mental.

– Entendu, dit Howard. J'oublie l'essentiel ?

– On est là à se poser des questions existentielles. Sur l'univers et son début. Sur tout ce qui existe. Et si on pose une question, on pourra sans doute y répondre tôt ou tard. On pense qu'il n'y a pas de limites au savoir. Ton chien commet peut-être la même erreur ! Il ne connaît que son quartier mais, transporté dans un lieu inconnu, il l'étudierait avec les outils dont il dispose, et il le comprendrait – à l'aide de sa vue et de son odorat, en chien qu'il est. Il n'y a pas de limites à son savoir, Howard, sinon celles dont il ne fait pas et ne peut pas faire l'expérience. Où est la différence entre lui et nous ? On est des mammifères, on a suivi une évolution parallèle, après tout. Notre cerveau est plus gros, mais de quelques dizaines de grammes seulement. On peut poser plus de questions que ton chien, beaucoup plus. Et y répondre. Mais s'il existe des limites réelles à notre savoir, elles nous sont aussi invisibles qu'à Albert. Et s'il y a dans l'univers un phénomène qu'on ne peut pas comprendre, une question qu'on ne peut pas poser, tu crois qu'on en trouvera un indice ? Qu'on aura un aperçu du mystère ? Ou qu'il restera toujours hors de portée ?

Le savant se leva, s'étira, se pencha sur la balustre qui dominait la rue sombre et bâilla.

– Ça concerne les philosophes, pas les physiciens, conclut Stern. Mais le problème m'intrigue, je l'avoue.

Howard aussi était intrigué. Il n'en dormit pas de la nuit. Une fois au lit, il considéra les limites du savoir humain. Les étoiles brillaient à sa fenêtre et, paresseuse, une douce brise rafraîchissait son front.

Jamais il n'oublia cet entretien, que son oncle mentionna en invitant Howard à le rejoindre au centre de recherches de Two Rivers.

– C'est du népotisme pur et simple, dit le jeune homme. Et d'abord, ce boulot, je le veux. Tout le monde parle de toi, tu sais. Alan Stern, naufragé corps et biens dans un projet gouvernemental. Quel dommage !

– Tu le veux ? Tu te rappelles notre conversation ?

Howard, qui s'en souvenait mot pour mot, dévisagea son oncle.

– Ça veut dire que tu étudies ce problème ?

– Qu'on l'a effleuré. Le Mystère. (Il jugea le sourire de Stern un peu fou.) Qu'on a mis la main dessus. Je ne peux pas t'en dire plus pour l'instant. Réfléchis. Parle-m'en si ça t'intéresse.

Fasciné bien malgré lui, et dépourvu d'une offre plus alléchante, Howard avait téléphoné au physicien.

Enquête, avis favorable, embauche par le secrétariat à la Défense. Arrivé trois jours plus tôt, il avait visité une partie du labo... mais personne n'avait cru bon de lui expliquer la fonction, la raison fondamentale de cette succession de salles, d'ordinateurs, de casemates en béton et de portes d'acier. Son oncle aussi restait dans le vague et gardait un air distant : *tout s'expliquera le moment venu.*

Du sommet de l'escarpement, il discernait les bâtiments, comme peints en bleu, la fumée s'élevant du bunker central et, pire, l'image floue d'un camion de pompiers et d'un break qui rampaient sur la voie d'accès.

Howard ne comprenait pas ce que signifiait ce voile. Mais il se savait témoin d'un désastre, d'une tragédie étrange et singulière. Aucun mouvement sur le complexe, du moins à ciel ouvert. Le centre disposait d'une équipe de lutte contre l'incendie, mais il n'en apercevait aucune trace, en tout cas dans les parages du bâtiment central. Cette lueur d'azur lui donnait le vertige.

Et si tout le monde avait péri ? Y compris son oncle ? A l'évidence, Alan Stern occupait le centre de ce dispositif ; il en était le seigneur, le sorcier, le guide. S'il y avait eu mort d'hommes, il se trouvait au tout premier rang. La fluorescence suggérait des radiations dont Howard était bien en peine de deviner la nature, mais il fallait de la puissance pour expulser des photons. Il y avait des produits radioactifs dans ce labo : les panneaux apposés sur les casemates aveugles le prouvaient, et on lui avait remis un badge de radioprotection dès le premier jour.

Voilà pourquoi il avait filé les pompiers de la localité. Il ne les croyait ni entraînés ni équipés pour combattre un feu radioactif. S'ils mésestimaient le danger, ils pouvaient tomber dans un piège mortel. Il avait donc sauté dans sa voiture et foncé à leur suite pour les prévenir coûte que coûte. Quitte, maintenant, à pénétrer sous cette chape immatérielle.

Il vit alors les deux véhicules ralentir, s'immobiliser, manœuvrer... et repartir.

Il redémarra et descendit la pente à leur rencontre.

Le chef suppléant Haldane aperçut le véhicule civil, mais il était trop mal en point pour s'en soucier. Une fois sorti de son break, il avait vomi ses tripes sur les jeunes pousses du bas-côté, puis s'était assis sur un bloc de granit, la tête entre les mains et l'estomac en déroute.

Il ne voulait voir personne. Ne parler à personne. Ce qui comptait, c'était d'avoir quitté la lumière bleue et retrouvé le monde normal. Quel soulagement ! Il aspira de grandes bouffées d'un air salvateur. Il serait bientôt de retour dans sa maison banale de sa ville ordinaire, et ce cauchemar prendrait fin. L'incendie pouvait réduire ces bâtiments en cendres, il s'en foutait ; ça vaudrait même mieux.

– Capitaine ?

Il cracha par terre pour chasser le goût de vomi, leva les yeux. Devant lui, un civil vêtu d'un jean et d'une chemise en coton bien repassée. Sans doute le conducteur de l'automobile – un jeune homme, à en juger par sa peau rose et ses lunettes en cul de bouteille. Haldane garda le silence. Il attendait que l'apparition justifie sa présence.

– Je m'appelle Howard Poole. Je travaille dans ce labo. Enfin, j'aurais dû y travailler, s'il n'y avait pas eu l'accident. Je suis venu parce que je me disais que, si vous combattiez le feu, vous risquiez d'ignorer... la présence de radioactivité, de matière particulaire dans cette fumée.

Poole semblait sur des charbons ardents.

– De matière particulaire, répéta Haldane. Bon, merci, monsieur Poole, mais le problème n'est pas là pour l'instant.

– Vous avez rebroussé chemin.

– En effet.

– Je peux vous demander pourquoi ?

Certains pompiers, leur malaise passé, se regroupaient derrière Poole. Parmi eux, Shank et Stubbs, visiblement transis et hébétés sous leur casque et leur veste rembourrée.

– Vous travaillez ici, dit Haldane. Vous en savez plus que moi.

– Non. Je n'y comprends rien.

– C'est comme si on avait franchi une limite, dit Chris Shank. (Ce bon vieux Chris, songea Haldane. Toujours prêt à l'ouvrir quand on doit la fermer.) On descendait pour évaluer le sinistre, et déjà c'était bizarre, avec cette lueur et tout, mais soudain... enfin, on savait plus d'où on venait ni où on allait.

Il secoua la tête.

– Il y a des choses là-dedans, ajouta Tom Stubbs.

Haldane fronça les sourcils. Des choses là-dedans. Il les avait vues aussi, et il rechignait à en parler. D'ici, l'esplanade de l'usine d'armement paraissait vide. Etrange, tel un mirage, mais déserte. Qu'est-ce qui l'avait pris ? Une hallucination ?

Voilà que Chris Shank branlait du chef.

– Oui. J'ai vu...

– Accouche, dit Haldane.

S'il fallait en discuter devant un civil, autant parler clair.

Shank baissa les yeux. Honte et crainte révérencieuse se disputaient son visage comme l'ombre et la lumière.

– Des anges. C'est ça que j'ai vu. Plein d'anges.

Haldane le regarda fixement.

Tom Stubbs secouait la tête.

– Des anges ? Que non ! Là-bas, il y avait Jésus-Christ en personne !

Poole regarda derrière les deux pompiers d'un air égaré, et le silence de ce samedi sembla tout à coup assourdissant. Un corbeau croassa dans l'air immobile.

– Vous êtes cinglés, tous les deux, dit Haldane.

Il se tourna vers le no man's land du centre de

recherches, auquel la lumière vive donnait l'aspect d'un lambeau de ciel naufragé sur la terre. Son esprit restait clair, malgré la nausée, malgré le trouble dont il avait souffert. Il se le rappelait. Il le revoyait comme s'il y était. Il s'en souviendrait jusqu'à sa mort.

– Pas d'anges, et foutre pas Jésus-Christ, dit-il. Tout ce qu'il y a là-dedans, c'est des monstres.

– Des monstres ? répéta Poole.

Haldane cracha un nouveau jet de salive amère sur la terre pulvérulente. Toute cette histoire lui pesait.

– Vous avez très bien entendu.

Au lieu d'une panique, ce fut un malaise sournois et profond qui se répandit en ville. Les rumeurs coururent des jardins aux rues pour mieux revenir s'insinuer dans l'intimité des foyers. Ce soir-là, tous savaient qu'une forêt impensable barrait la route au nord comme au sud, certains connaissant par ouï-dire la présence des anges de Chris Shank au labo. Quelques-uns croyaient même au Second Avènement tel que le défendait Tom Stubbs : un Messie de cent mètres, vêtu du blanc de la Résurrection, arpentant la ville. Le dimanche, tous les sermons condamnaient ce point de vue dans des églises combles.

Un week-end sans électricité, ni téléphone ni la moindre explication. Les gens se calfeutraient chez eux et s'assuraient les uns les autres que d'ici peu la vie reprendrait son cours, la lumière reviendrait et la télé éclaircirait l'affaire. Les stocks alimentaires s'épuisaient dans les rares épiceries ouvertes. Le supermarché du centre commercial de Riverview resta fermé, au grand soulagement du voisinage : ça devait puer le fauve, là-dedans, disait-on, après les deux jours de beau temps printanier et la coupure de courant au rayon surgelés.

Samedi soir, Dex et Howard échangeaient leurs

récits. Chacun veilla d'abord à épargner la crédulité de l'autre, puis les langues se délièrent quand il apparut qu'ils avaient tous deux été les témoins de miracles. Au matin, ils partirent. Dex conduisait. Howard, calé dans le siège du passager, une carte d'état-major sur les genoux, le crayon et le compas en main, admira la barricade boisée dressée sur la nationale au sud, l'inscrivit avec précision et procéda de façon semblable pour le nord. Puis ils suivirent tous les chemins possibles, pour aboutir immanquablement à une barrière naturelle de pins majestueux. La County Route 5 s'achevait pareillement à l'ouest quand Howard dit :

– On n'a qu'à arrêter là.

– C'est vrai que ça devient monotone.

– Et surtout évident.

Howard plaqua la feuille de papier contre le tableau de bord : il avait porté tous les barrages et les avait reliés entre eux. Dex nota que la figure formait un cercle parfait dont la ville occupait le quadrant sud-ouest.

Howard recourut au compas pour en marquer le centre, mais Dex l'avait déjà estimé : l'ancienne réserve ojibwa, le laboratoire de recherches en physique de Two Rivers, où le jeune diplômé avait vu des voiles d'une lueur azur, et le chef des pompiers, des monstres.

Ce même dimanche, Calvin Shepperd, un pilote privé, s'envolait en hydravion de l'extrémité ouest du lac Merced et mettait cap au sud, vers Detroit – ou son ancien emplacement sur la carte.

Du ciel, le cercle relevé par Dex et Howard était aussi évident qu'une ligne de cartographe. On avait transplanté (tel est le mot qui lui vint à l'esprit : *transplanté*, comme le ficus de sa femme) Two Rivers, en fait une bonne partie du comté de Bayard, dans la forêt de pins qui devait recouvrir le Michigan quand Jolliet et La Salle l'avaient exploré au XVIIe siècle. Shepperd, homme plutôt calme de nature, n'y comprit goutte, mais refusa de céder à la peur. Il observa et prit note pour plus tard.

Autre élément troublant, son récepteur VOR ne captait aucun signal. Peu lui importait. Aviateur chevronné, il avait calculé son itinéraire à l'aide des règles de vol à vue V.F.R., et il savait encore naviguer à l'estime, merci bien. Il n'était pas de ces accros de la radionavigation qui sont perdus sans ordinateur, mais le silence des balises l'inquiétait.

Il mit cap au sud à la boussole le long de la rive du lac Huron, par la baie de Saginaw. Il aurait dû survoler Bay City puis Saginaw, mais elles avaient disparu. S'il rencontra des signes de présence humaine, fermes, puits de mine, coupes de bois, Shepperd dut attendre la rivière de Detroit pour trouver une localité digne de ce nom.

Une ville, même. Mais ce n'était pas le Detroit qu'il se rappelait. Il n'avait jamais vu d'endroit pareil.

Il y avait du trafic aérien, des appareils grands et frêles d'un modèle inconnu. Mais ni tour de contrôle ni balise, juste des parasites dans ses écouteurs. Il mettait ces avions en péril par sa présence. Il survola les faubourgs, à basse altitude, puis de longs bâtiments au toit en tôle blottis au bord de la rivière. Des entrepôts ? Il entrevit des immeubles en pierre noire, des rues étroites et encombrées. Les véhicules, dont certains tirés par des chevaux, n'éveillèrent aucun souvenir en lui. De haut, on aurait dit un diorama, une vitrine de musée ; en aucun cas un endroit réel. Ce n'est pas vrai, mon Dieu, se disait-il.

Il en avait vu assez pour se sentir angoissé. Il rentra avec le soleil au bout de son aile, en tâchant de refouler l'image de ce lieu, de peur de craquer. Il rongea son frein durant tout le trajet. Et s'il s'était trompé dans ses calculs ? Si Two Rivers manquait à l'appel ? Et s'il devait se poser en pleine nature ?

Il n'avait plus les repères édifiés par l'homme, mais il connaissait le pays comme sa poche. Cette terre faisait partie de sa famille. Elle ne le trahit pas. Shepperd retrouva la surface paisible du Merced peu avant la tombée de la nuit.

Il ne se confia à personne. Même Sarah, sa femme, resta dans l'ignorance. Si elle l'avait traité de dingue, il ne l'aurait pas supporté. Il envisagea d'en parler à un responsable, le chef de la police ou le maire. Mais, à supposer qu'ils le croient, que tireraient-ils de ces informations ? Rien, songea-t-il. Rien du tout.

Il décida de retenter l'aventure, pour se convaincre de la réalité de son premier voyage. Le lundi matin, une fois son réservoir rempli aux pompes des quais, il décolla et reprit la route sud. Mais il laissait à peine le comté derrière lui qu'il virait sur l'aile, le cœur battant, la chemise trempée de sueur.

Il avait peur. L'association de ces étendues de pins et de la ville sombre et anguleuse l'effrayait. Il n'avait aucun désir d'en apprendre davantage. Il en savait déjà trop.

Le lundi, une formation aérienne survola Two Rivers. Attirés dehors par le bruit, les gens mirent la main en visière pour scruter le ciel sans nuages de ce bel après-midi de juin. Les trois avions paraissaient conventionnels, quoique datés : un seul moteur, à hélice, un carénage en métal riveté brillant sous le soleil. Ils volaient trop haut pour qu'on identifie leurs insignes, mais on estima qu'il s'agissait d'appareils militaires.

Calvin Shepperd leur trouva une vague ressemblance avec les P-51 de la Seconde Guerre mondiale et se demanda s'il les avait attirés en déclenchant une alarme quelconque. Un radar avait pu le détecter.

Il regarda ces zincs décrire un dernier cercle et filer vers le sud, taches blêmes sur un horizon blême.

Evelyn Woodward avait consacré ses derniers fonds à l'achat de provisions et, luxe dangereux, d'un jeu de piles pour son poste – l'argent se faisait rare, nul ne savait quand la banque rouvrirait – mais elle croyait en la radio, qu'elle jugeait vitale. Chaque hiver, une tempête de neige abattait des branches de pin sur les lignes ; la maison se trouvait alors plongée dans l'obscurité et le froid tandis qu'on tâchait de réparer les dégâts. Dans ces moments-là, elle écoutait la radio. W.G.S.T. annonçait la coupure de courant, détaillait les comtés concernés. Le calme du présentateur était contagieux ; à l'écouter, on savait le problème temporaire : les ouvriers s'en occupaient, des gens œuvraient dans la nuit venteuse.

Malgré les prédictions de Dex et d'Howard Poole, malgré la durée anormale de la crise, si étrange par ce beau mois de juin, Evelyn ne désespérait pas d'entendre sa radio revenir à la vie. Même privée de W.G.S.T., elle pourrait se rabattre sur l'autre station. Elle laissait à Dex ses mauvais pressentiments.

Elle changea les piles et poussa le volume à fond, jusqu'à emplir la pièce du crachotis des parasites.

Peu importe, se dit-elle. J'entendrai une voix tôt ou tard.

Le poste, c'était son affaire. Elle l'éteignait dès que quelqu'un, surtout Dex ou Howard, entrait. Elle craignait d'avoir l'air stupide ou naïve et elle n'avait besoin de personne pour l'y aider. De toute façon, ce n'étaient pas les moments d'intimité qui manquaient : le soir, les deux hommes parlaient dans la salle à manger, où Dex avait installé une lampe à pétrole. Comme si la discussion devait éclaircir le mystère ou l'enfouir sous le poids des mots. Evelyn préférait attendre auprès de sa radio parmi les ombres qui s'épaississaient. Dimanche soir. Lundi soir.

Le passage des avions l'avait réconfortée. Dex avait bien sûr interprété leur venue avec sa paranoïa habituelle. Elle se l'expliquait plus simplement. Le problème, quel qu'il soit, avait attiré l'attention. On s'en occupait. On allait le résoudre.

Le poste se remit à parler ce soir-là. Quand elle entendit les voix ténues et brouillées, elle sourit. Dex avait tort. La normalité frappait à leur porte.

Elle s'assit à la table de sa cuisine, l'oreille collée contre le haut-parleur. La nuit tomba derrière la vitre poussiéreuse. Elle écouta un quart d'heure d'une pièce radiophonique (il y en avait bel et bien sur cette station) qui traitait de policiers religieux, ou de religieux policiers – elle n'aurait su dire. Les acteurs avaient tous un accent marqué, anglais, français, voire inconnu, et un vocabulaire étrange. Une œuvre européenne, songea Evelyn. De l'avant-garde. Suivit, sur le même ton, une annonce pour la farine blanche Mueller, meulée à la pierre, « d'une pureté sans conteste ». Puis l'heure et les infos.

Selon le bulletin, la bataille navale du détroit de Yucatán s'était soldée par d'énormes pertes dans les deux camps. Le *Logos*, endommagé, regagnait Galveston à petite vitesse, mais le *Narváez* espagnol avait coulé avec tout son équipage. Et la campagne terrestre se heurtait à une résistance acharnée dans les collines de Cuernavaca.

Sur le plan intérieur, poursuivait le présentateur, l'Ascension avait été marquée d'un bout à l'autre du pays par des célébrations et des feux d'artifice dont l'un, tiré du port de New York, avait mis le feu à un dépôt de goudron situé sur le rivage du New Jersey et causé la mort de trois gardiens de nuit.

A Montmagny, la police avait dispersé un rassemblement pacifiste. Les proctors réfutaient la thèse de la manifestation d'étudiants, affirmant que la plupart des personnes arrêtées étaient des apostats, des syndicalistes ou des juifs.

Evelyn éteignit la radio d'un geste brusque et se retint de l'envoyer se fracasser contre le mur.

Privé de télévision, Clifford Stockton avait passé le plus clair des trois derniers jours sur son V.T.T.

Ce vélo, c'était un moyen de transport, mais surtout la clé du mystère. Clifford voulait comprendre l'énigme de Two Rivers – comme tout adulte, voire plus. Des extraterrestres, des monstres, des miracles ? Et pourquoi pas ? Il ne soutenait aucune théorie. Il avait entendu sa mère rire (jaune) à l'idée d'anges papillonnant autour de l'usine d'armement. Clifford non plus ne raffolait guère de cette hypothèse, sans toutefois l'exclure : il ne savait trop à quoi s'attendre de la part d'un ange. Il avait voulu s'approcher du laboratoire, mais la police avait posté une voiture sur la route d'accès afin de détourner les curieux et il n'avait donc rien pu constater de visu.

Tant pis. A vélo, le laboratoire, ça faisait une trotte. Il y avait d'autres énigmes plus près. Comme Coldwater Road.

Elle courait sur trois kilomètres passé la cimenterie. On avait déclaré la zone constructible, installé lignes électriques et conduites d'eau (les bornes d'incendie ponctuaient les lots tels des arbustes tropicaux), mais on n'avait jamais construit une seule maison. Personne n'y allait, sauf les ados la nuit, et Clifford trouvait ça au poil ; il avait peu de copains et plein d'ennemis parmi les garçons de son âge. Maigre, myope, bouffeur de télé, dévoreur de bouquins, il aimait rester seul. Là-bas, il pouvait passer l'après-midi dans les broussailles et les bosquets sans risquer d'être dérangé. Le pied.

Mais, depuis samedi, le coin avait changé. Une

vieille, vieille forêt coupait en deux le damier des terrains vagues. Le mystère prenait d'étranges proportions.

Il faisait frais et humide dans ces bois denses, profonds, au sol noir riche d'odeurs. C'était attirant et repoussant à la fois, et il n'osa pas s'aventurer bien loin dans la pénombre.

Mais la lisière le fascinait. Elle courait en ligne droite, sauf si on la suivait des yeux depuis le bout du lotissement. Là, on aurait dit qu'elle s'incurvait. Mais ce n'était peut-être qu'une illusion d'optique.

Les arbres n'étaient pas tous intacts. Les pins à cheval sur la frontière étaient proprement coupés en deux. Sinistre. Une sève jaune, collante, saignait du cœur vert pâle. D'un côté, de belles branches chargées d'aiguilles, de l'autre, rien.

Il essaya d'imaginer la force qui aurait pu englober sa ville, l'extirper du monde comme un biscuit du moule et la déposer ici, nulle part, en pleine nature.

Clifford avait déjà entendu l'expression terre vierge, et pensait en voir une, mais il découvrit bientôt qu'elle ne l'était pas tout à fait : il y avait des sentiers.

Prendre à gauche au bout de Coldwater Road, suivre la lisière des bois jusqu'à la fin du lotissement, continuer tout droit dans les broussailles, gravir une petite colline (de laquelle on apercevait la cimenterie et, plus loin, le labyrinthe d'impasses où se trouvait sa maison), laisser son V.T.T., s'enfoncer dans les ronces, les herbes hautes, les fleurs sauvages, tout ce trajet menait à une piste.

Une piste dans cette forêt nouvelle et ancienne. Une piste vers Two Rivers. Mais qui s'achevait là, comme toutes les routes de la ville s'achevaient à la forêt.

Les arbres étaient coupés sur une bonne largeur et les buissons aplatis, peut-être par le passage de camions. Clifford aurait appelé ça une route de bûcherons, mais il pouvait se tromper ; il préféra s'en tenir là pour les hypothèses.

Il parcourut quelques mètres, attentif au bruissement des pins et à l'odeur âcre et moite de la mousse. On se serait cru sur un autre monde. Effrayé, il n'alla pas bien loin. Si jamais l'accès à ces bois se fermait derrière lui, il ne retrouverait pas son V.T.T., sa maison et sa ville disparaîtraient, et il n'aurait que cette piste et ces arbres pour se repérer. Où irait-il ?

En rentrant, il vit trois avions dans le ciel. Nouvel indice. Il n'y connaissait pas grand-chose, mais il les trouva démodés. Trois petits tours, et puis s'en furent.

Quelqu'un nous a vus. Quelqu'un sait qu'on est là.

Il passa la journée à la maison avec sa mère qui essayait de cacher sa peur. Ils ouvrirent des boîtes de chili con carne pour les réchauffer à la bougie. Ce soir-là, elle alluma le transistor, et ils captèrent de la musique, mais sans pouvoir la reconnaître : des airs tristes, évoquant des chants d'oiseau. Puis une voix d'homme, vite noyée sous les parasites.

– Je ne connais pas cette station, dit sa mère d'un air absent. Je me demande d'où elle émet.

Le lendemain matin, Clifford avait repris son vélo et rejoint le sentier quand des gros-porteurs survolèrent Two Rivers. Les appareils, dont les ailes bourdonnaient d'hélices, semèrent des points noirs sur le ciel de juin : *des bombes*, se dit-il, le souffle coupé, avant que n'éclosent les corolles blanches auxquelles des hommes se suspendaient.

Des parachutes. Comme s'il en pleuvait.

Sentant la terre trembler, il plongea sous le couvert des arbres et là, terrifié, il vit une colonne de véhicules blindés défiler en rugissant dans un nuage de poussière et de gaz d'échappement, il vit des uniformes noirs et des fusils à baïonnette sans que les soldats soupçonnent la présence de ce garçon qui les regardait sortir de la pénombre et de la forêt, traverser à grand fracas les terrains vagues du lotissement avorté et prendre la direction de Two Rivers sur le ruban gris de Coldwater Road.

2

Boston eut un automne arrosé, cette année-là.

La pluie débuta à la mi-septembre et continua sans répit trois semaines durant, du moins aux yeux d'une Linneth Stone cloîtrée dans l'aile des humanités de l'Institut Séthien pour corriger les épreuves et vérifier les notes de son livre. S'il lui prenait la fantaisie d'interrompre cette tâche fastidieuse, elle voyait la pluie laver à grande eau les vitres en ogive, déborder des gouttières ou cascader sur les croisées de la bibliothèque qui, de l'autre côté de la place, jouxtait la faculté.

Les Cultes païens d'Amérique médiane, premier résultat tangible de son long combat pour la titularisation, asseyait et justifiait sa carrière. Elle était fière de son œuvre, de ces mots imprimés, investis d'une autorité qui manquait au manuscrit. Mais elle y avait consacré cinq ans de sa vie et n'aimait guère admettre que son travail et sa vie frôlaient l'ennui. Des heures de minutie, des jours de lecture, sans rien pour pallier la solitude. Et la pluie qui tombait, tombait toujours.

Par certains côtés, cependant, cet ennui ne manquait pas de charme. Elle disposait d'une chambre douillette, le chauffage la prémunissait contre les rigueurs du climat, la fontaine du couloir l'abreuvait en café et les cliquetis du radiateur évoquaient les remontrances d'un vieil ami aussi revêche que fidèle. Elle découpait son emploi du temps en périodes bien délimitées, non sans éprouver les affres de la monotonie et de l'isolement. Les doyens de son département ne savaient qu'attendre d'un professeur du sexe faible, qu'ils jugeaient plutôt vert de surcroît : ses trente-quatre ans la différenciaient des vénérables barbus qui hantaient les rayons et les cabinets de lecture depuis que les Titans marchaient sur la terre. Ils la fixaient comme ils auraient fixé un bousier doué de parole ou un chimpanzé entraîné à fumer le cigare.

Et chaque soir elle regagnait son minuscule appartement de Theodotus Street à pas pressés au milieu des tourbillons de feuilles mortes portés par le vent d'automne, des locomoteurs ferraillants et des fardiers à cheval. Elle passait de la chaleur de son étude à celle de son assiette et de ses courtepointes. C'est cela, le succès, se disait-elle. C'est cela, une carrière. C'est comme cela que j'entends mener le reste de mes jours.

Et chaque nuit elle repensait à son expédition dans la sierra Mazateca trois ans plus tôt, en compagnie de ses guides et de deux étudiants de troisième cycle : elle avait craint pour sa vie, souffert de la saleté comme de l'inconfort, et remis son sort entre les mains du destin. A présent, quand elle se couchait, elle revivait ces quelques mois d'été. Aussi terrifiants qu'ils aient semblé, jamais, au grand jamais, ils n'avaient été ennuyeux.

Elle n'avait aucune envie de retourner en Nouvelle-Espagne. Elle avait parachevé ce stade de ses recherches. D'ailleurs, toute la région était une zone de guerre. Mais elle se demandait si le séjour avait pu la changer, éveiller une envie insoupçonnée... De quoi ? D'aventure ? Certes pas. En tout cas d'un événement. D'un jalon. D'un tournant dans sa vie.

Parfois, ses réflexions prenaient une tournure mystique. Elle se rappelait les murmures de sa mère, la nuit : une oraison, en apparence à Apollon, papa étant paidonomos de ce culte, mais en fait à la terre de leur domaine dans ce New York rural où les étoiles, préservées des lumières de la ville, brûlaient au firmament et où la forêt bruissait de vie. Une prière aux dieux locaux. Ceux-ci restaient anonymes dans le Nouveau Monde depuis l'extermination ou l'exil forcé des indigènes, et leurs sibylles demeuraient muettes, si tant est qu'elles eussent un jour pris la parole dans leurs clairières.

– Nous menons une existence oppressée, lui avait dit sa mère. Sans *pneuma*. Peu inspirée. Je ne m'étonne pas que les hiérarques soient si puissants ici.

Plus puissants qu'elle ne l'imaginait, songea Linneth. Sa mère avait vite connu le malheur.

Elle se permit néanmoins une petite hérésie. Délivrez-moi de cette solitude monotone. Et de cette maudite pluie !

Les dieux sont capricieux, comme sa mère se plaisait à le répéter. Pour Linneth, la délivrance fut soudaine, déplaisante. Et la pluie dura des jours.

Elle ôta son imperméable dans l'entrée de son immeuble puis, semant des gouttes sur le carrelage ébréché, elle gagna l'escalier et franchit deux paliers ornés des miroirs détestés qui lui renvoyaient toujours son reflet aux heures les moins flatteuses de la journée : l'aube ou le crépuscule. Elle avait les cheveux trempés malgré la capuche et paraissait minuscule sous l'éclat des lampes à incandescence. Un nez minuscule, un visage rond minuscule, des lèvres pâles et serrées rechignant à sourire. Elle souriait à ces disques de verre quand elle avait emménagé, mais elle ne s'en donnait plus la peine désormais.

– Souris grise, chuchota-t-elle. Tu n'es qu'une souris grise toute mouillée, Linneth.

Elle portait une tenue conventionnelle : chemisier noir, longue jupe noire, bottines ternies par l'usage, tournure et corset qui lui donnaient la silhouette typique – du moins le pensait-elle – du professeur d'université de sexe féminin, même si l'on manquait de modèles en la matière.

Linneth s'examina plus en détail au deuxième étage. Les femmes de carrière devaient être dures. Elle n'avait pas l'air dure, mais lasse, avec ses cernes. La nuit dernière, elle était restée tard à écouter des chansons de guerre à la radio, des airs tristes sur des amoureux séparés. Elle essaya d'imaginer l'état d'esprit d'une femme dont le fiancé se battait au front – par exemple à Cuernavaca, où l'on pilonnait au mortier tous ces beaux immeubles blancs en adobe. Ce devait être terrible.

Elle suivit le couloir jusqu'à la porte de son logement, qu'elle trouva entrebâillée.

Elle s'immobilisa. Elle avait pu la laisser ouverte ? Non, elle n'oubliait jamais de tourner la clé, avec les effractions qu'il y avait dans le quartier.

La seule idée d'un vol l'emplissait d'appréhension. Elle poussa le battant qui pivota sans bruit. La lumière était allumée. Soudain, elle perçut le bruit de sa respiration et le crépitement de la pluie sur le toit du bâtiment. Elle se glissa dans l'entrée minuscule, passa devant la penderie et pénétra dans le salon.

Un homme, l'air tranquille, ses longues jambes croisées, occupait son grand fauteuil. Son arrivée n'eut guère l'air de le surprendre.

Svelte, d'âge mûr, les cheveux noirs et drus, les

yeux clairs empreints de patience, il portait l'uniforme brun d'un proctor de grade supérieur.

Il lui sourit.

Linneth se figea, transie de peur.

– Entrez, mademoiselle Stone. Vous n'avez d'ailleurs aucun besoin que je vous y invite. Vous êtes chez vous. Je sais que vous ne m'attendiez pas. Je vous présente mes excuses.

Entrer ? Elle aurait aimé fuir, se tapir dans la bruine ! Mais elle prit sa respiration tant bien que mal, rangea son manteau de pluie dans la penderie et s'avança dans le halo du lampadaire électrique en bois sculpté, son préféré parmi ses pauvres meubles, qu'elle se prenait à détester du fait que cet homme l'avait effleuré.

– N'ayez pas peur, reprit-il.

Elle faillit s'esclaffer.

– Vous êtes bien Linneth Stone ?

– Oui.

– Asseyez-vous. Je ne suis pas là pour vous arrêter.

Elle se percha sur le bord de son fauteuil de lecture, le plus loin possible de l'intrus. Les battements de son cœur s'apaisaient, mais elle restait sur le qui-vive, tous les sens aux aguets. La pièce lui parut soudain beaucoup trop éclairée, aveuglante.

– Je m'appelle Demarch. (Linneth porta son regard sur ses galons.) Lieutenant. (Il prononçait à la française, comme tous ceux de sa sorte.) Mademoiselle, détendez-vous, je vous prie. C'est votre chef de département qui m'a conseillé de m'adresser à vous.

Le Bureau avait déjà contacté la faculté. C'était sérieux. Ce Demarch prétendait qu'il ne venait pas l'arrêter, mais qui irait croire en la parole des proctors ?

La dernière fois que sa famille avait reçu leur visite, sa mère avait ouvert. Linneth ne l'avait jamais revue.

D'autres rumeurs circulaient. Les coups à la porte, le collègue disparu. On surveillait le corps professoral depuis l'adoption des lois de sécurité intérieure et de sédition. De par son passé familial, elle n'avait aucune chance d'échapper au crible.

Il n'avait pas eu la courtoisie de frapper. S'il voulait la consulter, il pouvait venir la voir à son bureau. Mais l'idée ne l'a sans doute même pas effleuré, se dit-elle. Tout proctor est coutumier de l'intimidation au point d'en user sans même s'en rendre compte.

– Cela concerne mon livre ?

– *Les Cultes païens d'Amérique moyenne* ?

– Médiane. D'Amérique médiane. Pas « moyenne ».

Demarch sourit de nouveau.

– Vous êtes trop absorbée par votre œuvre. D'Amérique *médiane*. J'ai lu le manuscrit. L'éditeur s'est montré coopératif. Un bon livre savant, autant que je peux en juger. La branche idéologique lui a accordé une attention particulière, bien sûr. Propager des mensonges *anti-religio* reste un crime. Mais nous nous efforçons d'être raisonnables. Dans l'intérêt de la science. Vous ne me semblez guère subversive.

– Merci. L'ethnologie comparée n'a rien de partisan, comme l'ont établi plusieurs jurisprudences qui...

– Je sais. Mais je ne suis pas ici pour évoquer ce livre, bien qu'il ait motivé ma venue. Nous vous offrons du travail pour le Bureau de la convenance religieuse.

– J'ai déjà un travail.

– Qui peut attendre. Nous vous avons obtenu un congé sabbatique – si vous acceptez.

– Mon livre...

– Vous avez presque terminé les corrections, n'est-ce pas ?

Elle ne répondit rien. Demarch était au courant, de toute façon. Dieu voit l'hirondelle tomber, le Bureau en prend note.

– Nous vous emploierons six mois, dit-il. Un an au plus.

Elle resta atterrée. La pilule était amère : le Bureau lui ordonnait de collaborer, de s'absenter pendant six mois et d'interrompre le cours de sa vie – aussi morne fût-elle.

– Pour faire quoi ?

– De l'ethnologie. Le domaine où vous excellez.

– Je ne comprends pas.

– L'explication n'est pas simple.

– Je ne suis pas sûre d'en vouloir une. Vous disiez que j'avais le choix ? Bon. Cela ne m'intéresse pas.

– Je comprends. Croyez-moi, mademoiselle Stone, vous avez toute ma sympathie. Si cela ne tenait qu'à moi, j'en resterais là. Mais j'ai peine à envisager que le Bureau dans son ensemble se contente de votre décision.

– Si j'ai le choix...

– Certes. Mais ce choix, mes supérieurs l'ont aussi. Celui de toucher un mot à votre éditeur, ou d'approcher le doyen afin d'examiner vos qualifications au regard de vos antécédents familiaux. (Il croisa son regard et leva les mains.) Je ne prétends en rien que ce soit inévitable, mais votre refus de coopérer peut vous placer dans une position délicate.

Elle demeura muette. Les mots lui manquaient.

– Il ne s'agit pas d'agriculture en ferme pénitentiaire, reprit-il, mais de la formation que vous avez acquise, et de six mois d'une longue carrière. D'autres se voient demander bien davantage pour leur pays.

Je vous en prie, se dit Linneth, inutile de me parler de la guerre et du noble sacrifice. Ce serait trop.

Demarch dut sentir sa réaction. Il se tut, les yeux rivés sur les siens.

– Qu'est-ce que vous pouvez vouloir d'un ethnologue ?

Surtout d'*une* ethnologue, se retint-elle d'ajouter. Cela ne leur ressemblait guère.

– Une analyse écrite d'un village étranger – ses mœurs, ses tabous, un peu de son histoire.

– En six mois ?

– Il nous faut une ébauche, pas une thèse.

– Vous ne pourriez pas vous référer à un livre ?

– Dans ce cas précis, non.

– Je travaillerais à partir d'observations de terrain ?

– Oui.

– Où ?

Il y a un rapport avec la guerre, estima-t-elle. La Nouvelle-Espagne, sans doute.

– Vous acceptez de coopérer ? demanda Demarch.

– Au lieu de perdre tout espoir de titularisation ? D'encourir des poursuites criminelles ? De risquer un procès secret ?

– Allons. Vous nous connaissez.

– Que répondre, dans de telles circonstances ?

Demarch ne souriait plus.

« J'accepte », par exemple.

Les mots. Il voulait l'entendre prononcer les mots.

Linneth le défia du regard. Il se contenta de la dévisager sans afficher la moindre réaction. Son uniforme était propre et bien repassé et il ne l'en intimidait que davantage. Quant à elle, ses habits détrempés sentaient la laine mouillée et la défaite.

Elle baissa la tête.

– J'accepte, murmura-t-elle.

– Pardon ?

D'une voix neutre.

– *J'accepte.*

– Oui. (Il tendit la main vers sa mallette.) Laissez-moi vous montrer des photographies proprement extraordinaires.

On lui octroya trois jours pour finir de corriger les épreuves. Linneth consacra une attention scrupuleuse à sa tâche, afin d'effacer de sa mémoire le récit du lieutenant Demarch. Même après avoir vu les photos (cette ville étrange d'apparence si réelle, ces vitrines d'impossibles produits, ces enseignes rédigées dans une langue qui n'entretenait qu'une lointaine parenté avec l'anglais), elle croyait toujours qu'il s'agissait d'un canular, d'une ruse du Bureau pour la pousser à confesser... quelque chose – n'importe quoi ; elle croyait toujours qu'elle finirait en prison.

Elle croisa dans le couloir le chef du département, Abraham Valcour, qui répondit à son regard froid d'un petit sourire distant. Selon la rumeur, il possédait des contacts au département de la Guerre et certaines de ses expéditions de terrain comptaient des espions du Commissariat dans leurs bagages. Linneth, qui s'était gardée jusqu'alors de formuler un jugement, était sûre désormais que c'était lui qui lui avait collé sur le dos un type du Bureau. Elle imaginait la conversation. « Parlez-lui. Elle est intelligente, malléable, et son livre n'est pas mauvais. » Quand il lui prenait l'envie de mentir, il savait se montrer très convaincant. Il ne voulait pas d'une femme dans son département, même si le cursus de Linneth était inattaquable, et il n'avait jamais laissé passer une occasion de l'humilier. Cette nouvelle étape n'avait rien que de logique : il la jetait aux proctors comme un bel os à une meute de chiens, en espérant sans doute qu'elle ne reviendrait pas. Linneth se promit de revenir, ne serait-ce que pour gommer ce sourire qui la mettait hors d'elle.

Two Rivers. La ville surgie au plus profond des bois au nord des Mille Lacs s'appelait Two Rivers.

Elle envoya ses épreuves à son éditeur enveloppées dans du papier paraffiné attaché avec une ficelle.

Puis elle bourra sa valise de vêtements épais. L'automne, disait-on, était précoce dans le Near West, et l'hiver parfois très cruel.

Enfin elle dit au revoir à sa secrétaire et à une poignée d'étudiants. Elle n'avait personne d'autre à saluer.

3

Le lycée John Fitzgerald Kennedy connut une rentrée tardive. Selon Dex, qu'elle ait lieu tenait déjà du miracle ; le mérite en revenait à Bob Hoskins, le proviseur, et à l'association des parents d'élèves ; ils avaient négocié de concert avec les proctors. Ceux-ci devaient préférer parquer des adolescents agités plutôt que de les laisser traîner dans les rues.

Le problème (un parmi tant d'autres), c'étaient les textes. La bibliothèque scolaire était de celles mises à l'index. Les proctors disaient « indexée ». Des camions étaient venus en août chercher les livres – il ne s'agissait pas de les brûler, semblait-il, mais de les classer, sans doute dans les archives secrètes d'un monastère ou d'un souterrain quelconque.

Le consul militaire avait même proposé de nouveaux manuels dont l'emploi s'avérerait sans doute inévitable si l'école continuait, mais les premiers exemplaires avaient atterré Dex : un volume doré sur tranche qui aurait pu passer pour un almanach de 1890, rempli de morales édifiantes sur les dangers de la syphilis et de l'alcool distillé, et des brochures historiques dont la véracité paraissait douteuse même dans ce pays d'Oz : *Héros et hérésiarques*, *Daniel à Ravensbrück*, *Victoires et défaites dans les plaines des Flandres*. Dex ne se voyait guère distribuer de tels documents à des mômes élevés au Super Mario et aux tortues Ninja.

Il donnait son cours habituel : l'Amérique, de l'Indépendance à la Première Guerre mondiale. Il écrivait des « chapitres » qu'il imprimait sur un vieux duplicateur à alcool déniché au sous-sol. L'histoire n'était plus ce qu'elle était, bien sûr. Cependant, malgré quatre mois de preuves tangibles, sa tâche ne lui semblait pas inutile, et ce qu'il racontait à cette classe de plus en plus réduite n'avait rien des légendes d'un paradis perdu. Ces événements s'étaient produits, et avaient entraîné des conséquences : Two Rivers, par exemple, et ses habitants.

Il enseignait l'histoire véritable. Du moins le pensait-il. Mais ses élèves restaient dissipés, et aujourd'hui n'avait pas failli à la règle. Privé de livres, de lumière, de chauffage et d'enthousiasme, il accueillit avec soulagement la fin de la journée.

Quand il rentra, les ombres s'allongeaient. Le couvre-feu ne débutait qu'à 6 heures, mais les rues étaient désertes. Exception faite des soldats. Depuis trois mois, il s'entraînait à ne plus voir les véhicules de patrouille carrés dont le conducteur nanti d'un béret noir et le passager armé d'un fusil à baïonnette arboraient toujours la même expression d'hostilité blasée. Si l'on s'attendait à voir ces visages au Honduras ou à Beijing, Dex n'aurait jamais imaginé les croiser à Two Rivers.

Mais en vérité, le Michigan n'était plus qu'un souvenir. Il avait renoncé à essayer de deviner la nature de cet endroit. Ça semblait sortir tout droit de *La quatrième dimension* : « Un monde parallèle ». Comprenne qui pourra...

Il monta chez lui. La pièce principale était sombre et glaciale depuis le début de l'automne. L'armée devait tirer une ligne à haute tension jusqu'en ville : il le croirait quand il le verrait. D'ici là ça caillait, et l'hiver promettait d'être pire. Voire mortel, à moins qu'on ne règle le problème.

Son canapé convertible disparaissait sous un amas de couvertures – toutes celles qu'il possédait. Durant cette incroyable et invraisemblable période, en juin, entre l'accident et l'occupation, il avait eu la présence d'esprit d'acheter une lampe-tempête et du pétrole et gagnait ainsi une demi-heure de lumière sur le soir. Il lisait. Les proctors n'avaient pas tout confisqué ; les bibliothèques personnelles, dont ses sept étagères de bouquins de poche, subsistaient. Ces temps-ci, il se replongeait dans Mark Twain, un réconfort en de telles circonstances.

Il mangea sa soupe froide à même la boîte. Les proctors avaient distribué des tickets de rationnement ronéotypés sur du papier recyclé qu'on échangeait contre de la nourriture au dispensaire installé sur un parking. Il n'en avait plus depuis le début de la semaine, mais il lui restait des denrées non périssables. L'eau venait d'un camion-citerne garé devant la mairie : on faisait la queue, nanti d'un vieux bidon de lait, d'une bouteille Thermos, de n'importe quel récipient. L'attente durait une bonne heure. L'eau avait un goût d'essence.

Depuis juin, sa toilette consistait à se laver avec un gant, un bout de savon et un broc d'eau à température ambiante, ce qui n'avait rien d'agréable. Il en venait à rêver de douches chaudes.

Il lut à la lueur du soleil couchant jusqu'à ce qu'il fasse trop sombre, puis il posa son livre et regarda la tombée de la nuit par sa fenêtre étroite. Le ciel se couvrait, le vent qui soufflait en bourrasques soulevait des tourbillons d'or terne : nul n'avait pris la peine de ratisser ou de brûler les feuilles mortes. La ville semblait fatiguée, défraîchie.

Il se garda d'allumer sa lampe. Une fois la pièce obscurcie, une fois les rues obscurcies, il enfila un

T-shirt noir, un jean, un manteau bleu marine, puis fourra une boîte de soupe et deux de soda à l'orange dans ses poches. Après réflexion, il ajouta un tube d'aspirine.

Dex savait par expérience que tout le monde respectait le couvre-feu. Il y avait eu quelques exceptions. En juillet, un gars de vingt-sept ans appelé Seagram avait été abattu en voulant traverser la ville pour rendre visite à sa petite amie. Ensuite, on avait exposé son corps dans la cour de la mairie. Trois jours d'horreur.

Les patrouilles avaient quelque peu relâché leur surveillance, mais Dex fit très attention en passant du vestibule de son immeuble à la rue giflée par les rafales.

Un atout, ce vent. Le bruissement des arbres et le crissement des feuilles mortes couvriraient ses bruits de pas. Aucun réverbère, aucune lumière, sinon parfois l'éclat vacillant d'une bougie, atténué par des rideaux tirés. Ça aussi, c'était à son avantage. Il suivit une haie jusqu'à Beacon Road et observa les environs avant de franchir le carrefour au petit trot pour atteindre l'angle de Powell Creek Park. Le jardin public l'abritait des regards, mais la nuit rendait la marche un peu hasardeuse. Il suivit la lueur diffuse d'une allée.

Il se tapit contre un saule en entendant un crépitement de feuilles écrasées. Un véhicule militaire déboucha d'Oak Street, derrière l'école primaire plongée dans les ténèbres. Le passager balaya les trottoirs du faisceau de son projecteur. Immobile, haletant, Dex attendit que le bruit du moteur s'évanouisse dans le lointain, entraînant avec lui le ballet du cercle de lumière.

Puis il traversa la rue devant une petite maison en bois, foula l'herbe haute d'une pelouse laissée à l'abandon et descendit les quelques marches en ciment qui menaient à la porte de la cave. Il avait mémorisé cet itinéraire ; on n'y voyait presque rien dans l'obscurité. Il entendit le vent dans les arbres du jardin. La pluie transperçait son manteau. L'air était froid et humide sur ses lèvres.

Il entra sans frapper, referma la porte derrière lui et alluma une bougie.

Du béton. Pas une fenêtre. Des piles de couvertures, des boîtes de conserve (vides pour la plupart), quelques livres, un réchaud de camping. Sur le sol, un matelas, et sur le matelas, Howard Poole, les yeux fermés, le front perlé de sueur.

Dex soupira et sortit les provisions qu'il apportait. A ce bruit, Howard leva les yeux vers lui.

– C'est moi, dit Dex.

Le jeune homme hocha la tête.

– Soif, dit-il.

Dex tira la languette d'une des boîtes de soda et fourra deux aspirines dans la main d'Howard. Il la trouva chaude, mais peut-être moins brûlante que la veille.

La grippe dont souffrait le physicien avait bien failli tourner à la pneumonie. Dex croyait le danger écarté, sans aucune certitude cependant.

Howard orienta son poignet pour déchiffrer l'heure à la lueur de la bougie puis se redressa avec lenteur, souffrant visiblement.

– C'est le couvre-feu.

– Ouais.

– Plutôt risqué de venir ici.

– Je ne tenais pas à être suivi.

– Tu craignais de l'être ?

– Deux proctors m'ont rendu une petite visite ce matin. Ils connaissent ton nom, ils savent que tu travaillais au labo et que tu logeais chez Evelyn. Très civilisés, très polis, les mecs. Mais un type m'a suivi jusqu'au boulot. J'ai pensé qu'il valait mieux attendre la nuit pour passer ici.

– Merde.

Howard roula sur le flanc.

– Ça n'est pas si terrible, dit Dex. Je n'ai pas eu l'impression qu'ils te traquaient. Mais ils laissent traîner leurs filets.

Howard soupira. Il a l'air fatigué de tout, songea Dex. Usé par la maladie, le froid, la planque.

Dix jours à peine après l'arrivée des tanks, l'armée annonçait son désir d'interroger les employés du laboratoire de recherches. Howard Poole avait refusé de se présenter. Quand le lieutenant Symeon Demarch, du Bureau de la convenance religieuse, avait établi son quartier général chez Evelyn, le jeune homme était entré dans la clandestinité.

Cette maison-ci était visiblement inoccupée. Jadis, elle appartenait à Paul Cantwell, un expert-comptable en vacances en Floride avec sa famille à l'époque de l'accident.

Howard avait piqué un permis de conduire périmé dans le tiroir d'un bureau au premier et pu passer pour Paul Cantwell aux distributions alimentaires, jusqu'au jour où la grippe (une variante apportée par les tanks : la moitié de la ville l'avait attrapée) l'avait touché. Dex s'était alors servi de ces papiers pour obtenir double ration – il courait un réel danger puisque, sous la loi martiale, la constitution de réserves était un délit et l'utilisation d'une fausse identité un crime passible de la peine de mort.

– Je rêvais, dit Howard d'un air distrait. De Stern, je crois. Dans un bâtiment, un bâtiment couvert de pierres précieuses. Mais je ne m'en souviens pas...

Sa voix s'éteignit.

Toujours Stern, songea Dex. Depuis le début de sa maladie, Howard parlait souvent d'Alan Stern – son oncle, le chef du labo, et sans doute l'une des victimes de l'accident. A croire que la fièvre ravivait son souvenir.

– Une femme, reprit-il dans son délire. C'est une femme qui a répondu.

Dex ouvrit une boîte de soupe et plaça une cuillère dans la main d'Howard qui referma ses doigts dessus comme par réflexe.

– Quand je l'ai appelé à Two Rivers... Une femme...

– C'est important ?

La question parut dissiper une ombre. Le jeune homme eut pour Dex un sourire étrange, empreint de culpabilité.

– Peut-être. (Il prit une cuillerée.) De la soupe froide.

– Ça te fera du bien. Comment tu vas, au fait ?

– Un peu mieux. Je reste plus longtemps éveillé. Enfin, il me semble. Difficile à dire, ici. (Une autre cuillerée.) Je vais moins souvent aux chiottes. Et j'avais même une petite faim.

– Parfait.

Il continua de manger en silence. Dex s'avisa que la soupe et l'aspirine commençaient à produire leurs effets. Ça faisait plaisir à voir.

La pluie tambourinait de plus en plus fort sur l'auvent en tôle de l'arrière-cour.

Howard posa la boîte vide et lécha sa cuillère une dernière fois.

– Je parlais de mon oncle. Je n'étais peut-être pas très cohérent, Dex, mais je ne délirais pas totalement. Stern est la clé du problème. Il pourrait même nous aider à le résoudre.

– Tu crois qu'on a une chance ?

– Je l'ignore. Sait-on jamais ?

Si Howard pouvait comprendre ce qui s'était passé au centre de recherches, Dex, lui, s'en savait bien incapable. Déjà en peine de saisir le modèle nucléaire de l'atome selon Bohr, il était complètement dépassé par un phénomène qui obligeait les hommes à réécrire l'histoire. Cet événement ne relevait pas du cours de physique élémentaire – à sa connaissance, il ne figurait sur aucun programme. Il secoua la tête.

– Tu parles à un diplômé en sciences humaines, mon vieux.

– Et si on était obligés de le résoudre ?

– Ah ?

– J'ai pas mal cogité. C'est facile de réfléchir, allongé dans le noir. C'est notre seul choix, Dex. On comprend et on tâche d'agir, ou alors... quoi ? On s'en tient là ? On se fait tuer, foutre en tôle ou, au mieux, assimiler ?

Dex avait tenu le même raisonnement. Comme, sans doute, la plupart des habitants de Two Rivers. Mais personne n'en discutait. La loi du silence : on ne parle pas du futur.

Howard venait de violer cette loi.

– C'est sûr, tu délires.

– Evite de m'envoyer bouler.

– D'accord.

– Inutile de me ménager non plus. Je ne suis pas malade à ce point.

– Je regrette. Si je savais par où commencer...

– Je pense à Stern. J'en rêve. Avec la fièvre, je crois qu'il est ici, dans la pièce. Très réaliste. (Howard secoua la tête et se recoucha sur son matelas.) Tout semble logique. Je comprends mieux, en rêve.

Il était plus de minuit quand il rentra chez lui. Le mauvais temps le dissimulait aux regards et réduisait les patrouilles au minimum, mais ses habits étaient lourds de pluie et il frissonnait lorsqu'il aperçut son immeuble. Et si Howard avait raison ? Si l'on comprenait mieux en rêve ?

Peut-être le rêve était-il le seul moyen de cerner l'incompréhensible. Dans ce cas, Dex était mieux pourvu que la moyenne car sa vie avait basculé dans le domaine du rêve des années plus tôt, le jour où l'incendie lui avait ravi Abigail et David. Depuis lors, il avançait en somnambule dans un monde de ténèbres où même les événements des derniers mois se réduisaient à une simple récapitulation de son propre deuil. Evelyn avait dû le sentir, elle avait dû se rendre compte que la tendresse, la véritable tendresse qu'ils partageaient, était éclipsée par quelque chose de plus sombre. Voilà sans doute pourquoi elle avait choisi de rester dans sa pension en compagnie du proctor Demarch. Elle avait peur, certes, mais surtout elle connaissait Dex, elle savait ce qu'il avait été et ce qu'il avait perdu.

L'obscurité de la porte cochère le gênait pour insérer sa clé mouillée dans la serrure. Il évoqua Evelyn Woodward et ce qu'elle avait représenté à ses yeux. Un temps, il avait cru trouver en elle la porte qui le rendrait au monde dont il était exilé – non pas la remplaçante d'Abigail, mais une chance de sortir du canyon sans issue qu'était devenue sa vie, le sentier qui lui permettrait d'atteindre le plateau, ce lieu ensoleillé auquel il avait presque cessé de croire.

Elle n'avait pas su répondre à cette attente. Qui l'aurait pu ? Mieux valait n'éprouver aucun désir de la sorte. Il avait trouvé un *modus vivendi* avec son chagrin ; on ne brise pas ce genre de pacte sans en subir les conséquences. On supporte son chagrin, et si nécessaire on le mange, on le boit, jusqu'à ce qu'il prenne corps, jusqu'à ce qu'un jour, en s'observant dans le miroir, on ne voie plus qu'une statue de chagrin, qu'un homme de chagrin, qu'un triste miraculé qui tient debout et survit sans trop savoir pourquoi.

Il pendit ses vêtements trempés à la tringle du rideau de douche et alla au lit pour y trouver l'oubli, ces quelques heures d'oubli qui lui permettraient de franchir le seuil d'une nouvelle aurore.

Il s'éveilla en sursaut quand on frappa.

Le coup était péremptoire, féroce. Un proctor. Dex cligna des yeux sous la lumière du jour, le cœur en déroute.

Il alla droit à la porte et l'ouvrit, avec appréhension, mais sans peur ; il était trop las de tout pour avoir peur.

Dans le couloir plongé dans la pénombre, seul se détachait le carré pâle de ce matin d'octobre pénétrant par la fenêtre à l'est. Deux proctors subalternes, des jeunots aux joues roses qui commençaient tout juste à maîtriser l'arrogance routinière du policier religieux, le toisèrent avant d'inspecter la pièce d'un œil inquisiteur. Puis ils se posèrent de part et d'autre de l'embrasure.

Une femme s'avança.

Dex ne put que la dévisager, interloqué.

Elle lui arrivait à l'épaule, et sa tenue aurait convenu à la grand-mère de Dex dans sa jeunesse : une robe noire à manches longues et col montant, boutonnée par-dessus ce corset qui donnait à la femme une silhouette en S, tout en fesses et en seins. Il ne s'agissait pas d'un uniforme – trop de dentelle au col et aux manchettes. Ses cheveux noirs tirés en arrière, avec une raie au milieu, encadraient l'ovale de son visage.

Elle le fixait d'un air déterminé, mais elle rougissait, peut-être à la vue d'un homme ouvrant sa porte vêtu en tout et pour tout d'un caleçon et d'un T-shirt.

– Je suis navrée de vous déranger. Vous êtes bien M. Dexter Graham ?

Elle s'exprimait avec cet accent étrange qu'il avait remarqué chez les militaires : inflexions européennes, voyelles presque irlandaises. Dans sa bouche

« Dexter Graham » avait un petit côté exotique, comme le nom d'un bandit de grand chemin du nord de l'Angleterre dans un roman de Walter Scott.

Il parvint enfin à vaincre son mutisme.

– Oui, c'est moi.

– Je m'appelle Linneth Stone. Le lieutenant Demarch m'a envoyée vous parler. (Elle s'interrompit.) Je peux attendre, si vous souhaitez vous habiller.

Elle rougit un peu plus.

– D'accord, dit Dex. Merci.

Et il partit à la recherche de son pantalon.

4

Au début, Evelyn était disposée à prendre sa place dans la file pour la distribution d'eau, comme tout le monde.

Les proctors ne mégotaient pas sur les livraisons que la pension recevait le mardi et le jeudi, mais sa ration personnelle permettait certains luxes : une tasse de café quand il y en avait, du thé, une deuxième toilette de chat un jour de chaleur. L'attente près du camion était un petit inconvénient qui la laissait indifférente.

Sa nouvelle robe avait tout changé.

Le cadeau était splendide ; elle l'avait accepté de bon cœur, mais non sans réserves, car il mettait en lumière le gouffre qui la séparait toujours davantage des gens du coin.

La robe, coupée dans un tissu vert sombre irides-cent (du bombasin sergé de soie, selon le lieutenant), s'accompagnait d'un ensemble de sous-vêtements si étranges qu'Evelyn avait eu besoin d'un mode d'emploi. Le lieutenant lui avait donc aussi fourni un mince volume relié, *La Perfection de l'apparence féminine*, de Mme Will. Quand elle réussit à traduire le langage de Mme Will, à reconnaître un crochet d'une crochette et à comprendre qu'ici une épingle s'appelait une *pince*, tout se passa pour le mieux.

Elle en venait même à s'apprécier dans cette robe. Ça vous donnait un air victorien, bien sûr. Guindé. Mais sa silhouette en était transformée. Etre à la fois couverte de la tête aux pieds et si totalement dévoilée, c'était étrange, et étrangement intéressant. Au dire du lieutenant, les dames de la bonne société de Boston et de New York s'habillaient toutes ainsi.

Mais Two Rivers n'était ni Boston ni New York. Tout le problème était là. On l'accusait déjà d'accepter les services des proctors qui logeaient chez elle. Eleanor Camby, la femme de l'entrepreneur des pompes funèbres, qui la suivait dans une file un matin, répétait à voix basse le mot « tondue ». Evelyn en ignorait le sens figuré, mais elle l'avait vite déduit. Collabo. Vendue.

Se retrouver parmi ces gens vêtue de bombasin vert et d'un col en dentelle... non, impossible.

Elle aurait pu remettre ses anciens habits pour sortir, mais cela serait allé à l'encontre de ce que souhaitait le lieutenant, elle s'en rendait compte. Un des buts du cadeau, c'était de la différencier, de la singulariser.

Donc, lorsqu'elle voulait sa ration d'eau, elle demandait à l'un des subalternes – en son for intérieur, elle les appelait les « bébés proctors » : leurs grades compliqués lui échappaient – de l'accompagner en voiture. Aujourd'hui, il s'agissait d'un jeune homme du nom de Malthus Feliks. Pour cela, il prit un de ces véhicules trapus qui évoquaient les vieilles Jeeps.

Feliks ne parlait guère, mais il se montrait courtois envers elle – ça la changeait. Les officiers supérieurs n'affichaient à son égard que mépris ou, au mieux, indifférence. On devait les former dans ce but ; et Two Rivers les intimidait sans doute aussi par son étrangeté. La ville était devenue un endroit terrifiant quel que soit le bout de la lorgnette par lequel on l'observait. Feliks conduisait sans sa brusquerie habituelle, ce qu'Evelyn, lasse de revenir les os meurtris de ces virées à tombeau ouvert, apprécia en silence. Il se fendit même d'un sourire (acerbe, comme il seyait à un proctor, mais authentique) quand elle émit une remarque sur la clarté de l'atmosphère nettoyée par la pluie de la nuit. C'est en octobre qu'on a le ciel le plus bleu, se disait-elle.

Elle songea que Feliks se montrait plus courtois à cause de la robe. Ou de ce qu'elle symbolisait. L'imprimatur de l'officier supérieur. Une marque de possession, sinon de rang.

Non. Laisse ces considérations à Feliks.

Elle s'alarma en voyant qu'on avait déplacé le camion-citerne. Et pour le garer où ? Sur le parking du lycée JFK. Elle faillit demander à Feliks de rebrousser chemin. Mais si le proctor le signalait à son lieutenant, cela risquait de faire mauvaise impression. Pourquoi avoir honte ? Elle n'avait rien à cacher.

La distribution d'eau, réservée aux détenteurs de la carte de rationnement, avait lieu de midi à 18 heures. Le camion venait donc d'arriver. Feliks échangea quelques mots avec les hommes qui paressaient dans la cabine. Le Bureau de la convenance religieuse n'appartenant pas à l'armée, le proctor n'était pas le supérieur de ces soldats, mais Evelyn avait déjà remarqué leur déférence envers la police religieuse. D'après le lieutenant, les pouvoirs de l'institution, mal définis, étaient immenses. Censeurs et proctors haut placés avaient tout loisir de causer des ennuis aux militaires du rang, et ceux-ci se méfiaient d'eux.

Un milicien renfrogné déverrouilla le robinet à l'arrière du camion. Evelyn prit sa Thermos. Inutile de prier Feliks de la lui remplir, elle le savait. C'était son eau, sa tâche. Elle se courba pour placer le récipient sous le tuyau en acier tout en relevant sa robe.

Le liquide jaillit, aspergeant ses chaussures. De l'eau, qui semblait potable, émanait comme toujours une vague odeur d'huile.

Elle remplit la Thermos et la referma.

En regagnant la voiture, elle risqua un coup d'œil vers le lycée et la salle du premier étage où Dex enseignait l'histoire à des classes de plus en plus réduites.

Une ombre ?

Il l'observait ?

Il avait vu la robe ?

Elle se détourna et poursuivit sa route la tête haute, tâchant de se persuader qu'elle se fichait bien que Dex Graham l'ait vue, qu'elle se fichait pas mal de ce qu'il pouvait penser.

Les troupes occupaient un *Days Inn* sur la nationale, à l'est de la ville. Le parking, dégagé au bulldozer, abritait des engins militaires – chars, transports de troupes, Jeeps. La bannière de la République unifiée flottait au sommet d'un mât en bois planté depuis peu. Evelyn attendait Feliks, qui avait pour mission de remettre un dossier à l'un des chefs des forces armées.

Bleu avec des bandes blanches et une étoile rouge en son centre, le pavillon qui claquait dans la bise d'octobre n'était pas le drapeau des Etats-Unis. Il aurait convenu à n'importe quel pays, mais il n'avait rien de menaçant dans son exotisme. Le voyage immobile de Two Rivers l'avait menée dans un lieu *autre*. Evelyn acceptait l'idée sans la comprendre et le quotidien sans se poser de questions. On s'habituait. Du moins on essayait.

Elle s'était déjà adaptée jadis. Son mariage avec Patrick Cotter, un notaire de Traverse City, avait duré trois ans. Elle comptait passer sa vie auprès de lui, mais leur lien mutuel s'était révélé aussi fragile que l'ancrage de cette ville dans le sol américain. Puis, une fois le lieutenant installé à la pension de famille, elle n'avait plus tardé à se détacher de Dex, son fiancé. Leçon à en tirer ? Le monde se bâtit sans ciment. Rien n'est sûr, sinon le changement. Le truc, c'est de retomber sur ses pieds.

Dex, lui, ne savait pas s'adapter. Tout le problème était là. Rongé par le mépris de soi, il était devenu taciturne et bizarre.

Feliks la reconduisit. A la différence des soldats, les proctors, peu nombreux, avaient choisi d'établir leur quartier général sur le rivage du lac. La plupart bivouaquaient au *Blue View Motel*, dont les employés civils du Bureau occupaient une aile à eux seuls. Les proctors de haut rang, entre autres le lieutenant et ses pions, logeaient chez Evelyn.

Elle aimait toujours ce bâtiment au style victorien tarabiscoté et la vue imprenable qu'il offrait sur le Merced. Restaurer les trois étages aurait coûté cher, mais la maison n'avait pas souffert malgré un été de négligence. Le blanc des murs ne s'écaillait pas, le bleu des moulures non plus. Elle se précipita, laissant Feliks inspecter son véhicule. C'était presque l'heure du déjeuner, qu'elle ne servait pas, la cuisine du *Blue View* disposant d'un groupe électrogène à essence et de provisions renouvelées quotidiennement. Le midi, elle se retrouvait donc souvent seule. Elle ouvrit une des boîtes de rations militaires que le lieutenant avait apportées, un aliment indéfinissable mais mangeable si l'on avait assez faim, puis elle emplit une bouilloire et alluma le petit réchaud de la véranda arrière. Une fois ses deux derniers sachets de thé dans la théière, elle ajouta l'eau frémissante et inhala la fragrance terreuse que dégageait le récipient. Est-ce qu'elle reboirait du thé, un jour ?

Oui, se dit-elle. Oui. La vie reprendra son cours.

Quant à elle, elle s'habituerait. S'habituer, c'était

un gage de récompense, toujours. De menus plaisirs. Du thé.

Elle but avec précaution une des précieuses gorgées, en contemplant les flots. Frangé d'écume dans le vent d'automne, le lac Merced sous le ciel bleu était aussi vide de voiles qu'elle aurait voulu l'être de pensées.

Le lieutenant rentra au coucher du soleil.

Pour Evelyn, il était « le lieutenant » ; elle connaissait pourtant son nom : Symeon Philip Demarch. Quarante-cinq ans. Né à Columbia, sur les rives de la Chesapeake, d'une famille anglophone associée au Bureau depuis des lustres. *Symeon*. On aurait presque cru *Simon*. Un prénom comme le drapeau, étrange sans être étranger. A cela aussi elle s'était habituée.

Il vint à la cuisine et lui demanda de préparer du café avec le sachet de moulu d'une demi-livre, tout droit sorti des magasins militaires, qu'il lui donna.

– Vous devriez en garder un peu, murmura-t-il.

Il en termina avec deux de ses adjudants et les renvoya. La pénombre envahissait la maison ; Evelyn se mit en quête de pétrole pour les lampes.

– Inutile, dit le lieutenant.

(Symeon.)

Elle replaça la bouteille sur son étagère et attendit qu'il s'explique.

Il sourit et gagna la salle à manger. Un radiotéléphone de l'armée dans une caisse noire éraflée était posé sur la table ; il prit le récepteur, tourna la manivelle et prononça un seul mot :

– Maintenant.

– Symeon ? demanda Evelyn, perplexe. Que... ?

Il se produisit alors un changement notable. La lumière jaillit.

Clifford Stockton se trouvait dans sa chambre lorsque le courant revint.

Chaque soir, il se couchait très tôt. Il n'avait rien d'autre à faire. Sous les couvertures, au moins, il avait chaud.

L'ampoule du plafond se mit d'abord à luire faiblement, comme si des turbines luttaient contre une charge trop importante, puis à briller. Il cligna des yeux devant ce bel éclat et se demanda si tout était revenu à la normale.

Il sortit du lit et alla à sa fenêtre. Le mur des Carrasco, les voisins, lui cachait l'essentiel de Two Rivers, mais la lueur dans le ciel signifiait que toutes les lumières, y compris les enseignes des magasins et les projecteurs sur pylône du centre commercial et de son parking, se reflétaient sur la chape de nuages qui s'était abattue sur la ville avec le crépuscule. Le seul coin qu'il distinguait, derrière Powell Creek Park, évoquait une nouvelle constellation, une poussière d'étoiles sur le velours sombre de la terre. Clifford avait oublié à quoi ça ressemblait, la ville illuminée. Noël ! C'était Noël en été !

– Cliffy !

Sa mère gravissait les escaliers au pas de course, le souffle court dans son excitation. Elle ouvrit la porte de la chambre à toute volée et le dévisagea, les yeux écarquillés.

– Cliffy, c'est merveilleux, non ?

Il lui trouva l'air fiévreux. Les yeux brillants, la peau rougie... mais c'était peut-être l'effet de la lumière. Elle lui tendit la main et il l'accompagna au rez-de-chaussée. Ça faisait longtemps qu'il n'était pas descendu en pyjama : il se sentait désarmé dans cette tenue.

Elle parcourut la cuisine, ouvrant le micro-ondes pour le voir s'éclairer, caressant le blanc émaillé du frigo.

– Du café ! s'exclama-t-elle. Il en reste un peu. Du vieux, mais tant pis. Je le prépare, Cliffy !

– Super. Je peux mettre la télé ?

– La télé ! Oui ! Oui ! Vas-y. (Elle se calma.) Mais tu ne capteras aucune station. Je ne crois pas qu'on soit rentrés chez nous. Ils ont juste dû rebrancher l'électricité.

– On n'a qu'à regarder une vidéo.

– Ah, oui ! Bonne idée ! Et tu montes le son !

– Quelle cassette ?

– N'importe quoi ? Ce que tu veux !

Il prit un boîtier poussiéreux au sommet du tas posé près du poste. Personne n'y avait touché depuis des mois. Pas d'étiquette. Il l'inséra dans le magnétoscope.

Rien de spécial, la dernière émission que sa mère avait enregistrée, son talk-show du vendredi soir qu'elle comptait voir le lendemain, un samedi matin de juin.

Il sursauta dès le générique, tant la musique semblait réaliste. Il eut peur qu'on ne l'entende hors de la maison – mais c'était ridicule. Tout le monde devait passer des vidéos, des CD, pour entendre du bruit.

Sur l'écran, les couleurs vives paraissaient surnaturelles. Il resta assis à les contempler, fasciné, sans même prêter la moindre attention aux propos de l'animateur et de ses invités, heureux qu'il était d'entendre leurs voix, le tapage de ce bonheur sans nuages.

Ce son, c'était de la fête en boîte, et Clifford ne comprit pas que sa mère fonde en larmes.

A l'étage, Evelyn enfila sa nouvelle robe et s'admira dans le miroir en pied.

Elle aimait les reflets que la lumière électrique

donnait aux vallées et aux montagnes en miniature du tissu.

– Elle vous sied à merveille, dit Symeon.

Pas « elle te va bien » ou « tu es jolie là-dedans ». Elle aimait sa manière de s'exprimer. Sa courtoisie. Très suranné, tout ça.

– Merci, dit-elle d'un ton qu'elle espéra modeste et réservé. Il me semble que je ne vous remercie jamais assez.

– La robe.

Symeon souriait d'un air énigmatique.

– La robe ? répéta-t-elle.

– Retirez-la.

– Vous allez devoir m'aider à défaire ces attaches.

– Bien sûr.

Ses grandes mains n'en étaient pas malhabiles pour autant.

5

Linneth Stone le suivit au lycée pour assister à son cours, flanquée des deux proctors très solennels dans leur uniforme de laine brune. (Elle les appelait des pions, ce qui surprit Dex quand il consulta son dictionnaire français-anglais, mais elle employait le terme avec respect.) Deux matinées durant, il traita de la guerre de Sécession tandis que ce petit bout de femme en robe victorienne prenait des notes qu'elle rangeait avec soin dans un classeur en box, et que l'attention de la classe se fixait sur ces apparitions assises au fond.

Il avait espéré que ça s'arrangerait avec le rétablissement du courant, mais les tubes au néon soulignaient son exotisme, au contraire. Il finit par le lui dire.

Ils étaient installés dans la cafétéria. On n'y servait aucun repas chaud, mais l'éclairage artificiel avait le mérite de rendre cette caverne plus humaine. Dex avait apporté son déjeuner. Linneth, toujours flanquée de ses gardes, ne prit rien, mais l'écouta exposer ses griefs.

– Je comprends, dit-elle. Je ne voulais pas être une cause de distraction.

– Mais vous l'êtes. Et ce n'est qu'un aspect du problème. Je suis forcé d'accepter votre présence en classe, poursuivit-il avec un regard appuyé vers les proctors. Mais j'aimerais bien en savoir la raison.

Elle s'octroya un instant de réflexion, l'air angélique et distrait.

– Apprendre. Voilà tout. Etudier Two Rivers et... quel nom lui donner ?... l'endroit d'où vous venez. Votre Plenum.

– Oui, mais dans quel but ? Si je coopère, j'aide qui ?

– Vous m'aidez, moi. Cela étant, je vois ce que vous voulez dire. C'est très simple, monsieur Graham. On m'a demandé de rédiger une enquête sociologique sur la...

– Qui ça, « on » ?

– Le Bureau de la convenance religieuse. Les proctors. Notez que je suis sous contrat. Je travaille pour le Bureau, je ne le représente en rien. Nous sommes plusieurs en ville, des civils, surtout membres du corps enseignant. Un géomètre, un ingénieur électricien, un photographe documentaliste, un docteur en médecine...

– Et tout ce beau monde établit des rapports ?

– Vous nous prêtez des intentions malignes, monsieur Graham. Dans les mêmes circonstances, si l'un de nos villages surgissait dans votre monde, comment réagirait le gouvernement ? Ne tiendrait-il pas des archives, n'essaierait-il pas de comprendre ce miracle ?

– Il y a eu des morts. En conscience, je me demande si je dois coopérer.

– Je ne saurais vous tenir lieu de conscience. Je peux juste dire que mon travail n'a rien de nuisible.

– A vos yeux. En tout cas, il nuit au mien – vous venez de l'admettre.

– Le lieutenant Demarch m'a dirigée vers vous parce qu'il estimait qu'un professeur d'histoire saisirait mieux la gamme des problèmes culturels qui...

– Ah bon ? Moi, je parie qu'il espérait me mettre des bâtons dans les roues.

Elle cilla, puis se reprit.

– Je ne prétends pas deviner la motivation de quiconque. Mon propos, c'est que je peux aller ailleurs si j'empiète sur vos cours. Je n'ai aucune envie de créer des problèmes.

Une humilité agaçante. Et trompeuse. La main de fer dans le gant de velours. Dex scruta ce masque de porcelaine. Elle venait de l'extérieur, et pourtant elle n'était ni proctor ni soldat – singularité qui lui conférait un intérêt potentiel. Et sa curiosité semblait sincère. Qu'elle fût ou non l'instrument du Bureau, elle avait des questions à poser. Parfait. Il en avait quelques-unes de son cru, lui aussi.

– On peut trouver un compromis, dit-il.

– Comment cela ?

– D'abord, vous seriez beaucoup moins voyante si vous perdiez vos anges gardiens.

– Je vous demande pardon ?

– Ces messieurs qui vous serrent de près.

Comme les deux gardes le toisaient d'un regard dur, il leur sourit. Les proctors le lassaient, à s'habiller en scouts et à plastronner comme des chefs de classe : des pions, oui, ça leur allait bien.

– Il faut que j'en réfère au lieutenant Demarch, dit-elle. Je ne vous promets rien.

L'idée semblait la séduire, cependant.

– Vous devriez aussi changer de tenue. Vous attirez trop l'attention.

– J'y avais songé. Mais je viens d'arriver, monsieur Graham. Je ne sais pas ce qui peut convenir, ce que les gens d'ici considèrent comme convenable.

– Vous logez à la pension Woodward ?

– Tout près. L'hôtel routier. Vous dites « motel », je crois.

– Oui. Vous connaissez Evelyn Woodward ?

– On nous a présentées.
– Elle est plus ou moins de votre taille. Elle peut vous prêter quelque chose. Je crois qu'elle a changé sa garde-robe.
– Oui. Enfin, peut-être. Vous avez d'autres exigences ?
– Certes. En échange du temps que je vous consacre...
– Eh bien ?
– Une carte du monde. Si possible un atlas. Et de bonnes notions d'histoire.
– La vôtre contre la mienne ?
– Tout juste.
Le sourire qu'elle lui décocha le prit au dépourvu.
– J'essaierai de m'arranger.

Sa fièvre tomba le soir où la lumière revint, et Howard émergea, fragile mais lucide, comme si la grippe avait dévoré toute la confusion pour laisser à nu l'os de la logique.

Il attendit Dex pendant toute une journée, en vain, sans lui en tenir rigueur. L'autre n'avait pas toujours l'occasion de s'éclipser ; on aurait pu le suivre. Tant pis. Il était temps de prendre une initiative personnelle.

La distribution des rations commençait à midi. Les rues étaient alors très fréquentées. Howard mit un peu de nourriture, de l'eau minérale et un couteau suisse dans les grandes poches d'une canadienne et sortit dans le froid mordant d'octobre.

Il avait dû rester trop longtemps tapi dans sa cachette, ou bien oublier ce qu'évoquait l'automne : un vitrail illuminé. Les trottoirs, les fenêtres, les feuilles mortes, tout semblait changé en glace mince sous un ciel bleu cellophane. Il aurait aimé absorber le panorama d'un seul coup d'œil et garder pour lui cette palette en prévision de la morne saison. Mais il s'obligea à marcher tête baissée pour ne pas attirer l'attention.

Il avait des papiers. Ceux de Paul Cantwell. Tu as eu de la chance, Paul, songea-t-il, tu étais loin quand le ciel nous est tombé sur la tête. Le jeu de documents était plausible, mais dépourvu de photos ; la date d'expiration était dépassée, sauf celle de la carte de rationnement. Si l'armée l'interrogeait, il pouvait s'en tirer – peut-être. Il refusait de courir ce risque. Mieux valait éviter d'éveiller les soupçons.

Après avoir traversé le carrefour d'Oak et de Beacon, il longea des magasins fermés aux vitrines peuplées de fantômes – caméscopes, ordinateurs, prêt-à-porter, téléviseurs. Nul n'avait profité du désordre des premiers jours de l'occupation pour les voler parce que nul n'en voulait : les gens du coin n'en avaient plus l'utilité et les soldats trouvaient inquiétants et étranges ces colifichets d'une civilisation perdue.

Aux yeux de Howard, Two Rivers était en transe depuis que les chars d'assaut avaient dévalé Coldwater Road en juin dernier. Les tentatives de résistance avaient été aussi rares qu'inutiles. Deux dingues de la gâchette avaient, d'une fenêtre de leur appartement, tiré à la carabine sans toucher quoi que ce soit. On les avait arrêtés, puis exécutés en public sans autre forme de procès. Comme la ville se situait au centre d'une région de chasse et de pêche, beaucoup avaient sans doute chez eux, cachée, une Remington chargée. Mais que peut un comté rural contre toute une nation ? Déclarer son indépendance ?

Ils avaient même de la chance. Pour une occupation, la leur se passait sans trop de violence – à ce jour, du moins. Howard se souvenait d'avoir lu qu'à Phnom Penh, les Khmers rouges fusillaient des civils parce qu'ils portaient des lunettes européennes, voire sans raison. Two Rivers n'avait pas connu une telle boucherie, peut-être parce que l'issue du combat ne faisait aucun doute dès le départ, et que le butin n'avait rien d'ordinaire.

Abasourdis, tous avaient capitulé en haussant les épaules, Howard comme les autres. Il avait choisi la clandestinité avec un sentiment proche de la gratitude. Voilà un domaine dans lequel il excellait. Mince, frêle, exclu, souvent battu, il avait appris à accepter son sort. Jamais il ne se plaignait, jamais il ne jurait de prendre sa revanche. Il rentrait chez lui ; il avait toujours un livre qui l'attendait pour le réconforter.

Il connaissait le nom qu'on donnait à cette attitude – la lâcheté. Une part intégrante de son caractère. Il se savait intelligent, et lâche. Dans la grande loterie de l'existence, il y avait de plus mauvais tirages.

Un souvenir d'enfance lui revint. Ces bouffées de mémoire l'avaient souvent visité au cours de sa maladie, et peut-être n'était-il pas vraiment guéri, au fond. Il avait dix ans, il se tenait sur la véranda de la vieille maison du Queens, et il écoutait ses parents qui, d'une voix posée, dévidaient l'écheveau d'un de leurs interminables bavardages.

– Certains croient en la réincarnation, disait son père. On revit toujours et chaque vie a un but, accomplir une tâche, apprendre une leçon. (Il tendit la main d'un air absent pour ébouriffer les cheveux de son fils.) Qu'est-ce que tu en dis, Howie ? Qu'est-ce que tu es censé apprendre, cette fois-ci ?

Howard était assez jeune pour prendre l'idée au sérieux. Elle l'avait tourmenté pendant des jours. Qu'est-ce qu'il avait à apprendre ? Un truc compliqué, pour sûr, sinon quel intérêt d'y consacrer une vie ? Un truc qu'il avait raté toutes les autres fois, sans doute. Un Everest du savoir ou de la vertu.

Peu importe ce que c'est, se dit-il, de retour au

présent – le nom de toutes les étoiles, l'origine de l'univers, les secrets de l'espace et du temps... Tout, mais pas le courage.

A l'écart du centre, les rues étaient moins fréquentées. Passer inaperçu devenait plus difficile. Howard avançait d'un pas traînant, les mains dans les poches. Dès qu'il en avait la possibilité, il empruntait les rues des lotissements et se frayait un chemin parmi les H.L.M. neuves, plutôt sinistres, qui avaient poussé dans les quartiers ouest de la ville. Les patrouilles ne venaient pas ici ; rien ne les y attirait. Il devait quand même se montrer prudent. Les soldats avaient installé leur caserne au *Days Inn*, à mi-chemin de Two Rivers et des ruines du labo – non loin de là.

Howard avait une bonne mémoire des cartes. Il en avait étudié une peu avant l'arrivée des chars, mais ces tours, ces détours et ces impasses l'égaraient. Le temps qu'il trouve un itinéraire logique et discret, en suivant les pylônes d'une ligne électrique dont on avait débroussaillé les abords, c'était presque l'heure du couvre-feu.

Il l'avait prévu. Il traversa la nationale à l'intersection de Boundary Road et la longea vers le nord sur quatre cents mètres, prêt à sauter dans le fossé de drainage. Les ombres s'allongeaient. On ne voyait plus de maisons, juste quelques brocantes, parfois une station-service à l'abandon. Il atteignit sa première étape à la tombée du soir : la boutique d'appâts et de matériel de camping jouxtant l'ancienne réserve ojibwa.

Il s'y était arrêté en juin avec Dex, qui avait acheté la fameuse carte et un compas, perdus depuis. Une bicoque en carton goudronné surmontée d'une enseigne en façade. Il n'y avait personne, comme il l'espérait.

Il observa la route dans les deux sens. Un grillon

esseulé stridulait dans le crépuscule glacial. Sinon, pas un bruit.

Un gros cadenas rouillé protégeait la porte d'entrée. Howard se fraya un chemin parmi les amas de pneus lisses qui parsemaient la cour, contourna la carcasse corrodée d'une Mercury Cougar modèle 79 et déboucha derrière la boutique. Porte close là aussi, mais une seule secousse suffit à arracher le loquet de bois pourri de l'embrasure.

Une puanteur atroce l'assaillit. Il hésita, dégoûté. Puis il songea aux appâts. Merde ! Le proprio avait deux glacières pleines d'esches et d'asticots. Ça avait dû fermenter tout l'été.

Il entra, en respirant par la bouche. Le seul éclairage provenait de la lucarne poussiéreuse qui filtrait les dernières lueurs du jour. Il se trouvait dans la réserve, dont il remonta une travée.

Il choisit trois articles : un sac à dos à armature, un sac de couchage doublé et une tente individuelle.

Une fois dehors avec ses emplettes, il marqua une pause pour prendre trois grandes bouffées d'air frais.

Puis il plia la tente et la rangea dans le sac à dos, sous lequel il attacha le sac de couchage. Il se harnacha, ajusta les sangles. Et il continua de longer la route vers le nord jusqu'à ce qu'il trouve un sentier qui s'enfonçait dans les bois.

Le sentier, moussu et envahi de végétation, allait dans la bonne direction. Howard s'enfonça dans la réserve pendant vingt minutes, après quoi l'obscurité le força à s'arrêter.

Il planta sa tente sur un sol pierreux et ajusta l'auvent en nylon tandis que le jour s'enfuyait. Enfin, il jeta son sac de couchage à l'intérieur et rampa à sa suite.

Ça allait cailler. Le temps risquait même de tourner à la neige si la couverture nuageuse s'épaississait. Il se rappela les premières neiges à New York, les petits flocons friables, les flaques changées en banquises miniatures, les feuilles mortes qui craquaient comme du papier trop sec.

Il avait pris le premier sac de couchage qui lui était tombé sous la main et il avait eu de la chance : un modèle pour l'hiver, chaud, confortable. Epuisé, il s'endormit avant la nuit.

Le rêve vint comme depuis des semaines. Le rêve, ou plutôt l'image récurrente qui s'insinuait dans son sommeil.

L'image peu familière d'un oncle émacié, translucide, nu, l'épine dorsale apparente sous la peau mince et tendue.

Dans le rêve, Stern était lié ou relié à un œuf de lumière de la taille d'un homme, qui évoquait une explosion atomique capturée par chronophotographie au moment où l'onde de choc commence à s'étendre, quelques nanosecondes avant que ne s'abatte la destruction. Son oncle retenait cette explosion, ou elle le retenait, ou les deux. Inexplicable. Alors il tourna la tête vers Howard. Son visage amaigri semblait antique, ridé sous une barbe en bataille, et son expression un mélange de douleur et de préoccupation extrêmes.

Stern, voulut dire Howard. Je suis là.

Mais aucun son ne sortit de sa gorge, et rien ne transparut sur les traits torturés du prisonnier.

Stern avait coutume de parler du *maya*, un mot hindou : le monde est une illusion, la réalité un voile trompeur.

– Tu dois regarder derrière le *maya*. C'est ton devoir de scientifique.

Le physicien y parvenait sans peine. Howard éprouvait beaucoup plus de difficultés.

L'été, une plage d'Atlantic City, des vacances en famille. Stern ramassa un caillou et le lui tendit.

– Tiens, regarde.

Un galet poli, de l'émeraude des ombres océanes, veiné de rouille. Chaud sur sa face exposée au soleil. Froid dans la paume qui l'accueillait.

– Il est joli, dit Howard sans réfléchir.

Stern secoua la tête.

– Oublie ça. *Celui-ci* est joli. Mais il te faut dégager son essence. Apprends à détester le particulier, Howard. A aimer le général. Ne dis pas « joli ». Regarde mieux. Gypse, calcite, quartz ? Telles sont les questions que tu dois te poser. « Joli », c'est le *maya*. « Joli », c'est la réponse de l'idiot.

Howard n'avait pas l'esprit aussi acéré. Il empocha la pierre. Il aimait sa couleur « particulière ». Sa froideur, sa chaleur.

Howard s'éveilla en sursaut.

Il comprit aussitôt que c'était le milieu de la nuit, bien avant l'aurore. Il se sentait essoufflé, affaibli par l'étreinte du sac de couchage. Il avait dormi sur le flanc, son bras gauche était engourdi. Un bout de chair inutile. Mais il se garda de bouger.

Quelque chose l'avait tiré du sommeil.

Enfant, il avait campé pendant une semaine dans les Smoky Mountains, avec ses parents. Il savait qu'une forêt n'a rien d'un endroit silencieux et que le moindre bruit bizarre risque d'éveiller un dormeur dans le noir. Aucune raison d'avoir peur : le seul danger venait des soldats, qui ne risquaient guère de courir les bois à une heure pareille.

Pourtant, il en avait des sueurs, la peur avait ouvert une brèche et s'était engouffrée en lui. Il scruta les ténèbres de la tente. Il ne voyait rien. N'entendait rien, sinon les feuilles qui bruissaient dans le vent. Les branches qui gémissaient. L'air lui glaçait les narines.

Ce n'est qu'un raton laveur ou un putois qui traverse les broussailles, songea-t-il.

Il s'étendit sur le dos et laissa le sang irriguer son bras mort. La douleur l'occuperait. Il ferma les yeux, les ouvrit, les referma. Le sommeil, soudain plus proche qu'il ne l'aurait cru, agissait sur son angoisse comme un tranquillisant. Il prit une profonde inspiration qui se changea en bâillement.

Il rouvrit les yeux une dernière fois pour se rassurer, et vit la lumière.

Diffuse au début, elle projetait l'ombre des arbres sur la toile ; puis elle brilla davantage. Le soleil, se dit-il dans son hébétude. Ce doit être l'aube.

Mais les arbres silhouettés sur le toit d'étoffe défilaient trop vite. On aurait dit des soldats à la parade. La lumière, ou sa source, se déplaçait dans la forêt.

Il chercha ses lunettes. Sans elles, il était aveugle. Il se rappelait les avoir repliées et posées sur le tapis de sol – mais de quel côté ? Vague souvenir, il somnolait déjà. Il balaya le sol d'une main tremblante. Et s'il les avait écrasées dans son sommeil ? S'il les avait cassées ?

Il effleura enfin une monture froide et fragile comme de la porcelaine et la chaussa si vite qu'il manqua s'éborgner.

La lumière brillait de plus en plus.

Une lanterne, se dit-il. Il y a quelqu'un dehors. La tente était orange vif. On allait la voir. On l'avait peut-être déjà vue. Il descendit la fermeture à glissière de son sac de couchage jusqu'en bas, histoire d'être libre de ses mouvements quand ils viendraient. Quels qu'ils soient.

La fermeture gronda dans le silence. Howard s'extirpa du sac et se tapit, prêt à bondir, dans l'angle de la tente, où le rabat s'ouvrait sur le froid de la nuit.

Les ombres atteignirent leur zénith, puis s'allongèrent ; la lumière décrut peu à peu et finit par disparaître.

Howard attendit une éternité de quatre ou cinq minutes. La forêt avait retrouvé son obscurité. Lunettes ou non, il ne distinguait plus ses mains devant sa figure.

Il prit une profonde inspiration et sortit en rampant.

Les jambes flageolantes, il réussit pourtant à se lever.

Il discernait les silhouettes des arbres contre un fond de ciel nuageux que Two Rivers éclairait faiblement. Il n'y avait rien de menaçant dans les parages – du moins rien de visible. Aucun signe de passage, exception faite d'une odeur étrange, âcre, vite dissipée. Une brume montait du sol dans l'air glacé.

Sentant sa vessie gonflée, il tituba sur une dizaine de pas pour aller se soulager contre un tronc d'arbre. Merde, qu'est-ce qui s'était passé ? Qu'est-ce qu'il avait vu ? Une lanterne, une torche électrique, les phares d'une voiture ? Il aurait dû entendre du bruit, des pas... Mais non. Rien. Bon, se dit-il, après tout, on voit de drôles de trucs dans les bois. Des feux follets. La foudre. Et alors ? Ça avait passé son chemin. L'important était là. Et personne n'avait repéré sa tente.

Enfin, il l'espérait. Comme il n'y pouvait rien, il devait dormir, si possible. Demain, il ne moisirait pas dans le coin.

La lumière qui se mit à danser à la cime des pins brisa ce calme retrouvé.

Il se sentit un peu moins menacé, cette fois, parce qu'il pouvait voir ce qui se passait. Caché derrière un jeune érable, il regarda la lueur s'élever dans un bosquet embrumé, à trente mètres de là.

Le plus étrange, c'était le silence – comment déplacer un projecteur dans les bois sans agiter les broussailles ? – et la régularité du mouvement : un vol plané qui jetait entre les arbres des ombres gigantesques.

Howard s'accroupit dans l'obscurité, une main à terre pour assurer ses appuis. A présent il était détaché, concentré. Sa peur avait pratiquement disparu.

La lumière approchait. Là, se dit-il. Elle va contourner la crête, je vais la voir...

Et il la vit, et elle l'emplit de crainte et de respect, et il haleta bien malgré lui.

Aucune source. Elle naissait d'elle-même. Elle n'était pas onde mais substance. Elle mesurait trois ou quatre mètres de haut. Un éclat presque trop vif pour l'œil, mais il pouvait, devait observer. Sa forme ténue évoquait une silhouette humaine – une tête, des bras, un torse, des jambes s'entrelaçaient tels des filets de fumée, se dissipaient, réapparaissaient. Des veines colorées battaient.

Elle approchait. Il ne la voyait pas mieux, pourtant. Les contours se fondaient dans la brume. Une forme vague. Flamme, elle se déplaçait, elle avançait, avançait, plus près, tout près, elle allait le brûler.

Elle s'immobilisa à quelques pas.

Aveugle, elle le *regardait*, il le savait. Elle le considérait à l'aune d'une intelligence complexe et glacée qui le baigna et l'emplit telle une marée d'hiver avant de refluer en le laissant échoué, coquille vide, sur la plage de la nuit.

Puis elle reprit sa route. Elle le frôla, étoffe portée par le vent, et disparut derrière une coupe d'arbres.

Howard resta sans bouger. D'autres lueurs, non loin de là, tissaient une forêt jumelle d'ombres fugaces. Le bois était peuplé de ces choses qui l'arpentaient dans toute leur majesté. Mon Dieu ! songea Howard. Le besoin de prier le saisit et ne le lâcha plus. Mon Dieu, mon Dieu !

Il regarda passer chacune de ces lueurs nébuleuses, et les ténèbres redescendre une fois la dernière disparue au loin.

Alors il se redressa tant bien que mal, dans un concert d'articulations maltraitées.

La bise le glaçait jusqu'aux os, mais chassait les nuages. Le ciel, à l'est, était d'encre bleue. L'aube, songea Howard. Cette étoile brillante, ce doit être Vénus.

Il regagna sa tente d'un pas mal assuré, sans éprouver d'autre émotion que la gratitude d'avoir survécu.

Il se réveilla des heures plus tard, sous le soleil orange qui filtrait au travers du nylon, le corps à vif, les idées fragiles et fugitives.

C'est le moment de cogiter en scientifique, se dit-il. De trouver le cœur du problème.

Ou de reprendre la marche. Dépasser le laboratoire en ruine, s'enfoncer dans la forêt, plein sud, vers Detroit ou la ville mutante qui en tenait lieu ; marcher jusqu'à trouver une communauté dans laquelle se fondre, ou jusqu'à en crever. Le destin choisirait.

La question fondamentale, d'une telle ampleur qu'elle dépassait l'entendement, était simple : pourquoi ? Two Rivers voyait se succéder des événements cruciaux, et accablants. Tous liés, sans doute. Participant d'un enchaînement causal restant à cerner. La ville avait été, à l'évidence, prise dans un courant temporel inimaginable : pourquoi ? Elle avait dérivé vers un monde de croisades perverses et de technologies archaïques : pourquoi ? Pourquoi aboutir ici ? Et ces formes, dans la forêt ?

Quelle suite logique trouver à tous ces éléments ?

Il roula sa tente, ramassa son sac et suivit le sentier qui se dévidait vers l'est.

Le soleil chassait les nuages derrière un voile de brume. Howard traversa un ruisseau à gué ; l'eau coulait, cristalline, sur des débris de granit. Il aurait aimé avoir des pensées aussi lucides. Ses provisions épuisées, il se sentait affamé, étourdi.

Il trouvait normal de pousser vers les ruines du labo en passant par les friches de l'ancienne réserve – du mystère à la révélation. Peut-être. A la fin.

La nuit dernière, les bois lui paraissaient hantés. L'éclat du jour rendait ce souvenir ridicule. Pourtant, il y avait une présence dans les environs ; on la sentait, sans jamais la voir. Comme une possession bénéfique. Il sentait son oncle près de lui : Stern en guise d'esprit tutélaire. Ça manquait de rigueur scientifique. Mais l'impression subsistait.

La forêt se clairsemait. Il poussa avec prudence jusqu'à la route des bûcherons ; élargie par le passage des véhicules de l'armée, elle reliait le labo à la nationale. Il attendit. Un camion le frôla dans le fracas de son moteur primitif. Alors Howard traversa, en enjambant les ornières creusées dans la terre meuble, et suivit ce sentier, à couvert derrière les jeunes pins.

Il atteignit l'escarpement d'où, une éternité auparavant, il avait regardé Haldane et son équipe franchir une frontière d'azur. Un autre sentier, perpendiculaire, semblait mener un peu plus loin sur la crête, et il l'emprunta. Des ronciers. Des pinèdes. Il s'élevait peu à peu, suant à grosses gouttes sous son anorak. L'après-midi commençait, et le soleil tapait dur.

Il parvint sur la crête. En contrebas, sur un terrain plat, s'étendait son objectif. Se sentant exposé, il se débarrassa de son sac, qu'il posa contre un tronc d'arbre, et s'allongea à plat ventre près du surplomb qui dominait un éboulis rocheux piqué d'herbes folles.

Les bâtiments, toujours enclos sous ce dôme iridescent, ressemblaient au souvenir qu'il en gardait depuis le printemps – sauf le bunker central, qui ne crachait plus de fumée. La lueur bleutée gelait le complexe. L'orme solitaire posté près de la résidence du personnel conservait toutes ses feuilles. La brise soufflait, sur cette butte ; l'arbre, lui, ne bougeait pas.

Les signes d'activité humaine restaient circonscrits aux abords de ce périmètre. Visiblement, l'armée s'intéressait à « l'usine d'armement », comme disait Dex. On comprenait vite le rôle crucial du labo dans ces étranges événements. Et cette taie lumineuse ne pouvait que retenir l'attention. Les soldats avaient dressé des barbelés, érigé des tentes et deux hangars en tôle. Howard jugea saisissant le contraste entre l'intérieur du dôme, immaculé, et l'extérieur : herbe piétinée, boue, fossés transformés en latrines, montagnes d'ordures.

Absorbé par ses observations, il n'entendit les pas dans son dos qu'au tout dernier moment. Il roula sur lui-même et s'accroupit, prêt à foncer dans le sous-bois.

Le gamin qui le toisait derrière ses lunettes aux verres en cul de bouteille cligna des yeux énormes, et lui tendit un sac en papier froissé.

– Mon déjeuner, dit Clifford Stockton. Tu en veux ?

– Comment as-tu su que je n'étais pas un soldat ?

Ils étaient assis à l'ombre, quelques mètres en dessous de la crête de l'escarpement.

– T'as pas l'air d'un soldat.
– Comment ça ?
– Tes fringues.
– Je pourrais être en civil. Déguisé.
Le gamin l'inspecta du regard et secoua la tête.
– C'est pas que les fringues.
– Entendu. N'empêche, fais attention.
Clifford acquiesça.
Il avait laissé son vélo appuyé contre un arbre. Il offrit la moitié d'un sandwich emballé dans du papier alu, et de l'eau dans une Thermos. Howard en avait apporté deux bouteilles pleines enfouies dans ses vastes poches, mais il ne lui en restait presque plus. Il but.
– Merci.
– Je m'appelle Clifford.
– Merci, Clifford. Moi, c'est Howard.
Le gamin lui tendit la main, et il la serra.
Puis ils mangèrent. Ce fut bref. Le sandwich, qui n'avait pas fière allure, était plutôt meilleur que ses derniers repas. Du pain complet, de la viande – rations militaires, sans doute. Pas mauvais, si on avait faim. Il se rendit compte qu'il avait très, très faim.
Il termina en léchant le jus clairet sur ses doigts.
– Clifford, tu es déjà venu ici ?
– Des fois.
– C'est loin, en vélo, non ?
– Oui.
Clifford le mettait à l'aise. La myopie visible, le sérieux affiché, tout ça lui rappelait son enfance. Un coup d'œil sur ce môme, et on savait qu'il était du genre à collectionner les pièces de monnaie, les insectes ou les B.D. ; qu'il regardait trop la télé, qu'il lisait trop. Les paupières plissées, le regard circonspect, c'était normal, hélas : tout le monde avait appris la prudence.

– C'est sûr, ici ? demanda le jeune homme.

– Faudrait escalader la falaise. J'ai jamais vu un soldat. Ils restent près des camions, en général.

– Tu viens souvent ?

– Une fois par semaine, en gros. Tu l'as dit, c'est loin.

– Pourquoi est-ce que tu es là, alors ?

– Pour savoir ce qui se passe. (Le gamin le dévisagea d'un air pensif.) Et toi, pourquoi t'es là ?

– Pareil.

– T'es venu d'en ville à pied ?

Howard hocha la tête sans mot dire.

– Ça fait une trotte, reprit Clifford.

– J'ai vu.

– C'est la première fois ?

– Oui. Enfin, depuis l'arrivée des chars.

– C'est calme, aujourd'hui.

– Ah, ça change ?

– Oui. Des fois, il y a plus de soldats ou de proctors.

Assailli par la curiosité, Howard mit tout de même de l'ordre dans ses réflexions. Il ne tenait pas à effrayer le gamin.

– Tu sais ce qui se passe ici ? Ça pourrait être important.

Clifford fronça les sourcils et, froissant l'emballage de son sandwich, le jeta au loin dans les bois.

– Difficile à dire sans jumelles. Ils prennent des photos. Une ou deux fois, je les ai vus envoyer des soldats.

– Quoi, au labo ?

– Dans un des bâtiments.

– Montre-moi lequel.

Ils rampèrent jusqu'au bord de l'escarpement. Le gamin désigna un petit immeuble près du parking : le bâtiment administratif.

Howard se rappela Haldane et ses pompiers au

lendemain de la transition. Ils avaient avancé de quelques mètres sous ce dôme, pour en ressortir avec des monstres ou des anges plein la bouche. Et malades. Plus sans doute qu'ils ne l'imaginaient. Haldane était mort en septembre d'une leucémie foudroyante, selon toutes les apparences.

– Ça m'étonne qu'ils arrivent à entrer.

– Ils mettent des tenues spéciales, dit Clifford. On dirait des combinaisons de plongée, avec des casques.

– Ils reviennent les mains vides ?

– Non, avec des cartons, des classeurs. Des livres. Des corps, quelquefois.

Des corps. Le site n'était désert qu'au premier abord, bien sûr. Des gens étaient morts, dans leur lit pour la plupart. Hors de vue.

– Ils sont vraiment bien conservés, ajouta le gamin.

– Quoi ?

– Les corps.

– Clifford... comment tu le sais, à cette distance ?

Le gamin resta coi un instant. Touché au point sensible. Quand il répondit, ce fut en évitant son regard.

– Ma maman a un ami. Un soldat. Qui vient à la maison. C'est comme ça qu'on a du pain pour les sandwiches. Et des barres chocolatées, certains jours. (Clifford haussa les épaules comme pour se débarrasser d'un fardeau.) Il est pas méchant.

– Je vois. (Il veilla à garder un ton dénué d'expression.) Mais il parle ?

Le gosse hocha la tête.

– Au petit déj', souvent. Il la ramène.

– Ce type, il est venu ici ?

– Il montait la garde quand ils ont sorti le corps d'une personne. On aurait cru qu'elle venait de mourir. Elle était pas décomposée, rien. Sauf s'il raconte des craques.

– Clifford, là, ça pourrait être primordial. Il a parlé de ce qu'ils cherchent ou de ce qu'ils ont trouvé ?

Le gamin s'assit sur une saillie de granit, un peu à l'écart de la crête.

– Pas beaucoup. Je crois que c'est défendu. Les gens qui ressortent, même ceux en tenue, racontent qu'ils ont vu des trucs bizarres. Ils arrivent pas à rester très longtemps ni à aller bien loin. Ça les rend malades. Il y en a qui sont morts, parmi les premiers.

La leucémie d'Haldane revint hanter Howard.

– Et le soir, poursuivit Clifford, tout le monde se tire. Personne reste là. Ça devient bizarre, dans le coin.

– Bizarre comment ?

– C'est tout ce que je me rappelle. Luke parle pas tant que ça. Il se plaint toujours des proctors. Il les déteste. Tous les soldats les détestent. C'est eux qui demandent qu'on sorte les gens, les soldats font qu'exécuter les ordres. Luke dit que les soldats sont obligés de prendre des risques parce que les proctors ont décidé que cet endroit est important. (Il s'interrompit, comme pour creuser cette idée.) Il l'est, hein ? C'est pour ça que t'es là.

– Oui. C'est pour ça que je suis là.

Une rafale souffleta la crête. Clifford se détourna. Il paraissait minuscule sur le fond bleu du ciel.

– Il s'est passé beaucoup de choses, dit-il. Personne sait où on a débarqué... Mais ça a l'air vachement loin. (Il fit face à Howard, l'air désespéré.) Si c'est ici que ça a foiré, c'est dur de croire que quelqu'un va réparer.

Howard scruta la forêt derrière les bâtiments en ruine sans pouvoir discerner la jonction entre l'ancienne réserve indienne et la pinède. Les collines moutonnaient vers l'horizon que dérobait le brouillard d'automne. Ce serait facile de s'engager dans cette immensité. Mourir, ou trouver une vie nouvelle. Partir.

– On peut essayer, dit-il. Je compte bien m'y atteler.

Quand le gamin s'en alla sur son V.T.T. après avoir livré le plus de renseignements possible, Howard dressa à l'estime un plan du complexe, avant d'y tracer la circonférence du dôme de lumière.

Il traversa la nationale au crépuscule et passa la nuit dans les bois ; rien ne troubla son sommeil.

Au matin, il roula son matériel de camping dans sa toile de tente, enfouit le tout sous un monticule de feuilles mortes – il reviendrait peut-être un jour ou l'autre – et rentra par la ville. Il puait la sueur, il mourait de soif, mais il regagna son sous-sol avant le couvre-feu sans éveiller de soupçons.

Les affaires qu'Howard avait emportées dans ce nouveau monde tenaient dans son sac à bandoulière planqué derrière le chauffe-eau des Cantwell. Il le tira de sa cachette et l'ouvrit. Des carnets, des articles qu'en d'autres temps il comptait lire, un extrait de naissance, les papiers nécessaires pour montrer patte blanche au labo... et ça.

Il le sortit du sac et l'étudia à la lumière.

Un feuillet jaune canari arraché à un bloc-notes.

Inscrit dessus, un nom. *Stern*.

Et un numéro de téléphone.

6

Milos Fabrikant était le doyen du bataillon de savants attelé à la tâche de construire une bombe nucléique.

Dès que le temps le permettait, il allait à bicyclette de chez lui – une sinistre casemate pleine de sinistres physiciens – à son lieu de travail, un bureau dans un des cinq immeubles gigantesques dressés au fin fond d'une morne plaine de la Laurentie septentrionale.

Et la même observation s'imposait à lui : tout était trop vaste, ici. Le paysage, la nue, les édifices. Ce matin-là encore, en traversant une esplanade d'asphalte noir et lisse sous un ciel qui s'emboucanait, il contempla la plus grande structure jamais créée par la race humaine, un immense bâtiment en forme de boîte plein de calutrons sous vide.

En un an de ce labeur, il s'était départi de sa fascination pour l'orgueil démesuré de l'homme et de la nature. Il aurait soixante-dix ans d'ici l'Ascension. Ce qui le flattait – un de ses rares plaisirs intimes – brillait par sa simplicité même : sa capacité quotidienne à parcourir ces trois kilomètres. Il se faisait l'effet d'un athlète. Certains collègues quadragénaires (comme ce cochon de Moberly, l'ingénieur en matériaux) se seraient écroulés avant la moitié du trajet.

Tout à son rêve guerrier, Fabrikant, sur sa vieille bicyclette bleue, se sentait immortel.

Il était physicien mais, selon la légende, un physicien de renom accomplit son grand œuvre avant trente ans. Oui, sans doute, se dit-il. Il s'occupait de paperasserie, et non plus de théorie. En tant qu'administrateur, cependant, il appréhendait le projet dans ses moindres détails, dans tout le terrible éclat de sa beauté.

Il étudiait le nucléique depuis longtemps. Il se souvenait du laboratoire primitif de l'université de Terrebonne, avant que la guerre n'impose ses urgences. Pariseau et lui avaient rempli d'uranium pulvérisé et d'eau lourde une sphère d'aluminium et l'avaient plongée dans le bassin – la piscine du vieux gymnase ; on en avait par la suite creusé une autre. Ils avaient ainsi créé la première pile nucléique, et obtenu la multiplication des neutrons en laboratoire. Mais la sphère fuyait et l'uranium avait pris feu une fois le bassin vidé. Il s'était produit une explosion – chimique, par bonheur. Le vieux gymnase avait brûlé de fond en comble. Fabrikant avait craint de perdre son poste, mais sa communication lui valut les palmes académiques et l'université toucha, sembla-t-il, un joli magot de l'assurance.

Mais la méthode pragmatique n'était plus de mise. Il occupait ses journées à jongler avec la largesse étonnante et la pingrerie plus étonnante encore de l'économie de guerre. Cinq tonnes de cuivre pour les calutrons ? Aucun problème. En revanche, on était à court de trombones depuis six mois.

Des lingots d'argent purifié, autant qu'on en voulait, mais de papier hygiénique, point.

Toutes les requêtes passaient par son bureau. Son rôle était aussi d'organiser des visites d'amitié pour les officiers chargés d'acquérir le matériel militaire, et d'innombrables rapports financiers pour les chefs du Bureau, souvent peu désireux d'affecter des crédits à la science « pure », fût-ce dans le domaine de l'armement.

Il rangea sa bicyclette dans un placard à balais, gravit deux étages et souhaita le bonjour à Cile, sa secrétaire, qui lui sourit sans conviction. Le bureau de Fabrikant donnait à l'ouest, où les usines de séparation, d'immenses coffres-forts gris striés de pluie, bouchaient le plus clair de l'horizon. Derrière, la toundra. Les cheminées ajoutaient de la vapeur à la brume déjà tenace.

En consultant l'agenda préparé par Cile, il constata que toute la matinée était consacrée à une rencontre avec un proctor venu de la capitale en avion. Un censeur, un certain Bisonette. Ordre du jour, aucun. Encore une représentation de gala, songea-t-il avec lassitude. Un programme en parfait accord avec le climat : guider un bureaucrate chauve, clopinant et monolingue au long d'une tournée des chambres de diffusion. Il soupira et entreprit de réviser son français hésitant. *Le réacteur atomique. Une bombe nucléaire. Une plus grande bombe.*

Fabrikant se demandait parfois si le simple fait de concevoir une arme pareille était mal.

L'armée se méprenait sur le projet. On leur disait, tant de milliers de tonnes de T.N.T. Ils pensaient, *Ah, une grosse bombe.*

Mais ils se trompaient. Fabrikant discernait le potentiel avec peut-être plus de perspicacité que ses collègues. Libérer l'énergie que renferme la matière, c'est toucher au fondement de la nature, raisonnait-il. La division nucléique relève des prérogatives des étoiles, et ces dernières ne sont-elles pas du seul domaine de Dieu ?

« S'il fuit vers l'est, il trouve le feu. S'il se tourne vers le sud, il trouve le feu. Au nord, le brasier l'attend. Il n'a point de salut à l'est qu'il n'ait obtenu dans sa chair, et il ne l'obtiendra pas davantage au jour du Jugement. » L'Evangile de Thomas le Prétendant – Thomas le Prétentieux, comme le baptisa Fabrikant *in petto* lorsqu'il dut apprendre les versets par cœur durant ses années d'école secondaire. La ruine aux quatre points cardinaux. Il se demandait s'il était devenu l'outil de Thomas, l'outil qui allait construire le véhicule de la flamme ultime.

Mais les Espagnols menaçaient la frontière occidentale, les nouvelles étaient moins roses que la radio ne le donnait à croire, et la République méritait d'exister malgré ses défauts – au moins, se disait-il, était-ce un terrain neutre où les deux races, la française et l'anglaise, avaient arrêté un *modus vivendi* ; elle était plus libérale que ces monarchies d'Europe, avec leurs hérésies nationalistes ou leurs paganismes papistes. Donc, tant pis, une grosse bombe, un feu sacrificateur, pour dévaster Séville, voire un port militaire comme Málaga ou Cartagena. Dès lors, la guerre prendrait fin.

Il leva les yeux, arraché à ces rêveries et à sa tasse de café froid par l'entrée de Cile venue annoncer le censeur, M. Bisonette. Grand, une barbe blanche de plusieurs jours, des yeux nichés dans un entrelacs de rides. Des mains fines. Le parfait aristo, songea Fabrikant. Maudits soient les Français. L'unification ne comprenait aucun article officiel selon lequel les Anglais contrôleraient le gouvernement civil tandis que les Français domineraient la hiérarchie religieuse – mais c'est ce qui s'était passé. Cette impasse était devenue une tradition constitutionnelle. Par miracle, la trêve tenait depuis cent cinquante ans.

– *Bonjour*, dit Fabrikant. *Bonjour, monsieur Bisonette. Qu'y a-t-il pour votre service ?*

– Je parle un anglais correct, dit le censeur.

Sous-entendu, meilleur que votre français. C'était

exact, d'ailleurs. Fabrikant s'en trouva secrètement soulagé.

– Plus que correct, à l'évidence. Je vous présente mes excuses, censeur. Asseyez-vous, je vous prie, et dites-moi en quoi je puis vous être utile ce matin.

Le censeur lui adressa un sourire qui éveilla aussitôt ses soupçons.

– Oh, de bien des façons.

Cile rapporta du café.

– Votre travail consiste en la séparation de l'uranium, dit M. Bisonette en consultant une liasse de papiers qu'il avait tirée d'une mallette en cuir. Plus spécifiquement, l'isolation d'un isotope, l'uranium 235, du minerai brut.

– Tout juste. (Le café de Cile était brûlant, épais, presque turc. Un bon tonifiant contre ce froid. S'il en buvait trop, il aurait des palpitations.) A la longue nous espérons parvenir à une division nucléique en cascade de l'atome par la libération des neutrons. Pour ce faire... (Il jeta un coup d'œil vers Bisonette et s'interrompit. Le censeur le dévisageait avec un mépris blasé.) Je suis navré. Poursuivez, je vous prie.

Cela s'annonçait mal.

– Vous étudiez trois méthodes de purification, reprit Bisonette. Diffusion des gaz, décantation électromagnétique et centrifugation.

– C'est la fonction de ces divers bâtiments, censeur. Si vous souhaitez inspecter les...

– Décantation et centrifugation doivent être abandonnées. La diffusion continuera, au prix de certaines améliorations. On vous enverra des plans et des instructions.

Fabrikant en resta sans voix.

– Vous avez des objections ? demanda Bisonette d'un ton léger.

– Seigneur ! Des *objections* ? Qui a pris cette décision ?

– L'Office des affaires militaires. Avec l'accord et l'approbation du Bureau de la convenance.

Fabrikant ne put masquer son indignation.

– Il fallait me consulter ! Je ne veux pas vous offenser, censeur, mais c'est absurde ! Suivre trois pistes à la fois permet de déterminer laquelle est la plus efficace. Nous ne le savons pas encore ! La diffusion est prometteuse, je l'admets, mais des problèmes subsistent – d'énormes problèmes. Les barrières de diffusion, pour prendre un exemple évident. Nous étudions les mailles de nickel, mais la difficulté...

– Les tubes barrière sont en cours de production. Vous les aurez d'ici décembre. Le détail figure dans ces documents.

Fabrikant ouvrit la bouche, la referma. En cours de production ! Déjà ? D'où venaient les connaissances ?

C'est alors que les implications lui apparurent.

– Il y a un autre projet. C'est cela, n'est-ce pas ? En avance sur nous. Ils ont obtenu un enrichissement utilisable.

– En quelque sorte, dit M. Bisonette. Mais nous avons besoin de votre coopération.

Bien sûr. Les gens du Bureau avaient dû financer leur propre programme. Les hypocrites ! La redondance en temps de guerre. Seigneur, quel gaspillage ! En outre, dut-il s'avouer, j'ai honte qu'on m'ait coiffé sur le poteau, qu'un autre ait résolu le problème avant moi.

Il baissa les yeux sur sa tasse, toute envie de café tarie.

– La bombe, disait Bisonette. Vous avez une ébauche ?

Fabrikant s'efforça de retrouver son calme. Pourquoi les proctors s'ingéniaient-ils toujours à vous dépouiller de votre dignité ?

– D'une sorte de canon nucléique, oui. C'est prématuré, mais, en somme, un explosif conventionnel rend compact l'uranium purifié...

– Regardez.

Bisonette lui tendit une vue en coupe d'un dispositif que Fabrikant prit pour un ballon de football.

– L'enveloppe contient des charges explosives, reprit le censeur. Le cœur est une sphère de plutonium creuse. Je n'ai rien d'un théoricien, *monsieur* Fabrikant, mais ces papiers vous expliqueront le nécessaire.

Fabrikant scruta le dessin.

– Les tolérances...

– Devront être d'une grande précision, dit Bisonette.

– A tout le moins ! Vous pouvez l'obtenir ?

– Non. Mais vous, vous le pouvez.

– Il n'y a eu aucun essai !

– Cela marchera.

– Comment le savez-vous ?

Le censeur se fendit d'un autre de ses sourires en coin.

– C'est notre secret.

Fabrikant le croyait sans restriction.

Hébété, paralysé, il resta assis dans son bureau après le départ de Bisonette.

On l'avait rendu inutile en l'espace de... combien ? une heure ?

Pis encore, l'affaire prenait une tournure trop réelle. Ces plans apportaient la preuve que le projet se poursuivrait ; la certitude du censeur était indéniable. Une fois l'atome divisé, le feu brûlerait.

Fabrikant, qui n'avait rien d'un croyant conventionnel, en frissonna.

Ils allaient fendre le cœur de la matière, et le résultat, le seul résultat possible, c'était la destruction. Les théologiens évoquaient le *mysterium conjuctionis*, le mystère de l'union : en Sophia Achamoth, l'union de l'homme et de la femme, l'androgynie idéale ; dans la nature, l'union de la particule et de l'onde, la fonction d'onde ; et l'équilibre des forces à l'intérieur de l'atome. Un équilibre que Fabrikant, démiurge malsain, s'apprêtait à rompre. Et des villes seraient détruites, voire des mondes.

Il pensa éprouver le sentiment d'Adam emprisonné dans un corps mortel par les Archontes. Devant lui, sur sa table de travail, son Arbre.

Sa ramure est l'ombre de la mort, sa sève l'onction du mal et son fruit le désir de mort.

Il se souvint de sa dernière question au censeur.

– Jusqu'où cela va-t-il ? A-t-on essayé la bombe ?

– A charge pour vous de la construire. Quant aux essais, nous nous en chargerons.

7

– Jusqu'au printemps, dit le censeur Bisonette. Pacifier la ville jusqu'au printemps. Nous pouvons compter sur vous ?

La question frisait l'insulte. Symeon Demarch considéra le téléphone d'un air revêche.

C'était l'appareil d'Evelyn Woodward, enfin relié au monde extérieur par le biais du transformateur d'impédance que le génie militaire avait installé : plus de radiotéléphones. Mais le combiné, rose, d'une courbure obscène, lui semblait étrange dans sa main. On aurait dit de la bakélite, en moins massif. Le génie militaire parlait d'un matériau synthétique à base de pétrole.

– La ville est déjà pacifiée. Et ce depuis des mois. Je ne prévois aucun problème tant que la milice coopérera.

– Elle coopérera, dit la voix lointaine et métallique. Le brigadier-chef Trebach n'est pas en mesure de discuter les ordres du Bureau.

– Il y paraît pourtant disposé.

– Il sera maté. Le poids du Bureau va bientôt s'abattre sur ses épaules. Le brigadier-chef n'a pas mené une vie sans tache.

– Si vous le menacez, il me le reprochera. C'est moi qui suis sur le terrain.

– Sans doute. Mais nous lui dirons aussi que vous avez reçu l'ordre de nous rapporter toute obstruction. Voilà qui devrait le remettre au pas. On ne lui demande pas de vous aimer, lieutenant.

– Entendu. Et la Branche idéologique ? L'attaché ordinal s'est plaint.

– Delafleur ? Un idiot pompeux. *Une puce*. Laissez-le se plaindre.

– La Branche idéologique...

– Est sous notre contrôle, dit le censeur. Je leur donne ce qu'ils veulent.

– Ce que veut Delafleur, c'est détruire la ville.

– Impossible. Pour l'instant.

– Pas avant le printemps ?

– Tout à fait.

– A-t-on établi un programme ?

– Il vous faut en savoir davantage ? Vous recevrez un colis du comité de surveillance d'ici une semaine ou deux. J'attends que vous vous portiez garant de la stabilité pendant quelques mois encore.

A ce moment, Demarch comprit que sa tête venait de s'insérer dans un nœud coulant. Si un quelconque problème survenait, la responsabilité lui en incomberait. Mais il s'était trop avancé pour reculer maintenant. Il s'entendit confirmer :

– Je m'en porte garant.

– Bien. Ce sera tout.

Et le censeur coupa la communication.

Demarch raccrocha le combiné en soupirant. Puis il se retourna et aperçut Evelyn Woodward dans l'encadrement de la porte.

Qu'avait-elle entendu ? Impossible de le savoir. Ni de deviner ce qu'elle en retirerait. Demarch revint brièvement sur ses propos ; que pouvait-elle en déduire ?

Evelyn paraissait le dévisager d'un drôle d'air,

mais ce n'était peut-être qu'une impression. Elle est étrangère, après tout, songea-t-il. On a tôt fait de se méprendre sur ces gens, surtout en matière d'expression corporelle.

– Je venais voir si vous vouliez du café, dit-elle.

– Oui, Evelyn, s'il vous plaît, j'en prendrais volontiers une tasse. (Il désigna le bureau auquel elle s'asseyait jadis, dans cette pièce où elle tenait les comptes de l'auberge.) Il me reste du travail pour ce soir.

Elle ferma la porte en partant.

Demarch prit le papier le plus proche : le premier rapport de Linneth Stone, sous la forme de notes. Il comptait le lire ce soir, mais cette perspective était loin de l'enthousiasmer. Stone, universitaire de carrière, écrivait comme telle. Pensées assommantes rédigées à la voix passive.

Selon les preuves apportées tant par le Sujet que par de nombreuses Etudes contemporaines (cf. Time Magazine, Newsweek, *etc.), l'Institution du Mariage aux Etats-Unis connaissait une Evolution rapide, passant de la prédominance (sauf rares exceptions) d'une Monogamie approuvée par la religion à la banalisation du Divorce, du Remariage et de Contrats hétérodoxes comprenant le Concubinage et même certaines tolérances à l'égard des Relations intragénériques.*

En d'autres termes, débauche, bâtardise et sodomie. Il songea à sa femme et à son fils, restés à la capitale. Dorothéa avait concouru à son ascension dans les rangs du Bureau : francophone de bonne souche, une telle épouse constituait un atout pour un Demarch anglophone issu d'un bourg rural. Le Bureau de la convenance était une gigantesque bureaucratie incestueuse – un labyrinthe de vieilles familles. Célestine, sa mère, avait pour cousin un *supérieur ancien* à la retraite, du nom de Foucault. Ce lien ténu et un diplôme universitaire avaient ouvert au jeune homme les portes de l'Académie de Belle-Ile, puis Dorothéa lui en avait ouvert d'autres, plus convoitées encore, grâce à son censeur de père. Celui-ci avait offert à son gendre un poste d'agent secret dans la Branche idéologique et l'avait chaperonné durant toute cette période. Demarch y avait fait la preuve de sa bonne foi, engrangé de l'expérience, acquis une promotion de haute lutte. Pourtant des censeurs d'âge mûr comme Bisonette le traitaient toujours avec le mépris d'un individu de pure race pour un sang-mêlé.

Eu égard au rôle crucial de sa femme dans sa carrière, il ne pouvait imaginer la quitter. Les Valentiniens des échelons supérieurs de la fonction publique divorçaient parfois, mais il désapprouvait cette attitude. D'après Linneth, la littérature américaine parlait souvent d'amour. Comme toute littérature populaire. Mais les classes dominantes se devaient de rester lucides. Le mariage était une institution, à l'instar du Bureau ou de la Banque fédérale. Nul ne ferme un compte parce qu'il « n'aime plus » la banque.

L'amour s'étiole, se dit-il. N'est-ce pas inévitable ? Et les exigences du corps sont volages. On s'accommode de l'aspect physique. Sans donner dans le mélodrame ni réécrire l'histoire.

Mais peut-être entendait-il la voix de cette conscience qu'il s'échinait à enfouir. Son père, un Séthien de l'ordre de Luther, était diacre de l'Eglise et pacifiste. Hedrick Michael Demarch : les consonnes hautaines, saxonnes, évoquaient les bruits d'un chien rongeant un os. Le nom éveillait encore un écho dans son esprit, bien que son père fût mort depuis dix ans ; la voix aussi résonnait parfois à ses oreilles, avec sa réprobation aussi constante que la course des vagues.

Il songea au projet nucléique de Bisonette, qui venait de connaître une avancée considérable grâce aux documents que le Bureau avait choisis dans les bibliothèques de Two Rivers. Les éléments que recelaient ces vulgarisations semblaient devoir permettre aux chercheurs de gagner des mois. Dès que les censeurs avaient accordé leur imprimatur à ces sources étrangères, on les avait confiées aux ingénieurs et aux savants qui en avaient tiré des plans.

Il avait aidé ce programme, en proposant d'archiver en premier lieu les bibliothèques. Les théologiens de la B.I. débattaient encore du statut métaphysique de Two Rivers que déjà il expédiait les ouvrages vers l'est. Un des enseignements de son père : la valeur des livres.

A quel devenir venait-il de contribuer ? Son fils Christof avait huit ans, et l'enfant allait grandir dans l'ombre de cette arme ultime, comme les habitants de Two Rivers avant lui. Et si c'était la peur de la bombe qui permettait ces horreurs, l'anarchie, la drogue, le règne de l'impudeur ?

Le vent d'octobre secoua la fenêtre, tirant Demarch de ses réflexions. Il leva les yeux. Evelyn avait rapporté du café sur un plateau en bois ; elle se tenait sur le seuil en attendant qu'il la remarquât. D'un geste de la main, il l'invita à entrer.

Elle jeta un coup d'œil vers la fenêtre et frissonna.

– Il fait froid dehors. Toutes les feuilles sont tombées. L'hiver risque d'être rude.

Il se leva pour fermer les volets.

– L'hiver l'est souvent, par ici. Mais vous le savez bien. (Il l'oubliait trop souvent.) Nous avions le temps en commun, à défaut d'autre chose.

Il avait vu sa carte des Etats-Unis, aux profils familiers : les doigts des Grands Lacs, les côtes, les fleuves. Davantage de villes et de routes, des noms d'une étrangeté qui confinait au ridicule, mais le climat du Near West devait être le même.

– Il va neiger sous peu, dit-elle. Ça va compliquer tout, non ? Enfin, pour les provisions, l'eau...

– On a remblayé la route de Fort LeDuc. A l'aide de charrues mécaniques.

– Je vois.

Elle semblait vouloir s'attarder. Le vent sifflait sous les avant-toits. Il avait établi son quartier général personnel dans la maison, vide à la seule exception d'Evelyn et de lui. C'était confortable, mais assez grand pour qu'on s'y sente seul.

Son regard revint au dactylogramme de Linneth Stone.

Le Sujet soutient que la Moralité en Amérique a toujours donné lieu à des Batailles entre les Idées opposées de Liberté et de Vertu. Au cours de ce Siècle...

Mais le siècle pouvait attendre jusqu'au lendemain. Pris de lassitude, il éteignit la lampe de bureau.

– Venez vous coucher, Symeon, dit Evelyn.

Au lit, la jeune femme restait passive. Demarch, n'étant adepte ni de la passion ni de l'exploit sportif, s'en accommodait fort bien. Il ne perdait jamais de vue l'incongruité de l'acte – une des nombreuses plaisanteries faites à l'homme par Dieu. Les mouvements d'Evelyn sous sa masse avaient la délicatesse d'un souffle, et elle soupira dans la jouissance.

Il éprouvait la même affection pour elle que pour toutes ses femmes de passage. Il appréciait ses silences autant que ses propos. Elle savait se taire au moment opportun, comme à présent, tandis qu'elle le regardait de ses yeux étrécis par le sommeil.

Il l'embrassa et se retira. Il avait mis une membrane – ce qu'elle appelait une capote, mot particulièrement laid. Il l'ôta et alla la jeter dans la cuvette des toilettes, dont il tira la chasse avant de revenir en frissonnant dans un courant d'air. Evelyn dormait ou feignait de dormir. Il ajusta la couverture sur ses épaules, admirant les accidents de terrain que créaient la taille et les hanches. Dorothéa, en regard, n'était qu'un plat pays. Il ferma les yeux. Le vent du nord repartit à l'assaut de la fenêtre. Il neigera bientôt, se dit-il. Evelyn avait raison.

Ses pensées à la dérive s'en retournèrent vers l'appel de Bisonette et les notes de Linneth Stone. Vers Two Rivers, tombée du ciel sous l'effet d'une magie inconnue ; étudiée, disséquée, cataloguée, promise à la destruction. La Branche idéologique, avant-garde de la probité chrétienne, ne saurait tolérer une ville entière dont la simple existence suscitait trop de questions et témoignait d'un univers beaucoup plus étrange que ce troupeau céleste d'anges et d'Archontes. Elle abhorrait aussi ce christianisme mutant, presque judaïque dans sa foi affirmée en un seul Créateur, un seul Christ, une seule Bible.

Quant à Evelyn, chacun la tiendrait pour hérétique, même si elle affirmait ne pas prendre la religion « trop au sérieux ». Cette femme qui arborait une chair semblable à la sienne, qui parlait anglais comme lui ou presque, et dont il sentait le cœur battre sous les côtes, n'était ni une criminelle ni un succube. Au plus une simple spectatrice.

On ne pouvait pas opposer de tels arguments aux gens de la B.I. fascinés et effrayés par le dôme de lumière bleue dans les terres boisées. Participant du miraculeux, ce phénomène leur appartenait. Demarch leur reconnaissait toutefois une qualité : le courage ; certains, entrés dans la lumière, étaient ressortis malades ou déments. Quelques-uns étaient morts de ce que les médecins s'étaient résolus à baptiser une infection rayonnante. Mais ce puzzle métaphysique avait fini par se révéler trop difficile. La ville et ses habitants étant *malum in se*, on devait les rayer de la surface de la terre.

Et quel meilleur outil pour cela que la bombe nucléique de Bisonette ? Il fallait d'ailleurs la tester.

Restait Evelyn. Un être humain. Il lui faudrait s'occuper d'elle.

Demarch se promit d'y réfléchir.

Le lendemain, il avait prévu un entretien avec le « Sujet » de Linneth Stone, Dexter Graham, le professeur d'histoire.

Demarch trouvait étrange de recevoir des visiteurs dans le salon de l'hostellerie d'Evelyn. Les branches dénudées qui toquaient aux grandes fenêtres, les vastes sièges rembourrés, le tapis persan, l'horloge rythmant le silence de l'après-midi, ce récif de temps immobile constituait un étrange cadre pour un officier du Bureau.

Graham arriva escorté de deux pions en veston d'hiver de couleur bleue. La journée était froide, le ciel nuageux. Il y avait du givre sur les chaussures du professeur, qui portait un coupe-vent gris élimé et paraissait amaigri, mais dévisagea le lieutenant sans émotion visible.

Celui-ci désigna une chaise.

– Prenez place.

Graham s'assit. Les pions se retirèrent. L'horloge battait la mesure.

Demarch se servit du café. Il avait reçu des douzaines de notables de la ville dans cette même pièce – maire, conseillers municipaux, chef de la police, ecclésiastiques –, et aucun n'avait manqué d'ouvrir grands les yeux à la vue du carafon fumant. Il se montrait toujours d'une politesse scrupuleuse, mais il n'y avait jamais qu'une tasse, la sienne : la forteresse de l'autorité se bâtit avec de simples pierres...

– J'espère que votre travail avec Linneth Stone se passe bien ? s'enquit-il.

– Le travail de Linneth Stone. Pour ma part, j'enseigne au lycée.

Insolence stupéfiante. Rafraîchissante, à certains égards. Il avait coutume de voir les civils respecter et sa personne et son uniforme. Dexter Graham, à l'instar d'un bon nombre de citoyens de Two Rivers, n'avait jamais eu ce réflexe.

Depuis les exécutions de juin, beaucoup l'avaient acquis. Pas lui.

– Mlle Stone a recouru à mes bons offices. Elle n'est plus accompagnée de gardes, par exemple. Savez-vous que je fais montre en cela d'une grande générosité ?

– Je peux constater que ce n'est pas dans vos habitudes.

– Je n'ai aucune envie de vous voir en abuser.

– Je n'en ai pas l'intention.

– Au cours de ces derniers mois, toutes les personnes responsables, aux divers sens du terme, nous ont offert leur appui, monsieur Graham – du maire à votre proviseur, M. Hoskins.

C'était vrai. Seuls les hommes d'Eglise avaient posé un problème, et il leur avait permis de mener leurs rites étranges. Clément Delafleur avait protesté jusqu'à la capitale. Mais l'arrangement n'était que provisoire, du reste.

– Vous êtes vous-même un des piliers de la communauté, reprit Demarch. J'ai besoin de votre concours.

– Je ne suis le pilier de rien du tout.

– Pas de fausse modestie. Je reconnais que votre dossier va dans ce sens. Cinq mutations en quinze ans pour violation des recommandations de l'inspection académique ! Vous vous êtes peut-être trompé de profession.

– Peut-être.

– Vous l'admettez ?

Dexter Graham haussa les épaules.

– Je vous propose un aphorisme, reprit Demarch. Selon un de nos écrivains, un vaurien est un brave sans loyauté pour ses princes.

– Je ne vois pas de princes ici.

– Je parlais par métaphore.

– Moi aussi.

L'horloge instilla quelques secondes dans la chape de silence.

– Nous avons beaucoup accompli pour ce village, dit le lieutenant. Rétablir l'eau. Tirer quatre-vingts kilomètres de lignes électriques depuis Fort LeDuc. Décisions complexes, et controversées. Personne ne comprend ce qui est arrivé dans ces bois, monsieur Graham, mais chacun sait ce que cet événement a d'étrange et d'effrayant. Nous avons fait preuve de bonne volonté.

Graham se tenait coi.

– Reconnaissez-le, insista Demarch.

– L'eau coule. La lumière s'allume.

– Mais, en dépit de cette générosité, on nous rapporte des violations du couvre-feu. On a aperçu un homme de votre âge et de votre taille traversant Beacon Street à la nuit.

– Mon âge et ma taille n'ont rien d'exceptionnel.

– Ce couvre-feu n'a rien d'une plaisanterie. Vous avez pu constater ce qu'il advient des contrevenants.

– J'ai vu le corps de Billy Seagram sur un chariot dans la cour de la mairie. Sa nièce est passée devant lui en venant au lycée. En classe, elle a pleuré pendant trois heures. Ça, je l'ai vu. (Il se pencha pour renouer un lacet usé, et Demarch, bien malgré lui, se laissa fasciner par le naturel de ce geste.) C'est pour ça que vous m'avez convoqué, pour me ficher une peur bleue ?

Le lieutenant découvrait l'expression. Il cilla.

– Je ne connais pas sa couleur, monsieur Graham. Mais elle ne pourra vous être que salutaire.

Il était insolent, soit. Etait-il dangereux pour autant ?

Demarch se posa et se reposa la question longtemps après avoir renvoyé le professeur. La réponse lui échappait encore quand il alla au lit avec Evelyn ce soir-là.

La jeune femme s'inquiétait. Elle le croyait sans doute capable de s'abaisser à détester Graham parce qu'elle avait été sa maîtresse.

– Ne sois pas en colère contre lui, dit-elle.

Comme si la colère avait quoi que ce soit à y voir.

– Je veux juste le comprendre.

– Il n'est pas dangereux.

– Tu le défends. Noble intention. Mais tu te trompes, Evelyn. Je ne veux pas le tuer. Je dois maintenir la paix.

– S'il viole la loi ? Le couvre-feu ?

– Voilà ce que je veux éviter.

– Tu ne peux pas lui faire peur.

– Selon toi, il est stupide ?

Elle éteignit la lumière. La température extérieure était tombée au point que des doigts de gel s'accrochaient à la vitre et, dans la lueur du réverbère de la rue, se dessinaient sur le mur opposé en un filigrane d'ombres.

– Ce n'est pas son genre. Il m'a raconté une histoire...

– Sur lui ?

– Comme s'il parlait de quelqu'un d'autre. Il m'a dit : Imagine un homme, avec une femme et un fils. Cet homme surveille toujours ce qu'il dit ou ce qu'il fait, de peur qu'il n'arrive du mal à sa famille, qu'il aime par-dessus tout. Un jour où cet homme est absent, sa maison brûle, et il perd sa femme et son fils.

– Il a perdu sa femme et son fils dans un incendie ?

– Oui. Mais là n'est pas la question. Il m'a dit que c'est le pire qui puisse arriver à cet homme – la perte de toutes ses raisons de vivre. Et il y survit, d'une façon ou d'une autre. Il continue à vivre. Et puis l'homme remarque un truc étrange : plus rien ne peut l'atteindre. Qu'est-ce qu'il y a de pire ? La mort ? Il l'accueillerait à bras ouverts. Le chômage ? Rien de plus banal. Alors il cesse de dissimuler ses opinions. Il dit la vérité. Il a des problèmes, mais il ne redoute plus aucune menace, aucune angoisse. Il avait peur de l'avion, il passait le vol les mains crispées sur les accoudoirs. Maintenant, il s'en fiche. S'il meurt, eh bien, sa femme et son fils l'ont précédé. Ils sont peut-être là-bas, à l'attendre. (Elle frissonna.) Tu comprends ? Il est devenu courageux presque par accident. Il en a pris l'habitude.

– C'est une histoire vraie ? Et c'est l'impression qu'il te donnait ?

– L'eau a coulé sous les ponts. Il est moins à vif. En tout cas, oui, c'est l'impression que Dex me donnait.

Courageux, conclut Demarch, mais inoffensif. Sans rien à perdre, on n'a rien à défendre.

Plus tard, sur le point de s'endormir, Evelyn reprit la parole :

– Il y a de plus en plus de soldats. Il en est encore passé un camion aujourd'hui.

Demarch, gagné par le sommeil lui aussi, hocha la tête. Il pensait à Dorothéa. Au petit visage de Christof, à ses yeux brillants comme de la porcelaine.

– Symeon ? Il va arriver malheur à la ville ? Tout à l'heure, au téléphone, tu disais...

– Chut. Ce n'était rien.

– Je ne veux pas qu'il arrive malheur.
– Il ne t'arrivera rien, dit le lieutenant. Je te le promets. Dors, maintenant.

Au matin, tout était blanc. En allant vers sa voiture, Demarch entendit ses bottes crisser sur les dalles gelées. Des paquets de neige tombaient des branches alors qu'il gagnait le centre de la ville, où le démantèlement de Two Rivers avait déjà commencé.

8

La fin de l'automne apporta son lot d'incertitudes à Two Rivers.

La matinée était souvent polaire, l'après-midi nuageux, ou d'un azur cristallin sur lequel se détachait la fumée des feux de bois. Dans les files d'attente, les femmes portaient des vestes fourrées ou de gros manteaux ; les hommes marchaient courbés, le capuchon de leur parka rabattu ou la casquette enfoncée jusqu'aux oreilles. Nul ne traînait dans les rues.

Les temps changent, murmurait-on.

A présent, tous les jours, entre 7 et 8 heures du matin, deux ou trois des camions kaki de la milice entraient en ville, annoncés par les signaux de fumée de leurs pots d'échappement rouillés. Une fois chaque véhicule garé – souvent devant un magasin ou un entrepôt –, les six ou huit soldats qu'il amenait s'étiraient, descendaient par l'arrière en frissonnant et investissaient le bâtiment. Là, ils mettaient des articles dans des cartons qu'ils étiquetaient et entassaient pour ensuite les charger dans le camion.

Ils prélevaient tout à l'unité : un grille-pain, une télé, un magnétoscope. Chaque modèle d'ordinateur personnel ou de bureau. Rien n'échappait à cet inventaire, ni les chaises, ni le cirage, ni les stores, mais on prêtait une attention particulière aux technologies de pointe, surtout aux appareils comportant une mémoire ou une micropuce.

Calvin Shepperd, ex-pilote privé, et citoyen attentif qui accomplissait tous les jours le trajet jusqu'au dépôt de nourriture pour épargner cette indignité à sa femme, avait la nette impression que les soldats emportaient tous ces objets dans un musée gargantuesque... un musée des idées et des dispositifs, une arche de Noé des nouveautés.

C'était, à son avis, du pillage organisé, et il faudrait du temps pour le mener à bien, mais la tâche se terminerait un jour. Une fois la ville cataloguée, ses trésors répertoriés et entreposés... mystère. Il ne savait pas ce qui se passerait. Mais cette perspective l'emplissait de terreur.

Par un matin glacial, alors que la fin de l'année approchait, Linneth Stone donna à Dex Graham une carte roulée dans un tube cartonné.

Il plaqua le document sur le Formica écaillé d'une table du restaurant *Tucker* qui avait rouvert à la mi-octobre avec la permission du Bureau. Au menu, des œufs, du fromage, du pain, du café, du lait en poudre reconstitué, et une espèce de steak haché que tout le monde avait appris à fuir. Cependant, le moral de la population était remonté. Selon Dex, c'était le but recherché.

La neige tombée la nuit précédente faisait du petit déjeuner une affaire strictement familiale. Dex et Linneth étaient seuls dans la salle. Linneth s'était déguisée à l'aide d'un chemisier ordinaire et d'une jupe modeste, mais Dex trouvait bizarre de la voir ici, tant elle paraissait déplacée sur une banquette en vinyle. Il essaya d'imaginer quel décor lui conviendrait. Un endroit plus digne. Un tapis, pas un lino décollé. Des nappes, pas du Formica.

Il prit la salière, la poivrière et le sucrier verseur

pour fixer trois coins du rouleau. Puis il inspira, avant de poser son premier regard sur le monde nouveau.

La carte l'étonna, même s'il avait prévu une bonne part de ce qu'il voyait. La surprise venait en fait de l'évidence. Le miraculeux à l'encre bleue et en petits caractères.

Linneth le laissa scruter tout son soûl avant de lui rappeler sa présence.

– Dites-moi ce qui vous frappe.

Il rassembla ses pensées.

– L'Est est plus peuplé que l'Ouest.

– Oui, il a été conquis par des colons anglais et français. Ils y ont établi des villes : Boston, Montmagny, Montréal, Manhattan. Les colonies ont déclaré leur indépendance durant la guerre de Bretagne. La République est l'union des quinze provinces de l'Est. Elle s'est étendue vers l'ouest à mesure que les indigènes étaient tués ou déplacés. Une grande part du Far West est encore vierge.

Il suivit du doigt le serpent bleu du Mississippi, des Mille Lacs jusqu'à La Nouvelle-Orléans. A l'ouest de cette ligne, un damier de plaines et de montagnes divisées en provinces : Athabasca, Beauséjour, Sioux, Colorado, Nahanni, Kootenay, Platte, et la Sierra Blanca qui s'étendait de la mer de Beaufort à la Nouvelle-Espagne. Celle-ci correspondait plus ou moins au Mexique, mais remontait le long de la côte Ouest jusqu'à ce qui aurait été le sud de l'Oregon. Pas trace du Canada. La République régnait sans partage au nord du quarantième parallèle.

– Les territoires espagnols sont disputés. La guerre.

– La densité paraît moindre. (Les villes étaient rares, de l'océan qui s'appelait ailleurs le Pacifique jusqu'aux Grands Lacs.) Combien d'habitants sur le globe ?

Elle fronça les sourcils.

– Je me rappelle avoir vu l'estimation. Deux milliards ?

– Il y en avait presque six là d'où je viens.

– Ah ? Je me demande bien pourquoi.

– Aucune idée. On parle la même langue, ou presque, et certains noms me sont familiers. Nos deux histoires doivent se ressembler. Si elles ont une structure en arbre – une branche partant vers la gauche, l'autre vers la droite –, ça pourrait nous servir de savoir où elles ont divergé.

Linneth parut réfléchir à cette idée sans doute nouvelle. Elle ne connaissait pas *Star Trek,* où un « monde parallèle », c'est un endroit où Spock a la barbe.

– Si les histoires ont « divergé », comme vous dites, cela a dû se produire il y a longtemps. Les religions diffèrent.

– Mais des similitudes existent. Le christianisme domine dans les deux cas, malgré de nombreuses nuances de détail.

– Des nuances considérables. Avant le Calvaire ?

– Ou peu après. Au Ier siècle, au IIe. Avant Constantin. Avant la conversion des Romains.

Linneth cilla.

– Ils n'ont jamais eu d'empereurs chrétiens.

Charlie Tucker leur servit deux assiettes de pain et de fromage que Dex troqua contre une poignée de coupons. Le restaurateur dévisagea Linneth d'un air soucieux. Il avait dû percevoir son accent.

Elle grignota un morceau de fromage en attendant que Charlie reparte d'un pas lent derrière sa caisse.

– Certaines Apologies s'adressaient aux Antonins. Les œcuménistes traitent Clément comme un païen érudit. Mais aucun empereur romain n'a embrassé la Croix. C'est une notion singulière. Voilà peut-être le point de divergence – vos empereurs chrétiens.

– Peut-être. (Dex y réfléchissait, lorsque la raison de la présence de Linneth lui revint en mémoire.) C'est pour votre dossier ?

– Je ne suis pas historienne. De toute façon, les proctors ont vidé vos bibliothèques. Ils peuvent le découvrir seuls. De plus, ajouta-t-elle après une courte pause, je n'oserais pas les conseiller en matière de religion. Tout ceci serait blasphème s'il ne s'agissait de recherches.

– Je suis désolé. Je ne sais jamais quand je m'adresse à une personne et quand je réponds au Bureau.

– Je devrais avoir deux casquettes, alors ? Une quand je suis moi-même, et une quand je suis un agent d'Etat ?

– Vous portez laquelle, en ce moment ?

– Oh, la mienne. Ma propre casquette.

– Vous avez l'avantage, quelle que soit la casquette. Vous connaissez mon histoire...

– Très peu, au vrai. Ce que j'ai appris auprès de vous et dans la documentation publique. Les manuels ont disparu depuis des mois.

– N'empêche, vous en savez plus sur mon histoire que je n'en sais sur la vôtre.

Elle ouvrit sa mallette en box.

– Je vous ai apporté ceci. Je l'ai emprunté à un milicien. C'était pour sa fille, mais il le lisait. Il s'agit de littérature enfantine, je le crains, mais je n'ai pas pu me procurer mieux dans un délai aussi bref.

Le livre était une édition in-douze, reliée, au titre inscrit à la feuille d'or :

LES ÉVÉNEMENTS HISTORIQUES ILLUSTRÉS,
DE LA CRÉATION AUX JOURS PRÉSENTS

Il en émanait une odeur âcre de toile mouillée. Dex le prit des mains de Linneth sans un mot.

– Vous pourrez vous faire une idée approximative, mais je ne saurais juger des détails.

Il la fixa droit dans les yeux. Il se demandait ce que représentait cet acte – promesse tenue, offre stratégique, ou simple gentillesse ? Son visage presque parfait, au regard limpide, n'était que rondeur, générosité, sérénité. Et réserve. Un pas en avant, un pas en arrière. Rien d'étonnant, en de telles circonstances, mais...

– J'aimerais un livre en échange, dit-elle.

– Lequel ?

– Un des vôtres. J'ai examiné votre bibliothèque lorsque les proctors m'ont amenée chez vous. Vous lisez. Mais je ne veux pas de livre d'histoire. Plutôt une œuvre littéraire. Que vous aimez. Je pense que cela pourrait se révéler instructif.

– Quelle casquette ?

L'espace d'un instant, elle eut l'air vexée.

– Ma casquette.

Il trimbalait depuis un mois son exemplaire écorné des *Aventures de Huckleberry Finn*. Il rechignait à s'en séparer, mais il le sortit de la poche de sa veste et le lui tendit.

– Ce texte a plus d'un siècle. Mais vous saurez sans doute en retirer la moelle.

– La moelle ?

– L'essence. La signification.

– Je vois. Un de vos ouvrages préférés ?

– En quelque sorte.

Elle l'accepta avec respect.

– Merci, monsieur Graham.

– Appelez-moi Dex.

– Oui. Merci.

– Vous me direz ce que vous en pensez.

– Je n'y manquerai pas.

Il offrit de la raccompagner jusqu'au *Blue View Motel*, où résidaient les civils. Il roula la carte tout en sortant. Une fois dehors, Linneth grimaça – il faisait beau, mais froid, au point que la neige ne fondait pas sur la chaussée. Dex songea qu'avec ce blouson blanc elle aurait pu être n'importe quelle jolie femme sur un trottoir balayé par le vent. Un vent qui lui rosissait les joues et les oreilles et emportait son souffle en lambeaux vaporeux.

Il se demanda quand il la reverrait. Mais il ne trouvait pas de prétexte valable pour lui poser la question.

A l'angle de Beacon et d'Oak, elle se tourna vers lui.

– Merci de m'avoir escortée.

– Je vous en prie.

Elle hésita.

– Je ne devrais pas vous le dire. Mais j'ai entendu des rumeurs. On parle de violations du couvre-feu. Les proctors enquêtent. Dex...

Il secoua la tête.

– On m'a déjà prévenu. Demarch m'a menacé de vive voix.

Elle murmurait, maintenant.

– Je le savais. Ou plutôt je m'en doutais. C'est dans la nature du personnage. Mais je n'ai aucune intention de vous menacer. Je veux juste vous dire d'être prudent.

Elle se détourna et s'éloigna en hâte. Il la suivit des yeux pendant un long moment.

Le *Two Rivers Crier,* l'hebdomadaire local qui n'avait pas paru depuis les événements de juin, publia une nouvelle édition cet automne-là.

Le journal avait ses bureaux dans Grange Street, mais ses presses à Kirkland, à cent kilomètres de là, et, depuis juin, beaucoup plus loin encore. Une forêt de pins et un ruisseau glacial occupaient désormais le site de la ville.

Le nouveau *Crier,* un seul feuillet plié de papier

chiffon, résultait de la collaboration entre un ancien rédacteur et un comité de surveillants du Bureau et contenait les annonces de l'armée et des proctors. D'ici la fin du mois, on résoudrait le problème des pannes de courant sporadiques du secteur est ; un nouveau dépôt de rations avait ouvert au coin de Pritchard et de Knight. Un éditorial vibrant affirmait que la reparution du journal augurait des jours meilleurs pour Two Rivers « qu'un vent de tempête avait emportée sur un étrange océan et que les alizés de la coopération poussaient à présent vers un havre sûr ».

Un insert en dernière page offrait à tout célibataire de dix-sept à trente-cinq ans le loisir d'obtenir relogement et formation professionnelle dans la République, ainsi qu'une allocation, versée jusqu'au moment où sa nouvelle vie lui permettrait de subvenir à ses besoins. « Hommes blancs, juifs, apostats, nègres, mulâtres et autres acceptés. » L'annonce ne passa pas inaperçue.

Des voyageurs sans attache retenus par l'accident et des jeunes gens qui rongeaient leur frein sous la coupe de la loi martiale furent les seuls volontaires à se présenter. A tous, on proposa un relogement.

Le premier convoi, qui quitta la ville le 3 novembre, emmenait vingt-cinq civils.

Certains avaient de la famille et saluaient de la main qui une sœur, qui un père ou une mère, alors que le transport de troupes, quittant le parking du supermarché *A & P*, cahotait vers le sud sous les rafales d'un crachin glacé.

Les uns souriaient. Les autres pleuraient. Tous avaient promis d'écrire. Aucune lettre n'arriva jamais.

Clifford Stockton pensait souvent à son père, surtout quand le soldat rendait visite à sa maman.

Son père, un courtier en marchandises, vivait à Chicago, avant le chambardement, et ne leur rendait jamais visite.

– Tant mieux, répliquait sa mère sitôt que Clifford abordait le sujet. Il a sa famille là-bas. Ses enfants.

Il ne venait jamais, il n'écrivait jamais. Mais deux fois par an, à Noël et pour son anniversaire, Clifford recevait un paquet par la poste.

Il y avait une carte à son nom, avec le souhait adéquat : Joyeux Noël. Bon anniversaire. Rien d'extraordinaire.

Mais le cadeau... le cadeau, lui, était toujours superbe.

Une console Nintendo et un tas de disquettes. Un modèle réduit radiocommandé d'une Mustang P-51. Le moins génial, ç'avait été la boîte du Parfait Petit Chimiste ; au bout de deux semaines, Clifford avait renversé un tube à essai sur le tapis du salon et sa mère, devant l'étendue des dégâts, lui avait confisqué le tout. Le plus beau cadeau était arrivé en mai : un scanner programmable qui captait les fréquences de la police, des pompiers et des urgences, et qui permettait d'espionner les téléphones portables – mais presque personne n'en avait, à Two Rivers.

Clifford n'y avait guère songé depuis juin. L'appareil, privé d'électricité, moisissait dans le placard de sa chambre, sur l'étagère du haut... ignoré, mais pas oublié.

Quand Luke passait – c'était le cas ce soir-là –, le garçon devait rester confiné dans sa chambre dès 21 heures. Ça ne lui laissait pas grand-chose à faire.

Il pouvait bouquiner. On avait fermé la bibliothèque, ce qu'il comprenait mal, mais le caissier du *Brentano's*, un ami de sa mère, était allé à la librairie cet été avec sa clé et lui avait rapporté un sac de livres de poche de S.F. « empruntés ». Il lisait peu à peu *Dune,* et essaya pendant une heure de se passionner pour les intrigues de la planète désertique.

Bon, il n'était pas d'humeur. Quand la télé s'éteignit en bas (sa mère passait à Luke la cassette de *La Maison du lac*), il trouva son Game Boy dans le placard, mais l'adaptateur avait disparu et les piles étaient mortes depuis longtemps.

Le scanner, qui prenait la poussière sur l'étagère, attira son regard. Il pouvait au moins le nettoyer. Grimpant sur une chaise, il descendit le boîtier qu'il posa sur son bureau où la lampe d'architecte brillait sur le métal gris et le cadran à cristaux liquides. Une fois l'antenne déployée, il brancha la fiche dans la prise murale.

Il alluma l'appareil, déclencha le balayage et laissa le processeur interne fouiller les ondes. Il ne s'attendait pas à grand-chose. Une des voitures de police de Two Rivers avait encore le droit de patrouiller en ville, si bien qu'il pourrait capter quelques échanges entre le chauffeur et le standard ; et la caserne de pompiers avait un nouveau chef, depuis la mort de M. Haldane. Mais les deux canaux restaient silencieux.

L'esprit ailleurs, il se régla sur ce qui aurait dû être la fréquence de la marine – et la pièce s'emplit de messages.

Des voix annonçaient des carrefours, d'autres accusaient réception. Clifford, fasciné, devina qu'il s'agissait de la milice. Des véhicules de surveillance. *Oak et Beacon, pas un bruit. Camden et Pine, rien ne bouge.* Il bloqua la fréquence et s'assit pour écouter.

La conversation se poursuivait. Les miliciens avaient l'air de s'ennuyer et se plaignaient souvent du froid.

Contrôle, Troisième et Duke. On gèle, ici.

Noté. Attention à la glace, James. Les rues sont glissantes à Babylone ce soir.

Babylone, c'était le nom que les soldats donnaient à Two Rivers. Luke le lui avait dit.

Aucun signe de vie sur la nationale. Nico, c'est vrai qu'ils servent du rôti braisé au commissariat demain soir ?

On le dit. Mais le camion d'approvisionnement n'est pas passé aujourd'hui.

Par le froc de Samael ! Je comptais sur un repas chaud.

Tu vas pouvoir compter sur un blâme si tu ne surveilles pas ton langage. Philip ? J'attends ton appel.

Mais la voix de sa mère lui parvint de l'autre bout du couloir, malgré la porte fermée.

– Cliffy ? Tu regardes la télé ?

– Merde, dit Clifford.

Effrayé par le son de sa propre voix, il tendit la main vers le bouton de volume du scanner et, dans sa panique, le tourna dans le mauvais sens.

Le haut-parleur se mit à hurler.

ANGLE 4e ET MAIN STREET. 4e ET MAIN STREET ! TOUT EST CALME !

Il éteignit l'appareil, arracha la fiche. Le scanner était important. Il le comprit sans même y penser. Le scanner était important et il devait le cacher, ou on le lui prendrait.

La porte de la chambre de sa mère grinça.

– Cliffy !

L'étagère du placard ? Trop loin. Il prit le lourd boîtier et se pencha pour le glisser sous le lit, parmi les moutons de poussière, à l'abri des regards. Ça passait juste. D'un coup de pied, il projeta le cordon sous les rebords du dessus-de-lit.

Sa porte s'ouvrit brusquement. Sa mère, drapée dans une robe de chambre rose, s'y encadra, les sourcils froncés.

– Cliffy, qu'est-ce que c'est que ce raffut ?

– Le Game Boy, dit-il sans conviction, mais sa

mère ne comprendrait pas les limites de la console de poche. Pour elle, tous les jeux électroniques se ressemblaient : elle les baptisait les « Satanés Bruits en Boîte ».

– Ah oui ?

Elle jeta un regard suspicieux vers le lit sur lequel gisait le Game Boy. Le couvercle du compartiment à piles était ôté, et le compartiment lui-même vide, mais il pensait, espérait, que sa mère ne le remarquerait pas.

– Bon, dit-elle. En sourdine, alors. Tu as failli réveiller tout le quartier !

– Je regrette. Je l'ai pas fait exprès.

– Il est 22 heures passées. Essaie de penser aux autres, pour une fois.

– Oui. D'accord.

Sa mère se détourna et s'éloigna.

Luke se tenait derrière elle, en uniforme. Sa chemise, déboutonnée jusqu'à la taille, laissait voir un torse noir de poils bouclés. Ses yeux brillaient de curiosité.

Il avança d'un pas.

– Qui est-ce qui est avec toi ?

D'abord surpris, Clifford s'avisa que le soldat, de souche francophone comme il se plaisait à le rappeler, avait pris sa réponse au pied de la lettre et s'imaginait qu'un autre garçon s'amusait dans la chambre.

– Personne. Une machine. Une console de jeux.

– Comme Nintendo ?

– Ouais, c'est ça.

S'il te plaît, ne demande pas à la voir.

– Il faudra que tu me la montres un de ces jours.

– Entendu.

– On dirait une radio, tu sais.

Il haussa les épaules.

Le soldat le toisa d'un regard sévère.

– Tu ne serais pas en train de me jouer des tours ?

– Non.

– *Est-ce que tu es un petit criminel ? Un terroriste ?* Hein, Cliffy ?

– Je ne comprends pas, répondit-il en toute sincérité.

– Cela vaudrait mieux pour toi.

– Luke ! (Sa mère, du bout du couloir.) Viens !

Le soldat fit un clin d'œil à Clifford et quitta la pièce.

Depuis le mois de septembre, au lycée John Fitzgerald Kennedy, la semaine de classe s'était réduite à deux petits jours. Selon Dex, tout le monde avait compris la futilité de ces cours. Aucun élève de JFK n'irait à Harvard ou au M.I.T. cette année, ni l'année prochaine ni jamais. La seule chose qu'il donnait à ces mômes, c'était une illusion de normalité qu'il commençait à trouver oiseuse, voire dangereuse.

Dex avait ses après-midi de libres. Il venait de passer les deux derniers à lire le manuel d'histoire prêté par Linneth. Il avait décidé d'en discuter la teneur avec Howard Poole, sur lequel la pression se relâchait depuis quelques semaines car les proctors semblaient soudain moins pressés de résoudre le mystère du laboratoire de recherches. Rendre visite au jeune homme durant la journée n'était pas exclu. Il prit néanmoins ses précautions. Il dépassa le croisement d'Oak Street, entra dans Powell Creek Park, rebroussa chemin et s'approcha de chez les Cantwell par le sud.

Howard se servait désormais ouvertement de sa fausse identité. Dans le quartier, en tout cas, nul ne l'avait dénoncé. Mais les voisins connaissaient sa présence et, selon Howard, le surveillaient. Ces gens qui vivaient aux crochets de l'armée et se calfeutraient chez eux par peur de l'inconnu n'avaient pas grand-chose à faire, sinon regarder par la fenêtre. Dex sentit leurs regards le suivre tandis qu'il traversait la cour boueuse et verglacée. Il se hâta de contourner la maison par l'allée qui séparait la haie du mur latéral et de gagner la porte de derrière. Arrivé là, il frappa et attendit en frissonnant malgré l'épaisseur de son blouson. Le froid ne faisait qu'empirer. La dernière chose dont la ville avait besoin, c'était du rude hiver qui s'annonçait pourtant, songea-t-il.

Howard ouvrit, vêtu d'un pull bleu usé jusqu'à la corde, d'une chemise blanche dont un pan dépassait, d'un jean sale, de gants. Il invita son aîné à entrer et le guida vers la cuisine, seule pièce où régnait une température acceptable grâce aux portes fermées et au four électrique toujours allumé. Comme le mazout manquait, il ne fallait pas songer à chauffer le reste de la maison.

Il offrit du café à un Dex transi.

– On peut en avoir avec la carte de rationnement. Mais j'utilise encore celui que j'ai trouvé dans le placard. Un peu rance, mais il y a plein de sucre.

Dex acquiesça et s'assit à la petite table pendant qu'Howard mesurait l'eau dans une carafe et remplissait le réservoir de la cafetière électrique. Avec le rétablissement du courant, chacun disposait de ces jouets : mixeur, grille-pain, four à micro-ondes. Ces appareils ménagers en paraissaient frivoles, et presque scandaleux, après des mois de privation.

– Il se peut qu'il soit encore en vie, dit le jeune homme. J'y ai beaucoup réfléchi, et ça me semble très possible.

– Une minute. Qui ça, « il » ?

– Mon oncle, rétorqua Howard. Stern.

Dex soupira. Chaque fois qu'il venait, il entendait parler du *genius loci* du laboratoire de recherches en physique, l'énigmatique Alan Stern. Qui sait, se dit-il, peut-être que ce type a vraiment joué un rôle important dans ce qui s'est passé là-bas ? Mais ça ressemblait de plus en plus à une obsession, et Howard, visage émacié, cheveux longs, ressemblait de plus en plus à un obsédé.

La semaine précédente, il avait raconté à Dex son escapade jusqu'à la réserve ojibwa. Il prétendait avoir vu des apparitions, ce qui n'avait rien d'impossible. Dex se gardait de juger les lois d'un univers qui se révélait infiniment plus étrange qu'il ne l'imaginait. Dans cette perspective, pourquoi pas des êtres de lumière dans cette vieille forêt de pins ? Mais Howard avait pu souffrir d'hallucinations. Sa longue réclusion et sa grave maladie l'avaient durement éprouvé, et si ses liens avec la réalité s'étaient distendus, qui l'en aurait blâmé ?

Le jeune homme parlait de téléphone. Impatienté, Dex sortit le manuel de la poche de son blouson et le laissa tomber sur la table. Howard s'interrompit.

– C'est quoi ?

Dex le lui expliqua.

– Entendu. D'accord, c'est peut-être important. Tu l'as lu ?

– Oui.

– Tu as appris quelque chose ?

– Bon, ça n'a rien d'un vrai livre d'histoire. Tu veux un résumé ? Tout commence dans le jardin d'Eden. Adam reçoit un corps humain des Archontes...

– Les quoi ?

– Les Archontes. Des dieux mineurs. Adam est la psyché, Eve l'esprit, le serpent n'est pas le mauvais bougre, et ensuite c'est en gros la Genèse jusqu'à Moïse et les Pharaons. L'Egypte, la Grèce et Rome apparaissent comme des contes de fées – Romulus et Remus, le génie de Platon, tout ça –, mais on les reconnaît. (Il accepta une tasse de café. Howard, assis en vis-à-vis, le dévisageait, les yeux et les oreilles grands ouverts.) Ça dérape au IIe siècle. Valentin est le Grand Chrétien, et Irénée, le persécuteur des fidèles. Constantin, le premier empereur romain gagné au Christ, ne se convertira jamais. Rome reste le siège du paganisme classique jusqu'au IXe siècle et il semble qu'on pratique encore le paganisme grec – du moins dans certains pays dits « arriérés ». Le christianisme ne domine l'Europe qu'à partir de l'Ere des Hérésiarques, aux alentours du XIIIe siècle, quand un roi gaulois la conquiert, amenant la réunion de plusieurs Eglises hostiles. On ne peut plus parler de christianisme tel que toi et moi le connaissons. C'est une fusion de plusieurs religions qui englobe bon nombre de livres apocryphes dans son canon.

Howard prit le livre pour le feuilleter.

– Il y a pourtant d'énormes similitudes...

– Les mouvements migratoires, l'évolution du langage. On croirait que l'histoire tient à suivre un cours voisin. Les ethnies, comme les guerres jusqu'au Xe ou XIe siècle, sont les mêmes. Quant aux fléaux, la Peste noire survient, dépeuple l'Europe et l'Asie non pas une fois, mais cinq, et retarde d'autant la colonisation du Nouveau Monde. Leur technologie se situe cinquante ou soixante ans en arrière, et la population globale, un siècle ou deux.

– Reviens un peu sur la religion.

– Le livre n'est pas très explicite, mais on devine des éléments plutôt étranges.

– Les fameux « Archontes » ?

– Oui. Et une certaine Sophia Achamoth. De plus, le serpent apparaît comme une sorte de tuteur bienveillant qui sort en douce des secrets du Paradis...

– On dirait du gnosticisme chrétien.

– Je ne connais pas grand-chose là-dessus.

Howard prit sa tasse à deux mains et se mit à se balancer sur sa chaise.

– Avant que le monde grec n'unifie le christianisme, plusieurs doctrines chrétiennes et toutes sortes de livres prétendaient raconter la vie de Jésus ou décrypter la Genèse. Le Nouveau Testament – notre Nouveau Testament – est ce qu'a laissé l'orthodoxie d'évêques comme Irénée en écartant les textes qu'ils désapprouvaient. Certains de ces cultes nous semblent plutôt bizarres. Selon eux, les Ecritures composent un message codé ; en percer le mystère octroie l'illumination. On les appelait les gnostiques – ceux qui savent. Valentin en était une figure majeure. (Il but une gorgée de son breuvage, grimaça, ajouta une cuillerée de sucre.) Ici, on n'a jamais dû supprimer ces Eglises, et elles dominent le christianisme.

– D'accord. (Dex le scruta du regard.) Et comment se fait-il qu'un diplômé de physique en sache tant sur le sujet ?

– Stern en parlait sans arrêt. Ça l'obsédait.

Le silence tomba.

Une heure avant le couvre-feu, ils buvaient toujours ce café noir et rance. Le soir gagnait la ville ; le ciel n'étalait qu'une palette de gris. La température de la pièce fraîchissait, en dépit du four allumé.

Enfin, Dex repoussa sa tasse.

– Faut qu'on arrête de déconner, Howard. Ça fait quatre ou cinq mois qu'on joue les somnambules, qu'on mendie l'eau et l'électricité. Il est temps de se réveiller. On s'est échoués sur un rivage inhospitalier. La ville n'offre aucune sécurité. Les gens sont parqués, ou s'en vont par camions entiers. Il faut trouver le moyen de partir.

Howard secoua la tête.

– Il faut trouver le moyen de rentrer.

– Tu sais qu'on n'y arrivera pas.

– On ne sait rien, Dex. Avant tout, on doit comprendre ce qui s'est passé au labo.

– C'est si important ? Et alors ? Je ne suis pas physicien, mais je parie pour une sorte d'explosion. Tellement bizarre qu'elle a projeté la moitié du comté de Bayard dans l'univers voisin, c'est entendu, mais une explosion quand même. Et tu auras beau la comprendre, je te défie de la remettre dans son flacon. L'irréversible, ça existe. Et on est en plein dedans.

– Peut-être. Mais sinon ? Les clôtures se dressent déjà, Dex. La forêt, le climat, l'isolement, c'est ça, les murs de la prison. Il n'y a qu'une route, paraît-il, et elle mène droit à Fort LeDuc, une ville de garnison. Cent kilomètres. Une sacrée trotte.

– On pourrait la tenter.

– En partant bien équipés et approvisionnés. Admettons. Ensuite, reste le problème d'arriver sans argent, ni papiers ni talent exploitable. Et d'échapper aux proctors, par-dessus le marché. Qui partirait, au fait ? Toi, moi, quelques gars en bonne santé ? Two Rivers serait toujours sous loi martiale.

– Je sais. Tu t'imagines que ça m'enchante ? Si tu as une meilleure idée, je t'écoute.

– On retrouve Stern.

– Howard, merde, soupira Dex. Qu'est-ce qui te fait croire qu'il a survécu ?

– Cette histoire de téléphone. Il m'a donné un numéro personnel. Pour le soir, surtout. Je l'ai noté.

– Je ne vois pas...

– Non, écoute. Il commence par 4-1-6. Le labo avait comme indicatif 7-0-6. Ici, en ville, on a plutôt 4-1-5, 4-1-6 ou 4-1-7. La seule fois où j'ai appelé, c'est une femme qui m'a répondu. Pas un standard. Juste : « Allô ? Oui ? » Donc, parfois, il dormait en ville, dans un appartement, une chambre, ou alors il sortait avec quelqu'un. Il était peut-être là au moment de l'accident.

– Ça m'étonnerait. S'il y avait une expérience en cours, au labo, il y aurait assisté, non ?

– Je n'en sais trop rien. Pas forcément.

– Mais tu n'as aucune preuve qu'il soit en vie. Tu ne l'as jamais vu ?

– Non...

– On est dans une petite ville, Howard.

– Il se cacherait. Comme moi. On irait lui chercher ses rations, pour lui éviter de sortir. Non, je n'ai pas de preuve directe. Juste...

– Quoi ?

– Une impression.

– Tu m'excuseras, mais ça n'a rien de scientifique.

– Une intuition. Non, rien de scientifique. Enfin, Dex, tu ne trouves pas qu'il se passe des choses... « surnaturelles » est un mot ridicule, mais, disons... sortant de l'ordinaire ?

– Un peu, oui !

– Je parlais du subtil. Des rêves. Les miens changent. Des visions. Et si j'avais eu une vision, dans les bois ? Je n'ai jamais cru au paranormal. Depuis l'accident... (Il haussa les épaules.) Je ne sais plus. Il ne faut peut-être pas négliger une intuition.

C'est logique, se dit Dex sans conviction. Il se pinça l'arête du nez.

– Tout ce que tu as, c'est ce numéro ?

– Sans adresse. Stern détestait que quelqu'un le cerne de trop près. Même s'il s'agissait de son neveu préféré.

– Les proctors ont raccordé leurs lignes, mais ils n'ont pas réparé les centraux. Je me demande à quoi servirait un foutu numéro.

– Il peut figurer dans l'annuaire.

– Au nom de Stern ?

– Bien sûr que non. Mais je n'arrête pas de penser à la femme. A la façon dont elle a répondu. Au ton de sa voix. Assuré. C'était son téléphone. Elle, elle est dans l'annuaire.

– Parfait. Il n'y a jamais que vingt-cinq mille noms

dans le Bottin du comté. Tu tiens à tous les passer en revue ?

– Non. Renseignements et compagnie du téléphone n'existent plus. J'ai séché pendant longtemps. Mais le proprio de la maison, Paul Cantwell, le comptable, tu sais ce qu'il a dans sa chambre, en haut ? Un P.C. avec tous les logiciels de comptabilité et de base de données possibles et imaginables. Le tout capable d'extraire un numéro de l'annuaire.

– Tu ne vas pas taper tout le Bottin ? A moins qu'il ne l'ait sur son disque dur, aussi ?

– Non, mais tu sais ce que c'est, un lecteur optique ?

– Ça traduit une page imprimée en données mémorisées.

– On peut donc entrer l'annuaire, page par page.

Dex jugea l'enthousiasme du jeune homme dangereux.

– Et ton Cantwell, il a un lecteur optique ?

– Non. C'est ça, le problème. Il nous en faut un. Il y a une boutique dans Beacon...

– L'accès est interdit. Les proctors expédient les stocks.

Howard se pencha, ébranlant sa tasse.

– Je prends cette rue chaque fois que je vais au dépôt de nourriture. Le magasin s'appelle *Desktop Solutions*, il se situe entre les embranchements d'Oak et de Grace. L'inventaire du Bureau s'étend vers le sud depuis Oak et vers l'ouest depuis le lac. Ils ne sont pas encore allés là.

– N'empêche, l'accès est interdit par une corde.

– J'arriverai bien à la franchir.

– Il y a des miliciens à tous les coins de rue.

– La nuit, ils sont moins nombreux.

– Oh, dit Dex, oh, non ! Tu es peut-être dur à la détente, Howard, mais eux, ils ont la gâchette facile. Ils tirent à vue.

– Si tu sors de cette maison par le portail de derrière, tu es dans une ruelle qui aboutit sur Oak, et si tu traverses, tu te retrouves dans une ruelle similaire qui longe l'arrière des boutiques de Beacon. Ces ruelles ne sont pas bien éclairées, et on y patrouille moins que dans les artères principales.

– C'est de la folie pure. Et tu prends ces risques pour un simple numéro de téléphone ?

– Pour découvrir ce qui s'est passé ! (Howard en tremblait.) Pour savoir, Dex ! Même si on ne repart pas. Merde, à la fin, c'est mon oncle ! (Il se voûta.) A part toi, je ne connais personne ici. Je n'y ai jamais vraiment vécu. Toute ma famille habitait dans l'Etat de New York. Sauf Stern.

– Howard... Il y a toutes les chances qu'il soit mort.

– J'ai besoin d'une certitude.

L'obscurité avait envahi la ville qu'écrasaient les nuages. Dex consulta sa montre. Coincé pour la nuit : le couvre-feu venait d'entrer en vigueur.

Il considéra Howard. Un môme aux lunettes rafistolées à l'adhésif. Un idiot de première, d'une jeunesse criante.

– Tu devrais refaire du café, dit-il. On va attendre que la lune se couche.

9

Même en cette fin d'un automne rigoureux et en cette heure fragile d'après minuit, Two Rivers n'était pas dénuée d'un certain charme.

Depuis son point culminant – la butte qui dominait Powell Creek Park –, la ville s'étageait vers le lac Merced en terrasses obscures que peuplaient maisons en bois, petites pelouses et coquettes devantures de brique. Les réverbères découpaient des cercles inégaux dans le velours de la nuit.

Sur les limites de la localité, fondu au noir, Two Rivers était isolée dans la péninsule septentrionale vallonnée de la province des Mille Lacs, une contrée de mines de fer et de cuivre, de comptoirs commerciaux et de bourgades qui avaient poussé comme des champignons autour de l'industrie du bois. Ici, les ténèbres se faisaient pesantes.

Il y avait des loups dans la forêt et, de temps en temps, cet automne, ils s'approchaient en bondissant à la lisière des faubourgs, attirés par ce mélange capiteux d'odeurs humaines inconnues. A l'issue d'une exploration prudente, ils évitaient toujours les rues pavées. Cet air trop riche ne leur disait rien qui vaille.

Par-delà l'extrémité occidentale du lac, sur ce qui était jadis le territoire concédé aux Ojibwas par traité, les ruines du laboratoire de recherches peignaient un nuage pansu d'une couleur délicate. D'autres lumières se déplaçaient, sans témoins, entre les arbres.

En ville, dans le quadrillage des rues désertes, les seules lumières en mouvement étaient les phares des véhicules de patrouille ; les seuls bruits, ceux des moteurs et des pneus qui crissaient sur le goudron blanchi par le gel.

Sa mère était allée au lit dès 10 heures du soir. En l'absence de Luke, elle se couchait tôt et se levait vers midi.

Clifford, qui avait le droit de faire la grasse matinée, veillait beaucoup plus tard. Quand sa mère, soutenue par de grands verres de whisky sans étiquette que le soldat apportait toutes les semaines, gagnait sa chambre, la maison appartenait au jeune garçon. Il en devenait le propriétaire. Son domaine s'étendait du salon encombré au sous-sol obscur. Par des nuits telles que celle-ci, le petit pavillon semblait immense. De ce royaume, vaste, un peu effrayant, il était le souverain inquiet.

Il choisit de rester dans sa chambre. Depuis une semaine, il passait la plupart de ses nuits à écouter les communications des militaires. Il avait déconnecté le haut-parleur du scanner pour que sa mère n'entende rien et il se servait des écouteurs de son Walkman. L'appareil, qui lui apprenait quantité de choses, devait demeurer son secret.

Le plan de Two Rivers, pris dans le tiroir de la cuisine, était punaisé sur son tableau d'affichage. (Il l'en retirait, par précaution, les soirs où Luke leur rendait visite.) Trois nuits de suite, il y avait reporté les itinéraires des patrouilles en attribuant une lettre de l'alphabet à chacun des véhicules, au nombre de dix, et inscrit l'heure des appels lancés des divers carrefours. Il lui avait fallu se tenir éveillé jusqu'à

4 heures du matin, avec du café préparé à la sauvette, mais il avait pu ainsi obtenir un schéma complet de la surveillance du couvre-feu : où et quand passaient les voitures.

Ces derniers temps, il avait vérifié ses résultats, et ils lui paraissaient exacts. Si un véhicule arrivait en retard ou en avance à tel point de contrôle, jamais l'écart ne dépassait les deux ou trois minutes. Il pouvait y avoir des rôdeurs, des visiteurs ayant noué des relations parmi la population, mais même Luke prenait garde à observer le couvre-feu ; seul un pot-de-vin au sens propre lui permettait de passer la nuit du vendredi ou du samedi chez Clifford, qui avait surpris cette explication et la croyait sincère.

Nanti de ses notes et d'un crayon, il avait tracé un trajet entre la maison et le Powell Creek Park. Un cycliste, pourvu qu'il respecte le minutage, pouvait rejoindre le jardin public et en revenir sans croiser la moindre patrouille.

Il en avait eu l'idée la semaine précédente. Le scanner lui facilitait la tâche, mais la seule perspective d'une escapade nocturne en V.T.T. le fascinait. Ce couvre-feu le privait des soirées qu'il adorait. Il les aimait en été, silence, chaleur, odeurs de pelouses tondues et de repas chauds ; il les aimait en hiver, si froides que la neige crissait sous les bottes ; et il les aimait surtout en automne, quand le brouillard et la fumée les paraient de mystère. En cette saison finissante, il se disait qu'on lui avait volé ses nuits préférées.

Et il avait envie de mettre à profit les renseignements que le scanner lui procurait.

Il avait peur, bien sûr, mais la tentation était grande. Surtout par une nuit venteuse comme celle-ci. Il resta un long moment assis dans sa chambre, les écouteurs sur les oreilles, les coudes posés sur l'appui de la baie. La vitre était froide. Les rafales qui secouaient les branches dénudées du chêne des voisins dispersaient les nuages, laissant entrevoir le ciel. Minuit passé. Les soldats patrouillaient.

Il consulta sa montre, se livra à un bref calcul mental et prit une décision soudaine et muette. Sans même réfléchir, il descendit au rez-de-chaussée à pas de loup et alluma dans le couloir pour trouver ses baskets qu'il laça serré.

Puis il enfila son anorak bleu et ferma à clé derrière lui.

Saisissant à pleines mains les poignées glacées du vélo appuyé contre le mur du garage, il songea qu'il aurait dû mettre des gants. Tant pis. L'heure tournait.

Tandis qu'il descendait la rue vide, le vent lui rabattit les cheveux en arrière. Toutes les maisons n'étaient que masses sombres. Le cliquetis du dérailleur se tut lorsque Clifford changea de vitesse, et le rideau des nuages s'ouvrit sur un océan d'étoiles.

Le danger, se disait Dex Graham, vient de ce que la ville paraît déserte. Facile de se croire seul. Donc en sécurité. Et là, on commet une imprudence.

Il aurait aimé en avertir Howard, mais ils avaient décidé de se parler seulement en cas d'absolue nécessité. Leurs voix risquaient d'attirer l'attention d'un insomniaque, ou de réveiller quelqu'un, et ils ne voulaient aucun témoin.

La ruelle aux vieux pavés fendus par le gcl longcait des garages en toile goudronnée et des vestiges de jardins potagers flanquant des maisons en bois dont la peinture s'écaillait. Peu de lumières. Dex, qui tenait un pied-de-biche, résista à l'envie puérile de marteler les palissades.

Howard marchait devant lui à longues enjambées, d'un pas déterminé. Il veut en finir au plus vite, songea Dex. Mais prudence. Prudence est mère de sûreté.

Ils descendirent la pente en se dissimulant dans l'ombre, et s'arrêtèrent à l'angle d'Oak Street.

Le plus difficile serait de traverser. Oak, qui divisait la ville d'est en ouest, voyait jadis défiler la majeure partie de la circulation vers la cimenterie et les carrières. L'an dernier, non content de l'élargir, on y avait planté tant de lampadaires qu'on se serait cru dans un bloc opératoire. Pire, cette artère croisait toutes les rues commerçantes, dont Beacon ; à tout instant, un véhicule pouvait déboucher de n'importe où sans prévenir. Ce vaste désert d'asphalte balayé par un vent glacial avait tout le charme d'une guillotine.

– On devrait y aller séparément, souffla Howard. Là-bas, on voit mieux l'angle de Beacon, ajouta-t-il en désignant le feu rouge qui bringuebalait, un pâté de maisons plus loin. Si la voie est libre, il suffit d'un signe pour appeler l'autre.

– J'y vais.

– Non, c'est moi.

Il semblait résolu. L'expédition comptait beaucoup pour lui. Dex devinait le jeune homme comme il devinait chaque enfant de sa classe – par les gestes, les postures, le dit, le non-dit. Howard n'avait aucun plaisir à défier l'autorité. Dex se le figurait sans peine : le môme qui choisit toujours un bureau au fond, ne fume pas dans les cabinets et ne chipera jamais un sachet de M & M's au drugstore du coin. Celui qui respecte les règles et en tire une certaine fierté.

Pas comme moi, songea-t-il. La vie derrière moi, plus rien à perdre, et plus rien à cirer.

– Non, j'y vais.

Howard s'apprêtait à protester, mais Dex lui coupa l'herbe sous le pied : il bondit dans Oak Street.

Il courut vers le trottoir d'en face. Pris de vertige, il se rappela ses dix-sept ans, époque où il vivait encore chez ses parents à Phoenix. Il s'était soûlé dans une fête et il avait fini par rentrer à pied, vers 4 heures du matin. Sur un coup de tête, il était allé s'asseoir en tailleur au beau milieu d'une rue de banlieue très fréquentée dans la journée. Le roi de la création. Ni piétons ni circulation. Un air sec, un ciel étoilé, immuable. Il avait gardé sa posture sublime du lotus pendant près de cinq minutes puis, voyant des phares au loin, il s'était levé, il avait bâillé, et repris son chemin d'un pas nonchalant jusqu'à retrouver enfin son lit. Ce n'était rien, en somme. Mais ce souvenir s'attardait dans sa mémoire.

Il envisagea de s'asseoir en plein milieu de cette rue. Envie stupide, téméraire. Mais ça le prenait, comme ça, périodiquement, ce besoin de braver l'univers. Ça finirait par lui valoir des ennuis sérieux, voire mortels. Sans doute bientôt, vu la situation. Mais en ces instants il se sentait plein de vie, proche d'Abigail et de David, morts quinze ans plus tôt. Et s'ils l'attendaient à l'un de ces carrefours ? S'il le défiait, le destin lui permettrait peut-être de rejoindre sa femme et son fils ?

Mais il traversa Oak sans incident et, un peu essoufflé, atteignit son objectif.

Le silence semblait plus profond, ici. Il prêta l'oreille, tâchant de percevoir un bruit de moteur dans le vent. Rien. Prenant appui sur un mur de brique, il se pencha vers la rue. Des réverbères, des lampadaires, des feux, des trottoirs blanchis par le gel.

Il repéra la silhouette d'Howard dans la ruelle opposée et lui indiqua du geste que la voie était libre.

Le jeune homme s'avança à grands pas d'échalas. Vêtu d'une canadienne de couleur kaki qui lui descendait jusqu'aux genoux et d'une casquette noire enfoncée jusqu'aux sourcils, nanti de lunettes rafistolées qui clignotaient dans la lumière, il avait tout du terroriste de dessin animé. Une cible parfaite. Pourquoi ne se pressait-il pas ?

Howard franchissait la ligne médiane quand Dex vit des faisceaux lumineux fouiller l'angle d'Oak et de Beacon. Il sortit de sa planque en gesticulant. Mais l'autre, effrayé, désorienté, se figea sur place.

Dex entendit gronder le moteur du véhicule, au sud, sur Beacon. Dans quelques secondes, on nous aura vus, se dit-il. Crier, c'était prendre un risque, mais il n'avait pas le choix. Il mit ses mains en porte-voix.

– Howard, putain, viens ! COURS, ESPÈCE DE CON !

Howard jeta un coup d'œil sur sa gauche, vit la lueur des phares reflétée sur une vitrine et réagit comme s'il avait reçu un coup de fouet. Il se mit à courir, et Dex admira la vitesse à laquelle le physicien couvrit les derniers mètres de goudron.

Le véhicule, une voiture de patrouille noire, tournait déjà. Qu'avaient vu les soldats ?

– Baisse-toi, dit Dex. Derrière la benne à ordures. Le dos contre le mur. Les genoux relevés.

Et il fit de même.

Au bruit, le véhicule remontait Oak dans leur direction.

Le régime du moteur baissa. Ils nous ont vus, pensa Dex. Comment s'échapper ? Dévaler la ruelle, trouver une allée rejoignant Beacon ou un des lotissements, se perdre sous le couvert des arbres ou profiter d'un porche ?

Un ovale de lumière balaya la ruelle. Dex s'imagina la voiture de patrouille, le conducteur, le milicien assis sur le siège du passager et manipulant le projecteur. Il entendait le souffle torturé d'Howard.

– Cours, chuchota-t-il. Cours s'il le faut. Au premier embranchement, tu prends à gauche et moi à droite.

Mais l'obscurité retomba. Le moteur toussa, les pneus crissèrent.

Le véhicule s'éloigna.

Howard expira enfin, frissonnant.

– Ils ont dû n'entrevoir qu'une ombre, dit Dex. Sinon ils nous seraient tombés dessus. Merde, c'est passé près. (Il se leva, aida Howard à se redresser.) Je suis pour prendre nos cliques et nos claques et rentrer chez toi. Pardon, Howard, mais c'était une idée ridicule, toute cette histoire.

Howard se dégagea et secoua la tête.

– On n'a pas eu ce qu'on voulait. On n'a pas fini. Enfin, moi non. Rentre, si tu veux.

Dex toisa son ami.

– Merde, dit-il au bout d'un moment. Sacré Rambo.

Clifford Stockton, assis en haut de la colline formant le centre de Powell Creek Park, son V.T.T. couché près de lui, laissait le vent le dépeigner de ses doigts de gel.

La saison avait déjà connu quelques averses de neige, et d'autres tomberaient sous peu, mais le ciel restait dégagé. Le froid ne dérangeait pas le jeune garçon, bien au contraire. Le sang n'en courait que plus vite dans ses veines. Loin de sa mère, des soldats, de l'école, il revivait.

La ville qui gisait à ses pieds ressemblait au plan punaisé sur son tableau. Seule la valse lente des patrouilles animait ce quadrillage de lumières statiques. Le mouvement des voitures évoquait un mécanisme d'horlogerie scintillant – une pause à chaque intersection.

– Vous pouvez crever, leur dit Clifford.

Un murmure. Délicieux délit. Jeté sur les ailes du vent. Mais personne ne pouvait l'entendre. Le cœur battant, il se dressa et hurla son défi.

– VOUS POUVEZ CREVER !

Les véhicules poursuivaient une ronde aussi immuable que la danse des neutrons. Il éclata de rire, mais son rire était proche des larmes.

Il était temps de repartir. Il avait prouvé qu'il était capable de mener son escapade à bien, il n'avait plus qu'à rentrer chez lui avec le même succès. Malgré son excitation, l'air froid lui parut se glacer et, pour la première fois, il pensa à sa chambre et à son lit avec une pointe de nostalgie.

Il redressa son vélo. Descendre l'allée de brique jusqu'à Cleveland Avenue, s'orienter vers l'ouest. Facile.

Quelque chose retint son attention.

La colline dominait le quartier des affaires. De là on avait une vue imprenable jusqu'au carrefour d'Oak et de Beacon. Clifford aperçut les feux arrière d'une voiture de patrouille – juste à l'heure, constata-t-il.

Le véhicule s'engagea dans Oak en direction de l'ouest... N'aurait-il pas dû aller vers *l'est* ?

Et voilà qu'il ralentissait, braquait son projecteur sur une ruelle. Bizarre. Clifford se tapit dans l'herbe avec l'impression subite de se découper sur l'horizon comme une silhouette de stand de tir. Il regrettait d'avoir laissé son scanner chez lui.

Le projecteur s'éteignit et la voiture continua dans Oak, pour virer dans Knight. Des magasins la masquèrent, mais Clifford discernait la lueur de ses phares. De Knight, elle prit Promontory, s'éloignant du jardin public. Puis vers l'est. Et de nouveau Beacon. Mystère.

Elle tourne en rond, se dit Clifford.

La voiture ralentit. S'arrêta.

Les phares s'éteignirent.

Un problème. Maintenant. Ou bientôt. Dans Beacon.

Loin, au bout de Commercial Street, il vit débouler une autre voiture. La première avait dû lancer un appel général. Toutes les patrouilles convergeaient.

Le programme était chamboulé.

Et lui, il était en danger.

Il enfourcha son V.T.T. à la hâte.

Dex inséra l'extrémité du pied-de-biche entre le cadre et le battant de l'entrée de service de *Desktop Solutions* et pesa de tout son poids. La serrure céda avec un bruit de coup de feu. Howard fit la grimace.

La porte s'ouvrit.

– Je t'en prie, dit Dex.

Howard tira une longue torche des profondeurs de sa veste et pénétra dans le magasin.

Dex resta dehors pour surveiller la ruelle. Il estima la durée de leur trajet à vingt minutes. Cela lui avait paru des heures. Dieu merci, ils arrivaient au bout de leurs peines. On doit être les deux casseurs les plus inattendus de l'histoire de Two Rivers, se dit-il. Et les plus maladroits.

Comme l'effet de la poussée d'adrénaline se dissipait, le froid reprenait ses droits. Il se frotta les mains, souffla dessus pour les réchauffer. Seul, il avait une conscience aiguë de la distance qui le séparait d'un lieu sûr. Jusqu'à l'épisode de la patrouille, l'escapade lui avait inspiré un certain intérêt ; à présent il n'éprouvait plus qu'appréhension.

Une rafale s'engouffra dans la ruelle. Une porte battit. L'hiver va être rude, songea Dex. A son arrivée, cinq ans plus tôt, les rigueurs du climat du Nord Michigan l'avaient surpris. Il se demanda dans quelle mesure Two Rivers survivrait à cette saison-ci, et ce qu'il en resterait au printemps. La question demeurait sans réponse, mais les perspectives étaient sombres.

Un grand fracas. Il fit volte-face ; le coupable, un

chien errant qui flairait une poubelle renversée par le vent le toisa d'un œil chassieux et indifférent, puis frissonna du garrot à la queue. Je te comprends, mon vieux, se dit Dex.

Il consulta sa montre, et jeta un regard dans la boutique obscure.

– Hé, Howard, ça va, là-dedans ?

Pas de réponse. Il voyait pourtant le rayon de la torche du physicien explorer l'ombre – avec une certaine audace. D'un pas, Dex entra à son tour.

– Howard ?

Aucune réaction.

– Howard, je me les gèle ! Tu prends ton truc et on les met, d'accord ?

On toucha sa jambe. Envahi par un sentiment d'irréalité, il baissa le menton. Blotti derrière le comptoir de la caisse, le front perlé de sueur, le physicien s'agrippait à sa cheville et agitait le bras. Un signal paniqué, indécodable.

Dex resta un bon moment plus dérouté qu'effrayé.

– C'est quoi ce bordel ? dit-il à haute voix.

Le faisceau lumineux continuait de fouiller les ténèbres. Mais la torche d'Howard était éteinte.

Alors qu'il s'accoutumait enfin à l'obscurité, il discerna une silhouette entre les étagères et les bureaux. Il se tournait vers l'entrée de service quand le faisceau épingla son ombre sur le mur. Il la vit s'élever, toucher le plafond, aussi gauche et dégingandée qu'une marionnette. Un éclair, une détonation assourdissante. L'impact le renversa. Douleur.

Howard cria « Ne tirez pas ! » ou peut-être « Est-ce que ça va ? ».

Dex sentit son bras gauche se crisper, membre inutile, qui semblait ne plus lui appartenir. Et puis le sang, tiède et poisseux.

Des bruits de pas.

Soudain, une autre lumière, plus vive que les autres.

Clifford choisit de rentrer par Powell Road, qui croisait Beacon au nord du quartier des affaires situé plus bas.

Il descendit l'allée du jardin public et franchit le portail. La pente de Powell allait lui donner de l'élan jusqu'à chez lui. Les roulements sifflaient. Le vent lui fouettait le visage. La vitesse brouillait les belles demeures jouxtant le parc, qui s'évanouissaient derrière lui comme dans un rêve.

A l'intersection, il freina devant une haie de troènes.

Curiosité et prudence... un vrai dilemme ! La curiosité l'emporta. Il se pencha et risqua un regard vers les magasins installés plus bas dans Beacon.

De si loin, il ne voyait pas grand-chose. Une lumière – phares de voiture –, qui s'éteignit sous ses yeux. Une patrouille.

Ce serait dangereux d'essayer de s'approcher ? Oui, sans aucun doute. Le souvenir des corps jetés sur le chariot devant la mairie lui serra le cœur. Les soldats avaient tué ces gens pour le délit qu'il commettait en ce moment.

Mais il était agile, il pouvait profiter de l'obscurité pour se cacher, ou fuir à toutes jambes... D'ailleurs, ce n'était pas lui qu'on recherchait.

Restant sur le trottoir, frôlant les haies et les arbres qui séparaient la rue des vastes pelouses laissées à l'abandon, il descendit Beacon en roue libre jusqu'à l'angle d'Oak, où il s'arrêta devant une voiture noire, pour s'apercevoir avec terreur qu'il s'agissait d'une patrouille : il s'était jeté dans la gueule du loup, pas plus malin qu'un mioche de quatre ans !

Il laissa choir son V.T.T. et courait s'abriter sous un saule pleureur dénudé quand il constata que le véhicule était vide : les deux soldats avaient dû s'engager à pied dans Beacon, où il distinguait à présent de vagues silhouettes et un ballet de torches.

Il s'était avancé à découvert. Il s'allongea dans l'herbe, non loin de l'arbre, et réfléchit. Aucun danger, du moins pour l'instant, ne le menaçait. Et la proximité d'un secret peut-être primordial le fascinait, l'hypnotisait.

Alors Clifford entendit une explosion de pétard à mèche, accompagnée d'un éclair. On a tiré, se dit-il. Les implications de l'événement l'arrachèrent à sa transe. Les soldats tiraient sur quelqu'un... ou tuaient quelqu'un.

Il aurait dû paniquer. Mais non. Il était en colère.

Il revit les corps devant la mairie. Là aussi, il s'était mis en colère, mais l'atrocité de la scène l'avait retenu. Sa colère avait été subtile, diffuse, progressive. Cette situation-ci, plus évidente, focalisait sa rage. Les soldats n'avaient rien à faire ici, pas d'ordres à donner, et surtout aucun droit d'abattre les gens comme des lapins.

Agir. Se venger. Il scruta les environs, au désespoir – et son regard tomba sur la voiture de patrouille garée à quelques mètres de là.

Si on avait fermé la capote en toile, à cause du mauvais temps, la portière avait pu rester ouverte. Clifford traversa le trottoir et saisit la poignée peu familière, qui joua sans peine. Il se pencha dans l'habitacle, surpris par sa propre audace. Ça sentait le cuir usé et la fumée de cigarette. L'air rance était encore tiède. Couché sur la banquette, il s'interrogeait, quand il vit un pommeau monté sur une tige fixée au plancher. Le levier de vitesse. Sa mère lui avait montré comment ça fonctionnait dans la Honda. Sans intention bien définie, il saisit la poignée. A gauche et en bas. A gauche et en bas.

Il ne connaissait pas cette boîte de vitesses ; il

n'avait aucune raison de s'attendre qu'elle réponde comme celle des bagnoles dont il avait l'habitude. Mais il y avait un point mort, et il sut tout de suite qu'il l'avait trouvé. La voiture s'ébranla dans un crissement de pneus.

Aussitôt, il s'assit, affolé. Elle allait traverser Beacon, et s'immobiliser sans dommages contre la bordure du caniveau opposé. Aucun intérêt. Il devait sortir... mais il prit le temps de tourner l'étrange volant jusqu'à ce que la voiture pointe son capot dans le sens de la pente.

La vitesse augmentait. Clifford rampa jusqu'à la portière ouverte, par laquelle il entrevit la chaussée qui filait déjà à une allure surprenante. Fermant les yeux, il sauta et s'étala sur le trottoir, s'écorchant les paumes et déchirant sa chemise. Il devrait s'en expliquer à sa mère, demain. S'il réussissait à rentrer.

Il se précipita vers le couvert du saule pour regarder la voiture vide, qui avait déjà parcouru une certaine distance, en accélérant sans cesse. Il eut bientôt l'impression qu'on l'avait lancée d'une énorme fronde. Elle cahotait au moindre défaut de la chaussée, dévalait la rue par petits bonds périlleux ; à un moment elle se retrouva en équilibre précaire sur deux roues, et se rétablit. L'inclinaison de la pente se réduisait, mais le véhicule fou n'en continuait pas moins sa course.

Où la collision allait-elle se produire ? La quincaillerie ? Non, la voiture tirait sur la droite. Le salon de coiffure, la librairie... la station-service.

Clifford, bouche bée, retint son souffle.

L'ampleur des événements qu'il avait provoqués l'emplit d'un respect mêlé de crainte. Les dégâts allaient dépasser tout ce qu'il avait imaginé – et de si loin qu'il sentit ses genoux faiblir par anticipation.

Il n'aurait su dire la vitesse de la voiture quand survint l'accident, mais Beacon Street n'avait jamais dû voir ça. Le train avant parut avaler la bordure du trottoir, le véhicule s'envola par-dessus le panneau oscillant de la station Gulf. Le coffre s'éleva, le capot piqua vers le sol, et lorsque Clifford comprit que la trajectoire de cet obus l'amenait droit sur les pompes à essence, il se boucha les oreilles d'instinct.

Un fracas de métal torturé se répercuta le long de la rue déserte. De ses yeux mi-clos, le jeune garçon vit la voiture faucher un des distributeurs de carburant et s'immobiliser. Un dernier bruit de ferraille, un bref sifflement, le silence. Il osa alors reprendre sa respiration.

A cet instant, la batterie tomba dans une flaque d'essence. Court-circuit, gerbe d'étincelles, et la nuit s'embrasa, comme si le soleil venait de se lever sur les toits de Beacon Street.

Nicodemus Bourgoint, soldat du rang de la cinquième d'infanterie d'Athabasca, devait partir pour le front mexicain lorsqu'un ulcère à l'estomac lui avait valu une affectation aux Forces de l'intérieur stationnées à Two Rivers, la ville d'outre-monde. Si on lui avait laissé le choix, il aurait préféré le Mexique.

Là, au moins, le danger était prévisible. La guerre ne lui faisait pas peur. Recevoir une balle, sauter sur une mine, c'était dans l'ordre des choses. Question de destin.

Two Rivers, au contraire, l'effrayait. Et cela depuis le début. Les soldats détachés ici n'avaient reçu aucune explication, sinon d'un attaché du Bureau, adepte de l'aphorisme, selon lequel le mystère du divin restait sans limites. Le Genetrix Mundi était d'une infinie fécondité, et un accroc pouvait survenir dans le Plérôme, reconnaissait Nico. Maigre consolation, cependant, pour qui patrouillait les rues vides de la ville, un endroit bizarre au point d'inspirer la terreur. En outre, les baraques étaient bondées, les tâches aussi fastidieuses que répétitives, les repas infects. Le sergent du mess leur promettait du rôti de bœuf depuis le mois d'août ; ils l'attendaient toujours.

Sa maison natale, un ranch à bestiaux dans la province septentrionale d'Athabasca, lui manquait. Il se sentait prisonnier de ces collines, de ces arbres dépouillés de leurs feuilles et de ce village étranger. Ce soir plus que tout autre. Il effectuait sa patrouille en compagnie de Filo Mueller, et celui-ci aimait le torturer avec ces récits qu'on raconte en général autour du feu de camp, ces histoires de cadavres décapités et de spectres unijambistes. Le malaise de Nico, malgré ses efforts pour le masquer, se lisait sur sa figure – à la grande joie de Mueller. Ces choses-là n'ont rien de drôle, se disait Bourgoint. Pas ici.

Cela étant, lorsqu'ils tournèrent à l'angle d'Oak et de Beacon pour voir une silhouette disparaître dans une ruelle, toute idée frivole les quitta. Nico voulut se lancer à sa poursuite, mais Mueller, en sournois qu'il était, lui demanda d'appeler des renforts et de faire le tour du pâté de maisons.

– Laissons ce maraudeur croire qu'on a renoncé. Si on le poursuit, on le perd. Tu n'es pas chasseur, hein ?

– Mes oncles chassent le cerf dans les montagnes, se défendit-il.

– Mais tu ne les as jamais accompagnés. Ce n'est pas ton genre.

Pendant qu'ils contournaient le pâté de maisons, Mueller demanda une autre voiture par radio. Nico aurait volontiers attendu son arrivée, mais l'autre repéra la lueur d'une torche dans une vitrine et fixa son regard reptilien sur lui.

– Tu y vas.

Mueller, en tant que supérieur immédiat, avait le

droit de lui donner un ordre, mais Nico pensa qu'il plaisantait. Son expression, pourtant, le persuada du contraire.

Le fils de Samael souriait. Un sourire cruel.

– Sors ton pistolet de son étui, pour une fois, reprit-il. Prouve que tu en as.

– Je n'ai pas peur.

– Tant mieux pour toi. Allez, vas-y.

Mais il avait peur, en fait. Il haïssait ces échoppes aux vitrines pleines de trucs bizarres. Un des fantassins les plus stupides, un géant du nom de Seth, ne cessait de proclamer que Two Rivers se situait en vérité sur les franges de l'Enfer, et que ses routes coupées conduisaient naguère au temple du Seigneur de l'Hebdomade, Père du Chagrin.

L'idée, puérile, semblait parfois si plausible que c'en était gênant. Comme ce soir. Nico s'approcha de la porte d'un bâtiment appelé *Desktop Solutions* d'un pas aussi lent que sa fierté le lui permettait. L'enseigne, d'un graphisme disgracieux, ne signifiait rien pour lui. « Solutions de dessus de table. » Les mots n'avaient aucun rapport les uns avec les autres. Il s'était déjà retrouvé confronté au même problème. « Cheveux unisexes » et « Cité des circuits » promettaient aussi l'impossible ou l'absurde. Les articles exposés en devanture, des boîtes grises et laides, ressemblaient à des postes de télévision miniatures.

Il dégaina. Un sentiment d'irréalité l'envahit tandis qu'il poussait la porte – déverrouillée, Dieu merci – et qu'il se campait en position de tir, pistolet dans la main droite, torche dans la gauche. Tu rêves, se dit-il. Tu dors dans ton baraquement. Il espérait déjà se réveiller.

Voyant une silhouette émaciée s'accroupir à l'abri d'un comptoir, il reprit ses esprits. Il s'approcha, en songeant qu'il aurait aimé avoir quelqu'un avec lui, même Mueller ; mais son supérieur et les renforts n'allaient sans doute plus tarder. Il s'avança assez pour voir l'homme désarmé blotti dans son recoin, et il allait lui ordonner de se lever quand une autre silhouette surgit au fond de l'échoppe, un pied-de-biche à la main. Nico pointa sa torche sur lui. Le nouveau venu cligna des yeux et se détourna.

L'index de Nico se crispa sur la détente. Il n'avait pas eu l'intention de faire feu, ça lui avait échappé. Il avait participé à l'événement sans en être la cause. L'homme était blessé. L'homme tombait. Nico, stupéfait, avança encore d'un pas. L'homme était inconscient. Son ami s'interposait, penché sur lui, fixant l'intrus de ses yeux écarquillés.

– Ne bougez pas, dit Nico.

– Ne tirez pas, supplia l'autre.

Le soldat tremblait, mais maintint le pistolet braqué, tout en se demandant où était Mueller. Il avait bien dû entendre la détonation ? Qu'est-ce qui le retardait ?

Alors une énorme déflagration retentit derrière lui, une lumière vive parut drainer le monde de ses couleurs, et la vitrine éclata en un millier de fragments.

Nico Bourgoint sentit les éclats de verre lui entailler le dos, les bras. Il virevolta et, de saisissement, lâcha son arme : de l'autre côté de la rue, le Seigneur de l'Hebdomade s'élevait, tel un pilier de feu.

Dex reprit ses esprits dans la ruelle, agrippant l'épaule d'Howard de son bras valide tandis que ses pieds semblaient avancer de leur propre initiative.

Il dévisagea le physicien haletant qui paraissait saigner d'une bonne centaine de coupures.

– Que... ?

Il voulait dire « Que fait-on ? » mais les mots le fuyaient.

Howard croisa son regard.

– Cours. Si tu peux, cours.

Ils partirent cahin-caha. Chaque enjambée allumait de véritables feux d'artifice dans son bras, hélas réveillé de son engourdissement. Il évitait d'examiner sa blessure. Il n'avait jamais supporté la vue du sang, le sien ou celui d'un autre, et il ne pouvait pas s'offrir le luxe d'un nouvel accès de vertige.

Il se risqua cependant à jeter un coup d'œil derrière lui. Incroyable spectacle, hallucination ? Dominant les toits crépis des magasins de Beacon Street, les gouttières et les toiles d'araignée des câbles téléphoniques, une colonne de feu escaladait le ciel nocturne. Les flammes devenaient d'un bleu lumineux à mesure qu'elles montaient et, dans cette brillance, il crut discerner d'immenses visages changeants.

– Pour l'amour de Dieu, dit Howard d'une voix âpre, ne t'arrête pas !

Ils traversèrent Oak et entamaient la remontée de leur ruelle de départ quand Dex s'immobilisa.

– Attends.

Howard le considéra avec une impatience désespérée.

– On laisse des traces, reprit Dex. Regarde.

Des gouttes de sang jalonnaient l'asphalte. Un vrai jeu de piste, songea-t-il. Ils nous trouveront d'ici l'aube.

Des lumières s'allumaient aux fenêtres, mais les ombres sur les clôtures et les appentis restaient profondes. L'attention devait se polariser sur l'incendie. Ils s'accroupirent dans un fouillis de ténèbres.

– Surtout moi. Il faut bander cette plaie, Howard. Ou me poser un garrot.

– Je n'y connais rien.

– Je t'indiquerai. Commence par lâcher ça. (Dex lorgna la boîte.) Le lecteur optique ? Tu l'as volé, alors ? Avec tout ce cirque ?

– Je l'avais en main quand le soldat s'est pointé. C'est ce qu'on était venus chercher, non ?

– Tu es un fils de pute plutôt obstiné.
– On apprend ça en troisième cycle. L'obstination. (Le physicien reprit haleine.) J'y vois mal. La balle a dû traverser le gras du muscle de part en part. Ça saigne, mais pas à flots. Je l'attache avec quoi ?
– Ta ceinture comme garrot. Serre bien, juste au-dessus de la plaie. Ça ralentira l'hémorragie. Mets un bout de tissu pour absorber le reste.

Howard s'affaira. Dex, assis à même le sol glacé, se concentrait sur la palissade toute proche. La peinture écaillée adhérait encore par plaques au grain du bois. Elle était blanche, autrefois, avant de virer à un gris sale que mouchetait la lueur du brasier dans le lointain.

La douleur intense qui le taraudait menaçait de lui faire perdre connaissance.
– Howard ?
– Ouais.
– Merde, qu'est-ce qui s'est passé là-bas ?
– Je n'en sais rien. Un truc qui a sauté. Un coup de bol.
– Une coïncidence ?
– Je suppose. Une synchronie, au moins. Je vais serrer.

Dex compta mentalement jusqu'à dix. Sa vue se brouilla aux alentours de sept. Parle, s'intima-t-il.
– Ce qui s'est produit, là-bas... c'était curieux.
– Ouais.
– Pas naturel.
– Non.
– Bizarre, quoi.
– Tu l'as dit. Voilà. (Une dernière torsade.) Tu peux te lever ?
– Oui.

Mais il vacillait sur ses jambes.
– Tu peux marcher ?

– Oh, oui. Je préfère. On n'a guère le choix. Marche ou crève. Non ?

Howard ne répondit pas.

Clifford s'enfuit en courant à la vue de la colonne de feu. Il avait remonté la moitié d'un pâté de maisons quand il s'aperçut qu'il oubliait son V.T.T. Il prit son courage à deux mains, revint sur ses pas, empoigna le vélo, l'enfourcha, et s'engagea dans Oak, l'itinéraire le plus court, sinon le moins exposé, pour rentrer.

Il avait vu et compris tout ce qui s'était passé sur Beacon Street, jusqu'à l'instant de l'explosion. Le film se dévidait sans cesse devant ses yeux, aussi répétitif et exaspérant qu'une bande sans fin. Sa colère. La voiture de patrouille. Le levier de vitesse qu'il manipule. Sa terreur croissante lorsqu'il évalue les conséquences de son acte. Les pompes à essence qui sautent, et...

Mais l'épisode suivant n'avait aucun sens. Sa mémoire en boucle le représentait ainsi : les pompes à essence explosent dans une boule de feu... et puis quelque chose qui ressemble à une gigantesque étincelle d'un bleu éthéré, descend du ciel et touche la boule de feu ; et l'étincelle s'unit en un serpent de cobalt de la largeur de la station Gulf et d'une telle taille qu'il se perd dans le ciel.

La colonne lui avait semblé s'incurver vers l'ouest, mais il n'en était plus si sûr maintenant. Il était loin de contempler la scène avec le détachement d'un scientifique. Avec effroi, oui. Dans sa peur, il avait cru qu'il venait de causer la fin du monde, parce que la lueur bleue contenait des silhouettes, des visages – des visages humains. L'un, en particulier, le laissait sans voix. Sévère. Barbu. Dieu, ou le diable.

Son V.T.T. déchirait la nuit de novembre comme une balle perdue. Il pédalait avec une ardeur qui l'aurait surpris s'il en avait eu conscience. Il ne pensait qu'à se retrouver chez lui ; dans sa maison, dans sa chambre, dans son lit.

Il ralentit lorsqu'il atteignit les faubourgs. Il ne pouvait plus tenir la cadence ; il respirait si fort que ses poumons lui faisaient mal, et un point de côté l'élançait. Il laissa le vélo rouler sur son erre jusqu'à s'immobiliser et mit alors un pied à terre. Tremblant, hésitant, il regarda en arrière.

A son grand soulagement, la colonne des flammes bleues avait disparu. Il avait pu l'imaginer. Il avait dû l'imaginer. Mais le feu normal brûlait toujours, il voyait son reflet sur les façades des demeures nichées au-dessus de Powell Creek Park. Ce qui le peinait, c'est qu'il ne pourrait jamais effacer cette nuit. Il demeurerait le responsable de l'explosion... Mon Dieu, je vous en prie, se dit-il, faites qu'il n'y ait eu personne à l'intérieur de la station. Le fardeau du souvenir lui pèserait toute sa vie et, surtout, resterait son secret. Sous le règne des soldats, nul ne devait le soupçonner, nul ne devait savoir. Il n'y avait plus de maison de correction à Two Rivers. Il n'y avait que des bourreaux.

Il poursuivit sa route sans prendre garde à ses larmes. Une fois rentré, il gara son vélo hors de vue, ouvrit la porte, referma à clé derrière lui, délaça ses baskets, les rangea dans la penderie de l'entrée, et monta dans sa chambre à pas de loup. La seule vue de son lit l'accabla de fatigue. Mais il avait encore du travail.

Il ôta ses vêtements sales et déchirés, qu'il emporta dans la salle de bains où il les fourra tout au fond de la corbeille à linge. Sa mère, qui ces derniers temps se souciait moins de la lessive, n'y verrait que du feu : depuis juin, il rentrait souvent dépenaillé. Il fit couler l'eau, non sans crainte, et entra dans la baignoire pour se décrasser. Quand il se jugea propre, nettoyé du sang séché sur ses mains et ses coudes, il rinça la cuvette émaillée avant de laver le gant de toilette et de le mettre au sale à son tour. Il ferma les robinets, éteignit, regagna sa chambre sur la pointe des pieds, enfila son pyjama, le vieux en flanelle rayé bleu et blanc, un rien trop juste maintenant, et là, enfin, il se coucha.

Les draps frais l'accueillirent comme un confessionnal. Il comptait préparer des excuses au cas où on l'interrogerait le lendemain, mais ses pensées dérivaient dans le néant, et une vague de lassitude l'emporta vers l'horizon du sommeil.

Tom Stubbs se trouvait à la caserne de pompiers quand l'explosion de la station Gulf le réveilla. Il déclencha la sirène d'alerte et s'assura que son équipe était levée, mais en vérité il devait attendre un coup de téléphone pour agir.

M. Demarch s'était montré assez clair en juillet dernier. Les pompiers volontaires de Two Rivers offraient un service utile, on allait les maintenir et les approvisionner ; mais s'ils s'avisaient de quitter la caserne pendant le couvre-feu avant d'en obtenir l'autorisation par le radiotéléphone nouvellement installé, on les abattrait comme n'importe quel civil.

Deux autopompes et l'Echelle attendaient quand l'appel lui parvint enfin. Tom répondit brièvement et se rua jusqu'au véhicule de tête, qui démarra aussitôt.

Dès qu'ils s'engagèrent sur la pente de Beacon Street, ils comprirent que l'incendie n'avait rien d'ordinaire. La station Gulf était bel et bien en feu ; on venait d'en remplir la cuve du gasoil au plomb qu'utilisaient les véhicules militaires, et il semblait qu'un distributeur, non content de brûler, crachait son carburant embrasé comme un geyser. Mais ce n'était pas tout. Tout comme celui de l'usine d'armements, ce sinistre était effrayant. Une tour de lumière bleue s'élevait depuis les flammes. Tom Stubbs aurait juré qu'elle s'incurvait comme un arc-en-ciel... Sa courbure aurait dû l'amener au-dessus des terres ojibwas, mais elle se dissipait avant d'y arriver. Si l'on observait assez longtemps cette artère de lumière, on y voyait des... des visages – et c'était ça, le plus terrifiant.

L'incendie de l'usine d'armements était terrifiant, aussi, mais ça n'avait pas retenu Haldane, son chef, qui restait une idole à ses yeux, malgré sa mort prématurée l'été précédent. Ce souvenir en tête, Tom s'approcha au plus près de la station, supervisa ses hommes tandis qu'ils branchaient leurs pompes sur les conduites d'eau de la ville, et fit de son mieux pour réduire ce sinistre.

L'étrange colonne de lumière s'évanouit dans la vapeur, ce qui le réjouit. Il n'aimait guère travailler sous le regard du Malin.

Dex Graham quitta Howard à la maison des Cantwell et rentra seul chez lui malgré les protestations du jeune homme.

– Logique, dit-il. Pour l'heure, c'est le chaos. Au matin, il y aura des soldats partout. Un blessé risque de les intriguer.

– Tu y arriveras ?

– Oui.

Du moins l'espérait-il. Il effectua le trajet par étapes. La douleur et son cortège de vertiges le gagnaient, se retiraient. Tout juste s'il percevait le bruit des sirènes, l'éclat lointain de l'incendie.

Il rejoignit son appartement en une infinité d'enjambées. Trouvant l'escalier plus raide que dans son souvenir, il dut se prodiguer des encouragements tout au long de l'ascension.

Une fois la porte refermée, il laissa les lumières

éteintes. Tu peux te reposer, à présent, se dit-il, et il s'allongeait sur le lit quand les ténèbres vinrent.

Rien ne concordait dans les dépositions recueillies auprès des témoins de l'étrange phénomène.

Les soldats décrivaient un être qu'ils appelaient, selon les cas, Ialdaboath, Samael, un Démiurge, ou le Père du Chagrin.

Les civils du voisinage affirmaient s'être trouvés devant Dieu ou, comme Tom Stubbs, le diable.

Seul Howard Poole associa Alan Stern à cette visitation céleste, et il ne déposa jamais.

A l'aube, tout l'est de la ville puait la fumée et le gasoil.

10

Quand Dex Graham reprit connaissance, il avait le soleil dans les yeux et sentait, sans plus de précisions, qu'un certain temps avait passé. La nuit avait été fertile en événements dont le souvenir l'emplissait d'un malaise diffus quoique tenace. Il voulut se mettre sur le flanc, mais une explosion de douleur l'en empêcha. Une nouvelle tentative plus prudente lui permit de constater qu'il était collé au lit.

Détachant le drap ensanglanté du bandage qu'Howard lui avait façonné à l'aide d'une manche de chemise, il réussit à se redresser. Il ne se rappelait pas avoir desserré le garrot, mais son instinct lui avait ainsi évité la gangrène – pour l'instant. Un premier bilan lui apprit qu'il était assoiffé, fiévreux et affaibli à l'extrême.

Il tituba jusqu'au lavabo et se servit un verre d'eau. Bois à petites gorgées, se dit-il. Ouvrant le placard à pharmacie, il se prescrivit des aspirines. Une, deux, trois, quatre.

Il avait deux cours, de 10 heures à midi, et il devait s'y présenter, même si ça lui semblait impossible pour l'instant. Si les soldats ou les proctors le surveillaient, il fallait éviter d'attirer leur attention. Le Bureau recherchait sans doute un blessé. Il devait donc passer pour un type en forme. Enfantin. Il suffisait de ne pas tomber dans les pommes en pleine rue.

En s'examinant dans le miroir, il vit son visage intact, car il s'était retourné avant que la vitrine n'explose, mais son dos lacéré, comme écorché. Par bonheur, les coupures étaient superficielles ; une fois le sang séché nettoyé, il ne subsista qu'un lacis d'égratignures et une sensibilité désagréable.

Son bras...

Bon, il arrivait à le bouger, non sans une douleur atroce.

Attends que l'aspirine agisse, se dit-il. Ça va t'aider. A moins que ça ne revienne à pisser dans un violon.

Quant à la blessure même, il préférait ne rien toucher, de peur de recommencer à saigner. Bien sûr, il changerait ce pansement de fortune. Ça risquait de s'infecter, si ce n'était déjà fait. Mais plus tard. Cet après-midi. Quand il aurait tout loisir de s'évanouir.

Il mit, avec un luxe de précautions, une tenue correcte. Au niveau du bras, le bandage déformait la chemise propre, mais la veste sport dissimulait la bosse.

Maintenant, couvrir à pied la distance de cinq pâtés de maisons. Possible ? Ses vertiges valaient ceux d'une méchante grippe, ni plus ni moins. L'aspirine combattrait la fièvre. Les deux cours ? Il les assurerait.

Le trajet se décomposa en une suite d'étranges tableaux statiques. La porte de la résidence, ouverte sur un matin froid de novembre. Le trottoir, rivière d'albâtre scintillant étalée devant lui. Le soldat en uniforme noir à col montant, posté au coin de la rue, le suivant d'un regard inexpressif.

Bien plus tard, le lycée JFK. Victorien. Brique ancienne. Fenêtres étroites, toutes en hauteur. L'entrée principale.

Les couloirs sales sentaient le lait tourné. Personne

ne les arpentait plus, sinon quelques fidèles – élèves et profs. Il recouvra un peu de lucidité dans le bâtiment dont le caractère familier l'apaisait. L'aspirine ne diminuait ni la douleur ni la fièvre, mais semblait le détacher de ces tracas. Il hocha la tête à l'adresse d'Emmy Jackson, qui tenait toujours l'accueil. Le proviseur, Bob Hoskins, qu'il croisa à l'approche de sa salle, le héla.

– Quel froid de canard ! Le chauffage est hors service, vous l'aurez remarqué. Hier soir, un imbécile a fait sauter la station Gulf, et les proctors sont dans une rage telle qu'ils ont coupé l'électricité. Pour une semaine, dit-on. Vous imaginez cette mesquinerie ?

– Ils ont arrêté quelqu'un ?

– Non. Là est le problème, à mon avis. Je suis sûr qu'ils seraient ravis d'avoir un pauvre type à pendre. (Il dévisagea Dex.) Vous allez bien ?

– La grippe.

– Oui, elle se répand. Vous serez en mesure de donner vos cours ? Vous êtes blanc comme un linge.

– Ça ira.

– Bon. N'hésitez pas à vous faire porter pâle. (Hoskins soupira.) De toute façon, on n'en a plus pour longtemps. J'ai la triste et nette impression de gérer un magasin en faillite.

La classe était aussi glaciale que le reste du bâtiment. Dex, qui avait oublié ses notes, doutait de ses aptitudes à tenir un discours cohérent. Lorsque ses premiers élèves, emmitouflés dans des manteaux élimés, entrèrent en traînant les pieds, il décréta une heure d'étude et leur assigna un chapitre à lire – trois pages de polycop sur les Etats-Unis pendant la Première Guerrc mondiale.

– Quand vous aurez fini, vous pourrez parler entre vous.

Le temps passa. Assis à son bureau, Dex faisait

semblant de corriger des copies. Les devoirs étaient bien là, entassés, et il veillait à tourner une page de temps en temps, mais il ne comprenait rien. Les signes manuscrits ou tapés à la machine avaient décidé de vivre leur vie ; ils planaient sur la page tels des ballons aux amarres rompues.

Il résistait à une envie pressante de poser la tête sur ses bras croisés et de dormir mais, vers la fin de la deuxième heure, il piquait du nez. Quand la cloche sonna, il sursauta. Plusieurs élèves le dévisagèrent d'un drôle d'air en sortant. Shelda Burmeister, une fille studieuse au pull turquoise démaillé et aux verres correcteurs puissants, s'immobilisa devant son bureau, le temps que la classe se vide.

– Monsieur Graham ?

– Oui. (Il eut toutes les peines du monde à lever les yeux sur elle.) Qu'est-ce qu'il y a, Shelda ?

– Je crois que vous vous êtes coupé.

Suivant la direction de son regard, il baissa les yeux. Du sang avait goutté le long de son bras et débordé du parement de son manteau pour former une petite flaque sur le Formica. Il en estima la quantité à une cuillerée.

– On dirait, oui. Que j'ai dû me couper. Merci, Shelda.

– Vous êtes sûr que ça ira ?

– Bien sûr. Ne crains rien.

Elle sortit. Il se leva. Le goutte-à-goutte devint un filet. Il sentait sa moiteur déplaisante. Tenant sa manche fermée, il se dirigea vers la porte. Se nettoyer aux toilettes des profs, changer le bandage...

La porte s'ouvrit avant qu'il ne l'atteigne. Linneth Stone, toute pimpante et radieuse dans sa jupe grise et son chemisier blanc, entra dans la salle. Il la fixa, l'esprit confus.

– Dex ? Je sais que nous n'avions pas rendez-vous.

Mais comme je disposais de tout l'après-midi, je me disais... Dex ? Seigneur, que vous est-il arrivé ?

Il tombait. Elle le rattrapa et l'allongea à même le sol. Il vit du sang sur le chemisier et voulut s'excuser. Je suis navré, pensa-t-il. Mais Linneth, la classe, le lycée, tout se fondit dans une nuit soudaine.

nueront au même rythme. Comment se passent-elles, d'ailleurs ?

– Les documents écrits s'amassent. J'ignore leur utilité finale. La Branche idéologique en a reçu copie, mais je peux les adresser directement au département, si vous le souhaitez.

– Aucune importance. Les archivistes s'en chargent. Il y a eu une explosion, paraît-il...

– Un incendie au dépôt de gasoil.

– Accident ou sabotage ?

– Il semblerait qu'un milicien ait négligé de serrer son frein à main. Un vol a été commis, mais l'incendie n'est peut-être qu'une coïncidence.

– Peut-être ?

– Nous n'avons encore aucune certitude.

– Delafleur penche pour le sabotage.

Bisonette lui-même n'appelait-il pas cet homme un « idiot pompeux » ? Demarch savait comment fonctionnait le Bureau en matière de politique. La roue tournait, et sans doute en sa défaveur.

– C'est possible, bien sûr, mais il n'existe aucun moyen de le prouver.

– J'aimerais connaître votre point de vue.

– Un vol, un soldat imprudent. Là encore, je n'ai aucune preuve.

– Je comprends. Vous couvrez vos arrières, lieutenant.

Demarch se sentit rougir.

– Nous ne voulons plus aucun incident de ce genre. Peu importe, du reste, vu la bonne marche du programme.

Il mit un moment à saisir. Alors, le vertige le gagna.

– L'arme, dit-il.

Bisonette acquiesça, le regard scrutateur.

– Les progrès ont devancé nos attentes. Nous avons déjà envoyé des ingénieurs ériger un portique d'essai, et nous devrions disposer du prototype d'ici quelques semaines.

– J'avais cru... vous entendre parler du printemps.

– Oui. Vous avez une objection, lieutenant Demarch ?

Une objection ? Comment la justifier ?

– Non. Je me demandais si nous aurions tout le temps voulu pour tirer le maximum de, hum, l'investigation.

– Oh, je crois que nous avons déjà obtenu une masse de données considérable. A ce que j'ai compris, il nous faudra des décennies pour exploiter ces archives. Je pense que cela suffit. Nous ne pouvons pas laisser la situation en l'état, lieutenant. Personne ne comprend ce qui est arrivé là-bas, et je doute que quiconque y parvienne un jour – ce phénomène dépasse l'entendement, ce qui le range dans la catégorie des miracles. Si nous espérons le comprendre, nous risquons de patienter jusqu'à la fin des temps. D'ici là, il y a un risque réel de contagion – au propre comme au figuré. Vous devriez étudier leur savoir médical. Ces gens peuvent véhiculer des maladies, ce qui crée un danger immédiat. En tout cas, ils véhiculent des maux idéologiques. (Le censeur secoua la tête.) Il faut brûler ce site. Si la décision m'appartenait, j'y ferais épandre du sel – mais que l'arme tienne toutes ses promesses, et cela s'avérera inutile.

Demarch tenta de reprendre ses esprits. Un peu de sens pratique, vite.

– L'organisation va demander du temps. Les gens auront des soupçons si nous retirons nos forces d'un seul coup.

– Certes. Mais la plupart des soldats ne partiront pas.

– Je vous demande pardon ?

Bisonette haussa les épaules.

– Nous avons dépêché des éléments de deuxième ordre. Ils en savent beaucoup trop à notre goût. Ce sont des vecteurs de maladie, du moins au sens figuré. N'ayez aucune crainte. Nous rapatrierons nos hommes de confiance.

Après avoir pris congé, il décida de s'arrêter au petit bâtiment périphérique marqué ENQUÊTES, où il était jadis employé. Tenant son col relevé, il se dirigea sans perdre de temps vers le bureau de Guy Marris, un vieil ami.

L'amitié était cruciale, dans l'Officialité. Grâce à elle, certaines rumeurs vous parvenaient, dont pouvait dépendre votre carrière. Guy était, dans le jargon du Bureau, un « ami de vin » : quelqu'un auquel on se fiait suffisamment pour se soûler en sa compagnie.

Le bureau en question était une petite pièce – un placard, si on le comparait à la salle de conférences de Bisonette. Quant à Guy, il avait changé : il portait des lunettes, et arborait plus de cheveux blancs qu'à leur dernière rencontre.

– Symeon !

Ils échangèrent quelques banalités (Que fais-tu en ville ? Et comment va la famille ?), mais Demarch ne tarda guère à laisser entendre par diverses allusions que sa visite n'était pas de simple politesse. Guy finit par y répondre.

– Tu veux un document, n'est-ce pas ?

– J'ai besoin de papiers d'identité. Juste le minimum, pour présenter lors d'un contrôle ou d'une embauche.

L'autre le dévisagea pendant un long moment.

– Suis-moi.

Ils allèrent se promener dans la cour, l'endroit normal pour qui recherchait la discrétion. Demarch s'étonna que les hiérarques n'eussent pas, au bout de toutes ces années, trouvé le moyen d'espionner cette esplanade battue par les vents. Peut-être en avaient-ils un. Et peut-être se moquaient-ils des secrets qu'ils auraient pu découvrir. Aucun rouage ne tourne à la perfection sans un peu de graisse.

Guy Marris, qui frissonnait dans l'air glacial, sortit une Victoire de son paquet et l'alluma avec une allumette.

– Tu parles d'un travail officieux.

– Oui, reconnut Demarch.

– Bon... dis-moi l'essentiel. Je ne te promets rien.

– Une femme. Dans la trentaine. Disons trente-cinq ans. Brune. Taille : un mètre soixante-dix. Poids : soixante kilos environ.

– Tu m'intrigues, Symeon.

– Tu établis toujours des documents, j'espère ?

Si un agent du Bureau avait besoin de faux papiers, il les obtenait auprès des Enquêtes. Du moins était-ce la procédure du temps où Demarch travaillait là.

– Oh, oui, il n'y a rien de changé, mais une réquisition usurpatoire... (Il secoua la tête.) Il me suffira de les attribuer à quelqu'un d'autre. Mais tout est signé. Mon nom figurera dans la paperasse, de toute façon. Une fois dans les dossiers, cela se perdra, bien sûr. (Il sourit.) As-tu seulement vu les archives ? On les a baptisées la Bibliothèque de Babel. Mais si quelqu'un s'avise de poser des questions entre-temps...

Demarch acquiesça. Il se sentait coupable. Il craignait de mettre un ami en danger.

– Pardonne-moi, mais cela me surprend de ta part, reprit Guy. Une liaison, c'est une liaison, mais j'ai toujours cru que tu faisais passer le Bureau avant tout. Serait-ce une personne toute spéciale ?

– Je ne veux pas la présenter à Dorothéa, mais lui sauver la vie.

Rien n'était plus vrai. Evelyn Woodward ne méritait pas de mourir. C'était la seule pensée qu'elle lui inspirait, et cela n'irait jamais plus loin, car il ne le permettrait pas.

Son beau-père lui avait un jour conseillé de se défier des femmes. Elles sont dangereuses, avait-il dit avec un sourire salace. Toujours à durcir ce qui est mou, et à ramollir ce qui est dur.

Demarch se demanda brièvement quelle dureté Evelyn avait pu trouver en lui.

La bise était coupante, et Guy paraissait s'inquiéter. Le bout de sa Victoire flamboya, le tabac crépita.

– Tu peux attendre, Symeon ?

– Une semaine.

– C'est peu.

– Je sais.

Après une ultime bouffée, l'employé des Enquêtes écrasa sa cigarette sous le talon de sa chaussure réglementaire.

– Viens me voir avant ton départ.

– Merci, dit Demarch.

– Ne me remercie pas encore.

Il donna à Christof un jouet ramené de Two Rivers, qu'Evelyn appelait un Rubik's Cube : l'enfant, ravi de la manière étrange dont on pouvait le tourner dans tous les sens, insista pour l'emporter au lit. Sa mère l'emmena au premier. Le proctor resta dans la bibliothèque, à boire du cognac avec son beau-père Armand, sous l'œil de plus de cinq cents ouvrages appartenant à la famille Saussère – surtout des recueils de sermons, dont certains plus vieux qu'Armand lui-même. Demarch n'avait jamais aimé cette pièce.

Armand broyait du noir dans son fauteuil roulant. Depuis son embolie, cinq ans auparavant, il était paralysé de la jambe droite et retiré du service actif. Ses facultés mentales étaient intactes, selon les médecins, mais il paraissait distant, moins disposé à partager ses sentiments.

Ce soir, le cognac semblait l'apaiser. Il tourna la tête et fixa Demarch d'un regard d'oiseau.

– Symeon... votre assignation n'est pas facile, hein ?

– Vous voulez dire l'investigation ?

– Oui. « L'investigation. » On a peur des mots simples. Ils sont un danger. Mais je réclame votre indulgence, Symeon. Je n'ai plus de souffle. La concision me sied... Ce doit donc être difficile pour vous.

– Je crois avoir effectué un travail honnête.

– C'est dur de présider au bizarre.

Vous ne savez pas tout, se dit le proctor. Mais Armand, par ses contacts au Bureau, était visiblement mieux informé qu'il ne l'aurait imaginé.

– Bien sûr, répondit Demarch.

– Et tous ces morts.

– De fait, il n'y en a pas eu tellement.

– Mais il y en aura beaucoup d'autres. Et vous le savez.

– Oui. (Il haussa les épaules.) Je n'y pense pas.

– Mais si. On y pense toujours. Et si on n'y pense pas, on en rêve. (Armand baissait le ton. Sa voix n'était plus qu'un murmure issu des profondeurs de sa vaste poitrine.) J'étais sur la Mandan après la rébellion lakota. Ils n'en parlent pas, à l'Académie, hein ? Ni dans une autre école, sinon pour dire que le danger est écarté. Quelle prudence ! Quelle discrétion ! Ils ne disent pas à quoi ressemblaient les camps, avec leurs miradors qui dominaient les bourbiers de la prairie, avec cet océan d'herbe à l'infini. Ils ne disent pas la boue, ni l'odeur après qu'on a brûlé les corps dans les fours ce printemps-là. Les corps de ces hommes, de ces femmes, de ces enfants – je sais qu'on doit les appeler autrement, mais ils ressemblaient à cela, en dépit de leur condition spirituelle. Leurs âmes ont dû s'envoler avec la fumée. Le corps perd quelques grammes quand il meurt... je l'ai lu quelque part. (Son regard se voila.) Les mises à l'épreuve abondent, dans notre travail, Symeon.

– On me met à l'épreuve ?

– On nous met toujours à l'épreuve. (Armand but une gorgée de cognac.) Chacun est un subalterne. Celui que nous tuons l'est aussi. Il n'y a pas de victimes. Ne l'oubliez jamais. Chacun sert une instance supérieure. Ce qui nous différencie de ces cadavres, c'est un choix : nous sommes des serviteurs volontaires. Voilà tout. Voilà tout. On nous épargne, car nous plaçons notre corps sur l'autel chaque jour, notre corps, et aussi notre âme, notre volonté. Rappelez-vous le serment que vous avez prononcé en rejoignant le Bureau. *Incipit vita nova*. Une vie nouvelle commence. On laisse derrière soi son petit esprit pharisaïque.

Le cognac rendait Demarch téméraire.

– Et notre conscience ?

– Absurde. Votre conscience ne vous a jamais appartenu.

Il éteignit les lumières après qu'Armand se fut éloigné dans son fauteuil. Le feu se réduisait à des braises. Il termina son cognac dans la pénombre, puis monta au premier.

Les paroles du vieil homme semblaient se répercuter en échos bégayants à travers toute la maison. *Nous plaçons notre corps sur l'autel chaque jour*. Mais pour servir quoi ? *Une instance supérieure*. Le Bureau, l'Eglise, le Protennoia ? Ou un idéal encore plus élevé. Une notion ou une vision du bien, une république de tolérance, le rejet de la barbarie des Lakotas et de ces innombrables indigènes massacrés.

Mais les cadavres s'empilent, et il faut les brûler.

Dorothéa dormait sur le côté quand il la rejoignit.

Ses longs cheveux déployés sur l'oreiller évoquaient l'aile d'un corbeau. Elle lui rappelait un temple, quand il la voyait ainsi, pâle et sereine même dans le sommeil. Il se posta devant la fenêtre et regarda tomber la neige en pensant à Christof, qui agissait toujours en étranger. Les regards qu'il me lance, se dit Demarch. Comme s'il avait peur, comme s'il se trouvait confronté à l'inconnu.

Bisonette l'appela cinq jours plus tard.

– Nous pensons que vous devriez rentrer dès demain, dit le censeur. Je regrette d'écourter votre séjour dans votre famille, mais toutes les dispositions sont déjà prises.

– Comment cela ? Il s'est passé quelque chose ?

– Clément Delafleur se montre un peu trop zélé en votre absence. Il semble qu'il pende des enfants en place publique.

Il embrassa Dorothéa. On lui amena Christof qui accepta son baiser. Son fils avait dû apprendre sa leçon.

Il dit au Haïtien de s'arrêter à l'Officialité sur le chemin de l'aéroport.

Guy Marris se trouvait dans son bureau. Demarch lui dit qu'il passait le saluer car on le renvoyait à son poste.

Son ami lui souhaita bonne chance, lui serra la main et, tout en le raccompagnant, fourra une liasse de papiers dans la poche de son veston. Ni l'un ni l'autre n'ajouta un mot.

D'après le chauffeur, la neige qu'on avait eue n'était rien à côté de celle qui menaçait.

12

Linneth persuada Hoskins de ramener Graham chez lui le plus discrètement possible. Malgré une réserve de gasoil presque épuisée, le proviseur conduisait parfois sa voiture. Ils prirent donc ce véhicule. L'homme comprenait l'urgence de la situation, même s'il ne cessait d'observer sa passagère dans le rétroviseur. Linneth partageait sa méfiance, mais elle avait autre chose à penser pour l'instant.

Les roues arrière dérapaient à chaque tournant. Nul ne parla de tout le trajet, à l'issue duquel Linneth aida Dex à s'extirper de la banquette arrière et vit alors qu'il avait taché la garniture. Hoskins s'éloigna aussitôt, les abandonnant au milieu des rideaux de neige agités par le vent.

Elle soutint Dex jusqu'à son appartement. Il était encore assez lucide pour utiliser sa clé, mais il perdit connaissance en atteignant le lit ensanglanté.

Linneth avait appris le secourisme pendant ses trois ans chez les Renonciatrices chrétiennes. Elle lui ôta sa chemise et dénoua le bandage souillé. Il gémit sans se réveiller. Du sang et du pus sourdaient de la blessure, qu'elle nettoya le plus doucement possible avec un linge humidifié, mais il hurla et s'écarta dans un spasme.

– C'est nécessaire, dit-elle. Je suis navrée.

– Donnez-moi quelque chose. De l'aspirine.

– De quoi ?

– Le flacon sur le comptoir de la cuisine.

Elle alla chercher le tube, mais l'étiquette à demi effacée défiait toute interprétation.

– C'est un narcotique ?

– Un analgésique. Et ça fera baisser la fièvre.

Selon ses instructions, elle lui donna quatre comprimés, qu'il avala avec un verre d'eau.

– Vous avez du désinfectant, aussi ?

– Non. Euh, attendez, il y a de la Bactine dans l'armoire à pharmacie...

– On s'en sert sur les blessures ?

Elle n'aimait guère le trouble de son regard, et craignait qu'il ne fût incohérent.

– Sur les coupures. On la pulvérise sur les coupures.

Elle trouva l'aérosol, tâtonna pour comprendre la façon dont il fonctionnait, revint près du lit. Dex avait de nouveau fermé les yeux. Il demeura immobile jusqu'au moment où elle vaporisa le remède sur sa plaie ; alors il se mit à crier et elle dut lui donner un oreiller à mordre.

A l'évidence, il s'agissait là d'une blessure par balle. Le projectile avait traversé le gras du bras. Elle aurait souhaité recoudre la plaie, mais elle ne voyait ni fil ni aiguille à portée de main. Elle dénicha cependant un sachet de coton stérile et des bandes pour faire un pansement neuf. Mais Dex avait la peau brûlante.

Elle approcha du lit une chaise de cuisine et s'assit. Une heure plus tard, la fièvre avait diminué, du moins au toucher, et il paraissait dormir paisiblement, une amélioration qu'elle attribua à l'antiphlogistique. Elle n'aimait néanmoins guère l'aspect, ni l'odeur, de sa blessure.

La fenêtre n'admettait plus qu'une lumière grise, ténue. Le jour déclinait.

– Dex ?

Elle répéta son nom jusqu'à ce qu'il ouvrît les yeux.

– Je dois sortir. Je reviendrai, avant le couvre-feu si possible. Vous restez là, n'est-ce pas ?

Il plissa les paupières comme pour mieux la discerner.

– Et où diable est-ce que j'irais ?

– Causer d'autres problèmes, sans nul doute.

Elle le drapa dans une deuxième couverture. La pièce, glaciale, ne disposait ni d'une cheminée ni de brûleurs à gaz.

Linneth se hâta vers le centre médical dans les torrents d'une neige sèche et granuleuse.

La ville de Two Rivers ne possédait aucun équipement hospitalier, sinon ce cube qui comprenait un grand vestibule carrelé et des salles de consultation aux fenêtres teintées. Si la chance lui souriait, le Dr Eichorn serait là. Elle se présenta au planton qui gardait la porte et lui demanda où trouver le médecin.

– Premier bureau à gauche après le hall, mademoiselle. La dernière fois que je l'ai vu.

Le Dr Eichorn avait été convoqué par les proctors, tout comme elle, mais en qualité d'archiviste spécialisé. Ce patricien sudiste, chauve, de haute taille, doté d'un diplôme d'histoire naturelle, enseignait la médecine. Assis au bureau d'une salle de consultation, emmitouflé dans des pull-overs en laine et une écharpe, ses lunettes aux verres aussi épais que des loupes de joaillier perchées au bout de son nez, il fronçait les sourcils, penché sur un journal médical. Elle toqua à la porte ouverte. Il se redressa et ses yeux s'étrécirent alors qu'il la toisait avec un mélange de suspicion et d'ennui.

– Mademoiselle... Stone, c'est cela ? Nous nous sommes rencontrés au commissariat, n'est-ce pas ?

– Oui.

Arrivée là, elle ne savait plus par où commencer.

– Puis-je vous aider ?

– Oui, en effet. (Fonce, se dit-elle.) Docteur Eichorn, il me faut un traitement aux sulfamides.

– Vous seriez malade ?

– Non. C'est pour un ami.

Il ressemblait à un étang bourbeux. Les idées mettaient du temps à s'enfoncer dans son crâne. Il poussa le journal de côté et s'adossa à sa chaise.

– Vous êtes l'anthropologue de Boston ?

– Oui.

– J'ignorais que vous fussiez aussi un puits de science médicale.

– Rien de la sorte, monsieur. Mais j'ai étudié sous l'égide des Renonciatrices : je sais administrer des remèdes.

– Et les prescrire ?

– Il s'agit de combattre l'infection dans une blessure.

– Une blessure, dites-vous ?

– Oui.

– Un de vos sujets anthropologiques ?

La question était maladroite, mais Linneth acquiesça.

– Je vois, dit le médecin. Le patient ferait mieux de venir me consulter.

– C'est difficile.

– Vous pourriez m'emmener le voir.

– Ce n'est pas nécessaire. (Elle s'efforça de cacher son désespoir.) Je sais combien votre temps est précieux. Je vous demande cette faveur en tant que collègue, docteur.

– Collègue ? Je serais le collègue d'une femme qui étudie des sauvages ? (Il secoua lentement la tête.)

Sulfanilamide. Cela pose un problème. Il s'est produit un incident, hier soir – vous avez dû en entendre parler.

– Par la rumeur.

– On a tiré dans la rue principale.

– Je vois.

– Un incendie.

– Si vous le dites.

Eichorn l'étudiait, les paupières lourdes, mi-closes. Elle attendit son verdict en comptant silencieusement jusqu'à dix et en veillant à ne pas baisser les yeux.

– Dans ce bâtiment, dit-il, il y a des antibiotiques tels que je n'en ai jamais vu. Je ne connais ni l'histoire ni le destin de cette ville, mais il y avait des gens fort évolués, ici. Nous allons en récolter les fruits pendant des décennies. Nous avons une dette. Je me demande envers qui. (Il passa une main osseuse sur son crâne chauve.) Un simple flacon de pilules ne manquera à personne. Mais que ceci reste entre vous et moi, mademoiselle Stone, d'accord ?

Linneth devinait qu'un changement graduel dont elle ne jaugeait ni le degré ni la nature s'opérait en elle. Ouvrant une porte familière, elle avait trouvé un paysage étranger.

Le processus avait débuté avec son arrivée dans cette ville impossible, ou avec l'intrusion chez elle du proctor Symeon Demarch, mais l'axe et l'emblème de cette mutation n'étaient autres que Dexter Graham – l'homme, et les qualités qu'elle décelait en lui : scepticisme, bravoure, défiance.

Elle avait cru tout d'abord qu'il se contentait d'incarner des vertus américaines courantes, mais la preuve du contraire abondait. A la lecture des journaux et des magazines, elle trouvait ce monde fougueux, mais vulgaire, et surtout obsédé par la mode, en politique comme ailleurs, mode qui, à son avis, n'était que le masque du Conformisme maquillé aux couleurs du carnaval. Dexter Graham échappait à toutes ces conventions. Il semblait peser tout ce qu'elle lui disait, ses mots, sa seule présence, sur une balance invisible. Il avait le port d'un juge, sans le côté impérieux ou terrible. Jamais il ne se considérait au-dessus des lois qu'il édictait. Il avait jadis dû rendre un verdict envers sa propre personne, et Linneth sentait que cet arbitrage n'avait rien eu de clément.

A l'évidence, elle aurait dû le livrer aux soldats au vu de sa blessure. Mais quand elle l'envisagea, elle se rappela un passage du livre qu'il lui avait donné, *Les aventures de Huckleberry Finn*, de M. Mark Twain. Elle avait eu bien du mal à le déchiffrer, mais un des pivots de l'intrigue se situait au moment où Huck se demandait s'il devait dénoncer aux autorités son ami, le nègre Jim. Selon les canons de l'époque, c'était la meilleure attitude à adopter. On lui avait dit qu'encourager un esclave en fuite lui vaudrait d'aller en enfer pour subir un tourment indicible. Néanmoins, Huck aidait son ami. Si cela signifiait aller en enfer, tant pis.

J'irai en enfer, alors, se dit Linneth.

Le flacon tressautait dans la poche de son manteau tandis qu'elle s'enfonçait au cœur de la pénombre. L'électricité étant coupée en représailles, il n'y aurait pas d'éclairage public. On avait doublé les patrouilles, mais la neige les ralentirait.

Pour éviter les soupçons, elle dîna au commissariat, d'un ragoût de bœuf au bouillon clairet et de tranches d'un pain consistant tartiné de graisse de rognon. Puis elle se rendit dans l'aile civile du *Blue View Motel*, dont elle informa les pions gardant le vestibule qu'elle comptait écrire et souhaitait n'être dérangée sous aucun prétexte. Elle gagna sa chambre, alluma une lampe, ferma les rideaux. Lorsqu'ils se retirèrent dans le salon pour fumer leurs pipes malodorantes, elle se faufila par une porte latérale. Sa hâte à suivre les rues désertes que balayait le vent nocturne lui valut deux chutes. Quand elle atteignit l'appartement de Dexter Graham, la cloche de l'église sonnait le couvre-feu.

Elle lui donna de la sulfanilamide et de l'aspirine et resta près de lui toute la nuit. Quand il dormait, elle dormait sur le sofa à l'autre bout de la pièce. Quand il s'éveillait, en proie au délire ou secoué de spasmes, elle baignait son front d'un linge humide.

Elle savait le danger que constituait sa présence ici, pour elle comme pour Dex. Les proctors avaient tout des insectes venimeux – inoffensifs quand on les laisse tranquilles dans leur nid, mortels quand on les dérange. Elle se souvenait du jour où ils avaient arrêté sa mère, avant de l'envoyer, elle, aux Renonciatrices ; la peur ancienne remontait des égouts de sa mémoire comme l'eau d'une inondation.

Rafraîchir Dexter Graham lui permettait d'admirer son beau visage. Elle n'appliquait guère le terme « beau » ou « laid » aux hommes qu'elle côtoyait. Ils étaient des menaces ou des opportunités, rarement des amis ou des amants. Le mot amant lui semblait salace, même dans l'intimité de ses pensées. Son dernier « amant », pour ainsi dire, était Campo, qu'elle avait connu voilà bien longtemps, dans sa prime jeunesse, avant la proclamation des lois d'idolâtrie. Son père avait emmené la famille à la messe civique annuelle, à Rome. On décorait le temple d'Apollon de guirlandes de fleurs, et l'évêque de la ville donnait les oracles des Pythonisses en hexamètres latins. Linneth avait assisté au rituel avec ennui et aux sacrifices des animaux avec dégoût. Elle évitait les services religieux pour se cantonner au paradeisos où logeaient les visiteurs étrangers – c'est du moins ce qu'elle promettait à ses parents. En fait, elle s'en échappait tous les matins pour découvrir le bus et le train suspendu ; et elle rencontra Campo, un jeune Egyptien venu lui aussi en pèlerinage avec sa famille. Ils dépensaient leur peu d'argent de poche en billets de tram, en visites au zoo, en boissons au café. Il lui racontait Alexandrie, elle lui racontait New York. Au paradeisos, dans le secret de sa chambre à lui, ils se déshabillaient l'un l'autre. Campo, son premier et dernier amant. Après la fin des rites, sa mère, sur l'immense paquebot à vapeur *Sardinia* en partance pour New York Harbor, interpréta ses silences et ses moues.

– Il arrive qu'on rencontre Pan là où on ne l'attend pas, dit-elle avec un sourire oblique. Tu n'as pas trouvé belles ces fontaines ? (Si, sans doute.) Et ces chœurs ? (Ah oui.) Et ces fleurs, ces parfums, ces prêtresses sur l'axone ? (Si.) Et ce jeune Africain avec lequel nous t'avons vu ?

Linneth songea qu'il devait être beau, lui aussi.

Elle se remémora cette croisière ensoleillée sur l'océan Atlantique dont les franges d'écume traînaient dans le sillage du paquebot. Au large des Grands Bancs, elle avait vu flotter des montagnes de glace, bleues comme un azur d'été. La nuit, les constellations tournaient dans le ciel comme des roues de moulin.

Puis sa vie avait changé. Les proctors l'avaient envoyée terminer sa scolarité chez les Renonciatrices, en leur retraite de pierre grise à Utica (la ville proche de New York, et non la cité grecque). La neige au lieu de l'astre du jour qu'aimait tant Apollon. Elle portait une robe grise balayant le sol et on lui inculquait la panoplie chrétienne des dieux, des Archontes, des Démiurges et des apôtres austères. Elle n'avait jamais eu d'autre amant après Campo, qui sentait si bon le cèdre et la cannelle.

De sa prime enfance, elle se rappelait aussi une phrase de sa mère :

– Le dieu qui vit dans la forêt vit dans ton cœur et dans ton ventre.

Elle se demanda si sa poursuite éperdue du savoir, si son invasion de forteresses masculines telles les bibliothèques ne traduisaient pas en réalité une quête de ce dieu mis hors la loi ; une quête conduite dans les mythes, les villages, les clairières, les lieux sacrés. Campo, Pan et le Rameau d'Or, se dit-elle. Tout ce que nous adorions, que nous aurions dû adorer ou que nous avons oublié d'adorer.

Elle s'occupa de Dexter Graham, confit dans sa fièvre, tandis que la neige tombait du ciel noir.

Au bout d'une journée, il se réveilla et put absorber le bol de soupe que Linneth avait mis à chauffer sur une bougie de cire. Il était maigre sous les nombreuses couvertures (elle le lavait d'une éponge et changeait souvent son bandage), et elle constata que la blessure et la fièvre avaient lourdement diminué ses forces et sa vitalité.

Il s'était peut-être départi de ses soupçons envers elle, et c'était bien, même s'il la suivait du regard – avec curiosité sinon méfiance – quand elle se déplaçait dans la pièce.

Elle s'absentait le temps nécessaire pour se montrer dans la résidence civile, et revenait le soir. S'il était éveillé, elle lui parlait. D'*Huckleberry Finn*.

La décision du héros à l'égard de Jim constituait une hérésie bien connue. Dire : « Bon, j'irai en enfer », impliquer l'existence d'une moralité supérieure à la Loi et à l'Eglise et accessible à un petit paysan ignorant, admettre que Huck Finn pût distinguer le bien du mal mieux qu'un proctor du Bureau ne le ferait... on brûlait des gens à moins.

– Et vous, dit Dex, vous croyez que c'est une hérésie ?

– Bien sûr. Vous voulez dire, est-ce que je crois que c'est vrai ? (Elle baissa la voix, baissa les yeux.) Bien sûr que c'est vrai. Pourquoi serais-je ici avec vous, autrement ?

Une semaine s'écoula. La neige s'amassait sur l'appui de la fenêtre, comme s'amassaient les conversations entre elle et Dex. Elle apporta un radiateur à pétrole pour donner à son logis une température supportable, même si elle devait encore s'envelopper dans des pull-overs et lui dans des couvertures. Et elle apporta de la nourriture : des seaux de ragoût, du pain avec des tranches de fromage effrité.

Linneth se confiait tandis que les flocons caressaient la vitre avec un bruit qui, à ses oreilles, évoquait des plumes et des diamants. Elle lui raconta son enfance, une enfance où les forêts proches de la maison familiale paraissaient enchantées sous la parure glacée de l'hiver ; une enfance de gobelets de vin chaud, de prières dans un latin cryptique, de livres de contes emballés dans du papier rouge et venus des païens d'Europe du Sud et de Byzance. De son père, barbu, dévot, distant, instruit. De sa mère, détentrice de nombreux secrets. *Il y a du vivant en tout*, disait-elle, *pour qui sait le chercher*.

On avait proclamé la loi sur l'idolâtrie et les proctors étaient venus chercher son père, qui partit sans un mot. Un mois plus tard, ils étaient revenus chercher sa mère, qu'il fallut traîner, hurlante, jusqu'au camion noir tout en angles. Ils avaient emmené Linneth, aussi, et l'avaient envoyée aux Renonciatrices, mais une de ses tantes, une dame chrétienne de Boston, avait un jour racheté sa liberté et lui avait payé la meilleure éducation possible.

Dex racontait une enfance très différente, faubourienne, agitée, baignée de télévision. Une existence plus libre que tout ce qu'elle pouvait imaginer, mais étroite, aussi, au fond. Dans le monde de Dex, nul ne parlait guère de la vie et de la mort, du bien et du mal – sinon, comme le fit remarquer Linneth, M. Mark Twain ; mais il relevait d'un passé plus ancien. Et si on suffoquait de cette insignifiance ? Dans le monde de Dex, on pouvait passer sa vie sous les feux du banal le plus criant. Ça aveugle, disait-il, mais ça ne réchauffe pas.

Elle lui demanda s'il était marié. Oui, répondit-il, sa femme s'appelait Abigail et son fils David. Ils étaient morts. Dans un incendie. Leur maison avait brûlé.

– Vous étiez là ?

Dex fixa le plafond, avant de répondre :

– Non. (Un silence.) C'est un mensonge. J'étais là. J'étais dans la maison quand elle a pris feu. (Elle dut se rapprocher pour l'entendre.) Je buvais. Trop. Un soir, j'étais rentré tard, je me suis couché sur le canapé pour ne pas déranger Abby. Quand je me suis réveillé au bout de deux heures, il y avait de la fumée partout. Les flammes avaient attaqué l'escalier. Abby et David dormaient en haut. J'ai essayé de passer, mais je n'ai pas pu. Ça m'a cramé les poils du visage. Le feu était trop vif. Ou j'avais trop peur. Les voisins ont appelé les pompiers, et un type avec un masque à oxygène m'a tiré de là. Mais la question, c'est que personne n'a pu expliquer l'incendie. Les gens de l'assurance ont mené une enquête qui n'a rien donné de concluant. Alors je me dis, et si j'ai renversé une lampe ? Laissé une cigarette allumée ? Une négligence d'ivrogne. (Il secoua la tête.) Je ne sais toujours pas si je les ai tués ou non.

Il chercha son regard comme s'il regrettait d'avoir parlé ou redoutait ce qu'elle allait dire ; elle resta silencieuse, mais lui prit la main et appliqua un linge humide sur son front.

Elle lui rendit visite tous les jours, et continua même quand il parut rétabli. Elle aimait se trouver là.

La chambre de Dex Graham, spartiate, avait pourtant un charme étrange, surtout depuis le rétablissement du courant après une semaine de privation. C'était un espace clos, une bulle de chaleur au beau milieu de toute cette neige qui jamais ne cessait de tomber. Dex tolérait et semblait même apprécier sa présence, bien qu'il manquât d'entrain. Une fossette de chair rosée marquait l'impact de la balle.

La blessure restait douloureuse. Il évitait de se servir de ce bras. Elle devait faire attention, avec lui, au lit.

C'est un péché, en somme, pensait-elle. Pas un péché de la forêt ni du ventre ni du cœur, pourtant. Une Renonciatrice parlerait d'un péché. Et cet idéologue du Bureau, Delafleur. Peu importe. Qu'ils appellent cela comme ils veulent. Tant pis. J'irai en enfer.

13

La première nuit de cette semaine polaire où les vitres devenaient opaques sous la glace et où les rues grouillaient de soldats, Clifford déchira ses cartes et ses notes et les jeta dans les toilettes. Ces papiers ne prouvaient peut-être rien, mais ils risquaient fort de le mettre dans une position très délicate si Luke, par exemple, les dénichait.

Se débarrasser du scanner, c'était une autre histoire. Il l'enfouit sous une pile d'encyclopédies scientifiques au fond de son placard – solution provisoire, faute de mieux.

Son humeur oscillait entre l'ennui et la panique. Toutes sortes de folles rumeurs circulaient. Sa mère les lui répétait d'un air absent, et en détail, durant les maigres repas auxquels elle l'obligeait à assister. (Elle conservait les aliments périssables dans la neige accumulée sur la première marche de l'escalier de service puisque le réfrigérateur ne fonctionnait plus. Menu quotidien ? Du pain et du fromage, et encore, pas beaucoup.)

On aurait vu des trucs étranges. Certains disaient Dieu, d'autres le diable – mais elle comprenait mal ce que l'un ou l'autre aurait pu trouver à la station-service de Beacon Street. Selon Mme Fraser, des soldats étaient morts dans l'explosion. D'après quelqu'un d'autre, un proctor. Dieu nous préserve, ajoutait la mère de Clifford. M. Kingsley rejetait la faute sur une nouvelle expérience à l'usine d'armement... mais leur voisin n'avait plus toute sa tête depuis la mort de sa femme en août ; la preuve, le pauvre homme ne faisait plus la lessive.

Et ainsi de suite. Le vendredi, il prit une édition du *Two Rivers Crier* sur la pile mise à disposition au coin de Beacon et d'Arbutus. Le journal, toujours aussi maigre, dénonçait le « vandalisme dans la rue principale », mais affirmait qu'aucune victime n'était à déplorer. Clifford décida d'y croire, même si on ne pouvait plus se fier au *Crier*. La punition infligée à la ville s'avérait légère, somme toute, et le nombre de soldats dans les rues diminua au fil des jours ; ça devait donc être vrai qu'il n'y avait pas eu de tués. Si un soldat ou un proctor était mort, se dit-il, ce serait bien pire.

Il était content de n'avoir fait de mal à personne. Mais la présence du scanner dans son placard le rendait toujours aussi nerveux. Il dormait mal.

– Cliffy, disait sa mère, tu es malade ? Tu as les yeux tout bouffis.

Le vendredi soir, Luke leur rendit de nouveau visite. Il apportait du riz et une demi-livre de bœuf haché trop gras, plus l'inévitable quart de litre de son whisky de contrebande. La mère de Clifford prépara aussitôt le dîner. L'alcool, elle le déposa au fond du comptoir, près du four à micro-ondes, avec la même révérence pour la petite bouteille que pour une relique de la Vraie Croix.

Il mangea de bon appétit, malgré la conversation tendue et sporadique. Comme d'habitude, ça s'améliora dès qu'il quitta la pièce. On l'envoyait toujours dans sa chambre après le dîner. Il s'arrêtait au milieu de l'escalier – assez près de la cuisine pour entendre ce qui se disait ; assez près de la chambre pour décamper sans risque s'ils se levaient de table. Parfois, les propos que sa mère tenait à Luke, ou Luke à sa mère, l'étonnaient ou le faisaient rougir. Sa mère lui semblait alors une personne très différente, une inconnue dotée d'une histoire secrète et d'un vocabulaire nouveau. Le soldat l'appelait Ellen, ce qui mettait Clifford mal à l'aise. Jamais il n'avait pensé à sa mère comme à une certaine « Ellen ». Plus elle buvait, plus elle disait de gros mots. Du genre « Putain ! » ou « Ah, merde ! ». Et il cillait, quand ça arrivait.

Luke buvait aussi, en ménageant de longues pauses pour parler de son boulot. Le désastre de Beacon Street aurait dû guérir Clifford de sa manie de l'espionnage. Avec le scanner, ça avait bien failli causer sa mort. Mais il continuait d'écouter Luke. Sans savoir pourquoi. C'était nécessaire.

Comme ce soir. Le soldat parlait de tous ces bulldozers venus de Fort LeDuc, et du travail qu'ils faisaient en bordure de la ville.

Le mardi, premier jour de distribution alimentaire après le rétablissement de l'électricité, il offrit d'aller chercher les rations. Sa mère accepta, ce qui n'avait rien d'étonnant. Au mieux, elle quittait rarement la maison. Au pire, elle restait enfermée dans sa chambre toute la journée.

Dehors, il faisait froid et humide. A midi, le soleil pâlot parvenait tout juste à fondre la couche supérieure de neige fraîche et à emplir les caniveaux d'eau glacée. Clifford passa le trajet à essayer d'imprimer des empreintes parfaites dans la croûte de neige. S'il posait le pied bien à plat, sa semelle sculptait un moule à gaufre.

Il portait un sac où ranger les provisions, et un autre en plastique, où il avait mis le scanner dans son carton d'origine et qu'il plaquait sous son manteau, en espérant que personne ne le remarquerait.

Au dépôt, on lui donna la ration familiale de pain et de fromage. Puis il traversa la rue pour se planter sous l'auvent du *Bon Secours* de Two Rivers, une petite boutique (fermée) d'objets d'occasion vendus au profit d'œuvres charitables. La file s'étirait en progressant à une allure d'escargot. Les gens avaient l'air malheureux et beaucoup trop maigres. Quelques-uns semblaient malades. La semaine de froid avait été dure, lui avait dit sa mère. Il dévisageait les hommes qui prenaient leur tour. Est-ce qu'il reconnaîtrait celui qu'il cherchait ? Pourvu que oui. Mais l'attente était de plus en plus rude. Il ne sentait plus ses orteils dans ses bottes, et il avait le nez qui coulait à cause du froid.

La file comptait jusqu'à vingt personnes, puis diminua à mesure que les ombres s'allongeaient. Les soldats chargés de la distribution se fatiguaient. Ils poinçonnaient les cartes de rationnement sans les regarder et s'interrompaient de temps en temps pour retirer leurs gants et souffler sur leurs mains en coupe. Il s'apprêtait à rentrer, déçu, quand il vit l'homme qu'il voulait retrouver.

L'autre était maigre, plus maigre que Clifford n'en gardait le souvenir, mais c'était bien lui. Il se plaça au bout de la file, attendit son tour, présenta sa carte, ouvrit un sac en tissu tout sale pour emporter le pain et le fromage, puis il se détourna et partit face au vent, tête baissée.

Prenant ses provisions d'une main, le scanner de l'autre, Clifford le suivit vers Commercial et River.

Après un chemin plein de détours entre les pavillons en bois des quartiers ouest, l'homme pénétra dans une maison miteuse. Sur le trottoir, le garçon hésita. Un banc de nuages masquait le soleil, et l'eau de ruissellement gelait dans les caniveaux. Une pellicule de glace recouvrait la chaussée.

Il alla à la porte d'entrée et frappa.

Howard Poole ouvrit, et lui jeta un coup d'œil surpris depuis le couloir plongé dans l'obscurité. Le panache de son souffle resta en suspension comme une plume.

Clifford voulait une certitude.

– Vous êtes le type de l'autre fois, sur la butte au-dessus de l'usine d'armement. Howard.

Un hochement de tête.

– Et toi, tu es Clifford. Je me rappelle. (Il parcourut du regard la cour enneigée.) Tu m'as suivi ?

– Oui.

– Mais tu es seul, non ?

– Si.

– Il te faut quelque chose ? Tu as besoin d'aide ?

– Non. Je vous ai apporté un truc.

– Eh bien, entre.

Une fois dans la cuisine à peine tiède, Clifford sortit le scanner de son sac et le posa sur la table, puis il expliqua la façon dont l'appareil fonctionnait et précisa la fréquence sur laquelle on entendait parler les soldats. Il passa sous silence l'épisode de la station Gulf. Même Howard ne devait jamais le savoir.

Celui-ci accepta le présent avec gravité, affirmant qu'il lui trouverait sans doute une utilité un jour ou l'autre.

– Tu veux à boire ? poursuivit-il. J'ai du lait en poudre. Et du cacao. Je pourrais préparer un chocolat chaud.

Clifford, tenté, secoua pourtant la tête.

– Faut que je rentre. Mais il y a autre chose. Vous vous souvenez de ce que je vous ai raconté sur Luke ?

– Luke ?

– Le soldat que voit ma mère.

– Oh. Oui.

– Il dit que les proctors ont amené plein de bulldozers de Fort LeDuc. De tronçonneuses et de débroussailleuses, aussi. Ils les utilisent autour de la ville, ils suivent la frontière, vous savez, entre notre territoire et le leur – tout le long du cercle. Ils coupent les arbres, ils creusent. C'est un gros projet. Chez moi, on les entend du bout de Coldwater Road.

Les yeux écarquillés derrière ses lunettes rafistolées avec du sparadrap, Howard semblait très impressionné.

– Luke t'a dit à quoi ça servait ?

– Il dit qu'il sait pas et que les proctors en parlent pas... mais on dirait un immense coupe-feu.

Le gamin repartit dans le soir tombant. Howard aurait aimé avertir Dex, mais le couvre-feu approchait, et une visite restait dangereuse de toute façon. Il ferma la porte. Demain, peut-être.

Au bout de plusieurs mois, il hésitait toujours à allumer une lampe. Mais ce soir, il allait se le permettre. Après une semaine de froid et d'obscurité, il se sentait seul, plus seul qu'à l'automne. Echoué sur un rivage inconnu. Il avait encore l'impression d'être un intrus dans cette maison.

Il monta dans le bureau de Paul Cantwell et chargea les cinquante dernières pages de l'annuaire des comtés de Bayard et de Buchanan dans le Hewlett-Packard P.C. Ayant dû se résigner à interrompre son travail pendant la coupure de courant, puis cet après-midi, pour aller chercher ses quelques rations, il en terminait avec plus d'angoisse que d'excitation. Cette expérience pour laquelle il avait tant risqué – sa vie, celle de son ami – pouvait se révéler aussi éphémère que l'avait prédit Dex. Il avait construit un palais de conjectures, dont la structure délicate risquait fort de s'écrouler sous le poids du réel.

Le numéro que Stern lui avait donné n'apparaissait pas dans les cent premières pages de l'annuaire – sauf si le lecteur optique l'avait mal traduit ou si le logiciel utilisé comportait une erreur. Peu probable. Simplement, il figurait plus loin... ou sur la liste rouge.

Il acheva de charger l'annuaire et lança la recherche. Le disque dur crépita dans le silence.

Un bref instant plus tard, la machine afficha son succès aussi prosaïquement qu'elle affichait ses échecs. Le numéro réapparut sur fond bleu. A sa gauche, un nom, une adresse.

WINTERMEYER, R. 1230 HALTON ROAD, TWO RIVERS.

A trois rues de là.

Il passa une nuit blanche, l'esprit encombré de souvenirs de Stern et d'une image qui revenait sans cesse : le physicien, fidèle à l'austérité promise par la consonance de son nom, les yeux noirs pénétrants, les lèvres retroussées sous sa barbe bouclée. Généreux, mais mystérieux. Howard lui avait parlé à de nombreuses reprises durant sa vie, et chérissait chacune de ces conversations, mais connaissait-il l'homme lui-même ? Le peu qu'il savait venait de sa mère : elle ébauchait le portrait d'un Stern énigmatique qui, selon elle, « essayait de se séparer de l'espèce humaine ».

Au matin, il gagna Halton Road avec un mélange de peur et d'espoir.

La maison n'avait rien de spécial : deux étages, attenante à sa voisine, la façade revêtue d'aluminium rose. La pelouse minuscule et l'allée latérale disparaissaient sous la neige ; une poubelle émergeait d'une congère. Quelqu'un avait dégagé un passage sinueux jusqu'à la porte d'entrée. Une des fenêtres du rez-de-chaussée laissait filtrer de la lumière.

Il appuya sur la sonnette, l'entendit tinter.

Une femme ouvrit. La cinquantaine. Mince, déliée,

longs cheveux gris dénoués. Elle le toisa du regard circonspect que tout le monde, désormais, réservait aux inconnus.

– Vous êtes R. Wintermeyer ? demanda-t-il.

– Ruth. « R », c'est pour ma feuille d'impôts. (Elle plissa les paupières.) Votre tête me dit quelque chose.

– Howard Poole. Le neveu d'Alan Stern.

Elle ouvrit grands les yeux et recula d'un pas.

– Mon Dieu. Et vous lui ressemblez. Il parlait souvent de vous, bien sûr, mais je croyais...

– Oui ?

– Vous savez. Je vous croyais mort au labo.

– Non. Je n'y étais pas. Ils n'avaient pas pu me trouver de chambre. Je logeais en ville, ce soir-là.

Il se haussa un peu sur la pointe des pieds pour jeter un coup d'œil dans le vestibule.

– Eh bien, entrez, je vous en prie, dit-elle.

L'air chaud l'enveloppa comme un cocon. Il essayait de réprimer sa curiosité, mais son regard cherchait un indice de la présence de Stern. Mobilier de salon (divan, table basse, bibliothèque) simple, mais bien entretenu. Un livre retourné en position ouverte sur un fauteuil. Impossible de déchiffrer le titre.

– Mon oncle est là ?

Ruth s'attarda à le dévisager.

– Vous vous attendiez à le voir ?

– Il m'a donné le numéro de téléphone sans l'adresse. J'ai mis du temps à vous retrouver.

– Howard... votre oncle est mort. Comme tout le monde au labo, ce fameux soir. Je suis navrée. Je croyais que vous... Il passait souvent la nuit chez moi, mais il avait un travail, une expérience importante en cours... Vous pensiez vraiment qu'il serait ici, après tout ce temps ?

Il en avait le souffle coupé.

– J'étais tellement sûr...

– Pourquoi ?

Il haussa les épaules.

– Une intuition.

Elle le dévisagea encore plus longuement.

– Moi aussi, j'ai cette impression. Asseyez-vous, je vous prie. Un peu de café ? Je crois qu'on a beaucoup de choses à se dire.

14

Le clergé de Two Rivers avait réagi aux événements par la création d'un comité œcuménique temporaire représentant les sept Eglises chrétiennes et les deux synagogues locales, qui siégeait deux fois par mois dans la cave de Brad Congreve.

Ce pasteur luthérien était fier de son œuvre. Il avait su rassembler en délégation tous les cultes de la ville, exception faite des Témoins de Jéhovah ainsi que du temple bouddhiste du Vedanta qui concernait en tout et pour tout Annie Stoller et ses amies adeptes du New Age disposées à s'asseoir en tailleur dans la réserve de la boutique d'entraide que tenait ladite Annie. Ces Eglises n'avaient pas toujours coexisté en bonne harmonie – il fallait des efforts pour voir les baptistes discuter avec les unitariens, par exemple – mais toutes se trouvaient confrontées au même péril dans ce nouveau monde si étrange.

Leur foi avait certes été mise à rude épreuve. Congreve croyait comprendre ce qu'avaient éprouvé les Incas devant un Pizarre entrant dans leur ville toutes bannières déployées – le sentiment d'un destin funeste. Ici, le christianisme suivait une doctrine inimaginable – même le monothéisme était battu en brèche ! Le Dieu des proctors présidait une cosmogonie aussi peuplée que le championnat national de football américain, et Jésus n'y était qu'un des joueurs principaux. Pis que tout, ces faux chrétiens étaient nombreux et bien armés.

L'autorisation de poursuivre les services religieux émise par Symeon Demarch avait remonté le moral des citadins, mais Congreve ne s'en laissait pas conter. S'il ne mourait pas martyr, il s'attendait à être un jour ou l'autre le dernier luthérien vivant. L'histoire elle-même ne viendrait plus à son secours. Du passé, on avait fait table rase.

Le seul élément de son existence à subsister intact, c'était sa croyance aux miracles.

Entre-temps, il continuait de rassembler la communauté pastorale et il tâchait d'imposer à tous une certaine dignité. Les participants se perdaient en conjectures sur l'explosion de la station Gulf et les curieux phénomènes auxquels certains témoins avaient assisté. Des signes dans le ciel. Ouvrant la réunion, il se garda d'inscrire le sujet à l'ordre du jour. Ça ne servirait à rien d'en discuter, sinon à étaler les désaccords.

Il choisit donc de soulever le problème plus immédiat et plus pratique des décorations de Noël. Le courant devait être rétabli au début de la semaine suivante, et c'était déjà le 1er décembre – on se serait cru en janvier, avec cette neige. Son groupe de jeunes voulait tendre des guirlandes électriques au-dessus de la pelouse de l'église. De l'avis de Congreve, tout le monde s'en réjouirait. Mais les décorations de Noël étaient des signes manifestes d'une croyance et, comme tels, devaient être soumis à l'approbation préalable des proctors. Le problème venait de là. En l'absence de Symeon Demarch, le responsable était un bureaucrate déplaisant du nom de Clément Delafleur. Le père Gregory, de l'église catholique, l'avait déjà contacté, et la rencontre ne s'était pas déroulée sous les meilleurs auspices, Delafleur exprimant le désir de fermer tous les lieux de culte et traitant le père Gregory d'étranger et d'idolâtre.

Mais les décorations de Noël remontaient au Moyen Age et certains habitants auraient sans doute à cœur de les sortir des cartons – pourquoi pas les églises ?

L'argument semble plausible, se dit Congreve, mais les proctors risquent de pencher pour un autre avis. Il conseilla la prudence. Le révérend Lockeed, de la Mission baptiste, déclara que ses jeunes aussi avaient envie de célébrer la fête : pouvait-on décorer le grand pin du square municipal devant la mairie à titre d'essai ? Si les proctors y trouvaient à redire, il serait toujours temps d'ôter le tout. (Pas sans éclats, songea Congreve, qui croyait connaître son homme.)

Terry Lockeed présenta sa motion. Congreve aurait préféré attendre le retour de Demarch. Pourquoi chercher les problèmes ? Mais le vote à main levée le mit en minorité.

Les groupes luthérien et baptiste, rejoints par certains épiscopaliens et catholiques – soixante-quinze jeunes en tout –, se retrouvèrent au square municipal le samedi matin.

Le courant étant encore coupé, nul n'avait apporté de guirlandes électriques – on les ajouterait plus tard. Mais il y avait abondance de rubans et de boules, d'anges en verre filé, de diadèmes dorés et argentés ; et des mètres de brocarts, de guirlandes argentées et de pop-corn piqué sur du fil. La neige tombait doucement, et tout cet attirail trouverait place sur les branches de l'arbre. Le révérend Lockeed vint chargé d'une longue échelle, afin d'orner la cime du pin.

La décoration se poursuivit deux heures durant, malgré le froid. Une fois la dernière babiole installée, le pasteur Congreve distribua des partitions imprimées sur la ronéo des méthodistes : *Douce Nuit*, que devait suivre *Il est né le divin enfant*.

Pendant le premier chant, un véhicule militaire se gara de l'autre côté de la rue. Un soldat en sortit, seul. Il se posta pour les observer, le visage vide d'expression. Congreve se demanda s'il comprenait la cérémonie.

Le milicien resta à les surveiller, les bras croisés, sans intervenir. Devant le square, une petite foule avait contemplé la pose des ornements. Ignorant le soldat, ils applaudirent les chanteurs.

Terry Lockeed regarda le milicien, puis Congreve, en une question muette : On continue ? Une chanson de plus, se dit le pasteur. Si incident il y a, le mal est fait. Il hocha donc la tête. Le divin enfant naquit.

Soudain, la matinée touchait à sa fin. Les jeunes allèrent boire du lait chaud chez *Tucker*. La foule se dispersa, et le square municipal se retrouva désert, à l'exception du soldat, de l'arbre, et de la neige qui tombait.

L'arbre disparut la nuit même.

Peu avant l'aube, on le coupa, on le jeta à l'arrière d'un transport de troupes, puis au sommet du tas d'ordures qu'on brûlait jour et nuit sur le parking du *7-Eleven* en bordure de la nationale. Sur son ancien emplacement, il ne resta qu'une souche dont, au matin, seule une bosse de neige révélait la présence.

La nouvelle se répandit comme une traînée de poudre.

Personne ne sut qui avait lancé l'idée de la manifestation des jeunes. S'il avait dû se prononcer, Brad Congreve aurait parié pour la petite Burmeister – une fille trapue qui portait des lunettes aux verres en cul de bouteille et citait Gandhi durant la réunion dominicale. C'était tout à fait le genre de notion un peu hâtive que Shelda pouvait concevoir.

En tout cas, elle comptait parmi les douze jeunes qui se regroupèrent dans le square pour brandir des pancartes disant :

LA LIBERTÉ DE CULTE, ÇA EXISTE

et

JÉSUS NE FAIT PAS DE FAVORITISME !

Ni guides spirituels ni foule approbatrice, cette fois-ci. Ça n'avait rien d'amusant, ni d'ordinaire. C'était même très dangereux. Les curieux tournaient vivement les talons.

A l'arrivée des soldats, Shelda et ses onze concitoyens se laissèrent emmener sans résistance à l'arrière d'un transport de troupes couleur kaki. Comme autant de Gandhi en herbe, ils souhaitaient cette arrestation. D'une même voix, sans se départir de leur calme, ils en appelèrent à la conscience des miliciens. Ceux-ci, le visage de pierre, restèrent muets.

L'ennui, quand on vit avec un homme, se dit Evelyn Woodward, c'est qu'on connaît tous ses secrets.

Les lapsus et les silences, les conversations au téléphone dont on surprend une partie et dont on devine le reste, les documents entrevus sur un bureau, ces pièces reconstituaient le puzzle d'un des secrets de Symeon Demarch – fardeau trop lourd à porter, mais impossible à partager : le destin de Two Rivers. Non. Pire encore. Ne nous voilons pas la face, songea Evelyn. Le destin funeste de Two Rivers.

Une bombe atomique. Personne ne l'appelait ainsi, mais elle avait perçu les mots « nucléique » et « mégatonne » dans les discussions voilées à propos de l'avenir de la ville, cette ville impossible et contrariante.

Avec Symeon absent, la maison vide et la neige tombant sans relâche d'un ciel laineux, le secret pesait sur ses épaules au point de l'écraser. Ce devait être ça, se savoir atteint d'une maladie mortelle : elle avait beau essayer de ne pas y penser, ses pensées y revenaient toujours.

Seule consolation, il n'était pour rien dans ce projet et semblait le détester. Il n'avait jamais contredit ses supérieurs, mais la tristesse s'entendait dans sa voix. Et il était sincère en promettant de garantir la sécurité d'Evelyn. Il l'emmènerait. Jamais elle ne vivrait avec lui, il avait une femme et un fils à la capitale ; non, il lui trouverait un endroit sûr. Peut-être pourrait-elle rester sa maîtresse.

Mais, songeait-elle, que devenaient ses voisins, et Dex Graham, et l'épicier, et les gosses – tout le monde ? Comment imaginer autant de morts ? Si quelqu'un était allé à Hiroshima prévenir les habitants avant l'envoi de la bombe, personne ne l'aurait cru – l'esprit échouait à concevoir une telle idée.

Elle ne manquait pas de nourriture ; elle se protégea du froid en s'enveloppant dans des pull-overs et des couvertures, et en allumant le poêle à mazout laissé par Symeon. Mais elle ne pouvait pas bannir la nuit et, dans le noir, elle entendait de véritables cris d'horreur sous son crâne. Dormir ne servait à rien. Une nuit, elle rêva qu'elle était Hester Prynne, dans ce roman de Hawthorne, *La Lettre écarlate*. Mais le A brodé en rouge sur toutes ses robes signifiait Atome, et non Adultère.

Elle accueillit le rétablissement du courant comme une bénédiction mettant fin à cette semaine insupportable. Elle s'éveilla baignée de chaleur. Les couvertures ? Superflues. Il faisait bon dans toute la pièce. Des gouttes de condensation ruisselaient sur les vitres. Elle prit un petit déjeuner chaud et resta assise près du fourneau jusqu'au moment de préparer le déjeuner chaud. Puis le dîner chaud. Au soir, elle alluma les lumières pour bannir la nuit.

Le lendemain matin, comme elle ne tenait plus en place, elle décida d'aller se promener : pas dans une de ces belles robes que Symeon lui avait offertes, ce qui la désignerait à la vindicte des gens du coin, mais dans ses fringues d'antan, jean délavé, chemisier informe et gros anorak.

S'habiller ainsi, c'était remettre une ancienne mue. Les vieux vêtements renferment de vieux souvenirs. Soudain, elle se demanda ce que pouvait bien trafiquer Dex en cet instant. Mais Dex était parti quand le lieutenant avait emménagé (elle, au contraire, avait choisi de rester chez elle) ; Dex avait subi des menaces de la part des proctors ; pis que tout, Dex allait mourir dans l'explosion nucléaire (au diable cette idée atroce dont elle ne parvenait pas à se débarrasser).

Elle s'en alla par Beacon jusqu'au coin boisé de Powell Creek Park, et là, s'avisa qu'elle avait les joues rouges et les pieds gelés.

Néanmoins, l'exercice lui changeait enfin les idées. Elle se mit à fredonner. La circulation était réduite, ce qui valait mieux. Elle décida de rentrer par la mairie, un trajet qu'elle appréciait toujours en hiver, quand on ouvrait la patinoire de plein air. Si elle fuyait la glace, elle aimait pourtant voir les gens glisser en de longues courbes entrelacées, tels des êtres venus d'un monde meilleur, légers comme des anges.

La patinoire était fermée, bien sûr. Le square municipal avait sombre allure. La mairie faisait grise mine. Quant aux réverbères de l'avenue, elle leur trouva un drôle d'aspect.

Elle vit les enfants morts sans comprendre ce dont il s'agissait. Raides dans leurs habits gelés, les cadavres qui se balançaient dans le vent n'avaient rien d'humain. On avait jeté les cordes par-dessus les potences avant de les nouer autour du cou des enfants selon un usage intemporel. Ils avaient les mains attachées dans le dos, la tête recouverte d'un sac de toile.

Elle s'approcha sans le vouloir, anesthésiée par un choc physique, tel celui qu'on éprouve en mettant le doigt dans une prise électrique. Elle le sentait dans ses bras, dans ses jambes.

Quelqu'un a suspendu son linge aux réverbères.

Soudain, le monde devint beaucoup plus laid.

Non... ce sont des enfants. Des enfants morts.

Elle s'immobilisa. Un long moment. Observa les enfants morts pendus aux lampadaires devant la mairie. La neige se mit à tomber du ciel en gros flocons délicats et parfaits qui se posaient sur les habits difformes des enfants morts, qui s'attachaient aux membres tordus des enfants morts, et qui finirent ainsi par envelopper les enfants morts dans un linceul d'une blancheur magnifique et d'une pureté absolue.

Un véhicule de patrouille passa. Elle regarda le milicien qui conduisait, mais la pénombre de l'habitacle le dissimulait, et il se détourna d'Evelyn, ou de ce qu'Evelyn avait vu.

Elle déambula sans but précis et, au sortir d'une ruelle lugubre, se surprit à lever les yeux vers les voiles de neige qui flottaient devant la fenêtre de Dex où brillait une lumière dorée qui ponctuait la falaise de brique comme un phare esseulé. Elle entra, gravit l'escalier, frappa à la porte.

Il ouvrit et la dévisagea sans cacher son étonnement. Il devait attendre quelqu'un d'autre. Quoi de plus naturel, après une si longue séparation ? Mais à sa vue elle se laissa submerger par une vague de souvenirs qui semblaient terriblement récents : souvenirs de sa voix, de ses doigts, de son odeur. Ils avaient, ensemble, établi ce catalogue d'une intimité à laquelle Evelyn n'avait plus droit et qu'elle ne pouvait se résoudre à ranger au placard de l'existence.

– Evelyn ? Qu'est-ce que tu as ? Tu vas bien ?

– Il faut que je te confie un secret, dit-elle.

15

– On s'est connus dans un bar, dit Ruth Wintermeyer. Plutôt ringard, non ? En fait, on s'est connus parce qu'il avait lu mon bouquin.

Elle alluma une cigarette, inhala la fumée, ferma les yeux et raconta qu'elle était allée à l'épicerie après l'accident au labo en acheter plusieurs cartouches dont il lui restait deux paquets. A présent, elle ne s'octroyait plus qu'une pause-tabac par jour, en souvenir du bon vieux temps.

Howard Poole, assis dans un fauteuil en vis-à-vis, suait dans sa canadienne ; mais l'ôter l'aurait exposé au froid. Tout le monde évitait de pousser le chauffage – comme si on pouvait mettre l'électricité en réserve.

– Je m'intéresse à l'histoire, et j'ai écrit un livre sur celle de la région, de l'époque coloniale à la guerre de Sécession. Un travail d'amateur. Mes diplômes remontent à une trentaine d'années, et mon éditeur n'a qu'une distribution locale. Mais, à Two Rivers, ça suffit pour passer pour une intellectuelle. (Une nouvelle bouffée.) Votre oncle m'a appelée, et on s'est vus. Il s'intéressait à la ville. Je crois qu'il avait envie de l'adopter. Il refusait d'habiter la résidence administrative – quand je l'ai rencontré, il logeait au *Blue View*. Très peu orthodoxe, tout ça. Le gouvernement tenait à ce qu'il se cantonne au labo, et lui, il ne voulait pas en entendre parler. Après tout, il avait acquis une célébrité qui lui permettait de jouer les prime donne, dans certaines limites. Le prix de Stern, c'étaient ses caprices. (Elle marqua une pause.) La sécurité a eu du boulot, cela dit. Dès qu'il a commencé à me fréquenter, ils se sont mis à pulluler, vous voyez, les petits mecs en complet-veston qui surveillaient la maison ou épluchaient mon compte. J'ai dû réussir le test. Je n'ai rien d'un facteur de risque.

– Vous sortiez ensemble ?

– Ça vous surprend ?

– Non, mais je ne lui ai jamais connu de vie privée. Pour rester honnête, je me demandais même s'il en avait une.

– De vie privée ?

– De vie amoureuse. Je l'imaginais en esprit désincarné.

– Je vois ce que vous voulez dire. Il n'était pas doué pour les relations intimes. Il avait le regard ailleurs. Howard, vous l'appeliez toujours Stern ?

– Comme toute la famille. Sauf ma mère, qui lui donnait du « Alan » quand ils se retrouvaient – mais je ne sentais pas un lien affectif très fort. Selon elle, il s'isolait déjà étant enfant. Les Stern, c'était la famille nombreuse. Pas riche, mais aisée. Héritage confortable, belle baraque sur Long Island.

– Des gens religieux ?

– Au mieux agnostiques.

– Parce que le sujet revenait souvent.

– Il avait de drôles d'idées là-dessus.

Ruth écrasa sa cigarette et s'éclaircit la gorge.

– On devrait peut-être en parler, de ces drôles d'idées.

La conversation se poursuivit jusque dans l'après-midi. Au déjeuner, Ruth lui offrit des sandwiches et du café.

– Du moulu que j'ai au dépôt de Pine Street. Il est rance et mélangé à de la chicorée, mais au moins il se boit chaud.

Le couvre-feu approchait, la neige revenait piqueter les fenêtres, et un portrait émergeait.

Alan Stern, étranger dès l'enfance, menait une quête. Son mysticisme n'a rien de mystérieux, se disait Howard, qui avait rencontré nombre de savants animés par une motivation similaire, même s'ils l'admettaient rarement. La cosmologie fascine, entre autres par sa promesse de percer certains des secrets de l'univers... voire *le* secret : l'ordre réel des choses. Mais la science de haut vol n'est jamais qu'une suite sans fin d'essais et d'erreurs, de tâtonnements.

– Ça ne lui suffisait pas. Il jouait avec les systèmes. Il s'intéressait aux théoriciens les plus extrêmes de son domaine, Guth et Linde. Sinon, Hegel, les platoniciens, les gnostiques...

– Ah, il adorait parler des gnosticismes grec et chrétien. C'était passionnant. Je lui ai emprunté plusieurs bouquins.

– Mais ça n'avait rien d'un passe-temps. Il y trouvait...

– Un miroir, dit aussitôt Ruth. Le reflet de sa réflexion. Qu'est-ce que c'est, au fond, le gnosticisme ? Pour moi, c'est l'idée qu'il existe un monde secret, qui nous est caché, mais que nous pouvons atteindre, ou plutôt rejoindre, puisque nous sommes les ombres d'âmes parfaites prisonnières d'un monde imparfait.

– Exilées du Plérôme. Du Monde de la Lumière.

– Oui. Selon les gnostiques, on peut trouver son

chemin vers ce monde ; on lui appartient, c'est notre vrai pays natal.

Il se figura Stern enfant, un solitaire trop conscient de sa gaucherie et de son intelligence, animé du désir ardent de ce ciel d'où il était tombé dans la matière banale.

– Et on vit bel et bien dans un monde maudit, dit Ruth. Il s'en rendait compte à chaque instant. Quand il regardait les infos à la télé et qu'il voyait les guerres, les enfants affamés, il avait l'air de souffrir.

– Ça tournait à l'obsession.

– Au moins.

– Ruth, vous pensez qu'il... perdait la tête ?

– Je ne le juge pas, Howard. Je l'ai côtoyé pendant un an. Nous étions très proches. Je l'aimais. Enfin, je crois. Mais je l'ai vu changer. Ça venait peut-être de son travail au labo. Il se plongeait de plus en plus dans ses livres. Il reprenait des controverses religieuses oubliées depuis des lustres. Pire, il voulait en parler avec moi. (Un geste d'impuissance.) Je n'ai pas particulièrement la foi. J'ignore si le mal est une force créatrice. Mes soucis, ce sont les courses à faire. Au mieux, la dette nationale. Pas la théologie.

Le silence s'installa. Howard écoutait la neige contre la vitre. Il but quelques gorgées de café.

Ruth triturait son paquet de cigarettes.

– Difficile de nier le rapport, dit-il.

Elle acquiesça aussitôt.

– J'y ai songé. Le scénario est évident. Stern, obsédé par le gnosticisme, dirige le laboratoire de recherches du coin. Il s'y passe Dieu sait quoi, et nous voilà en un lieu où l'Eglise dominante professe une version du christianisme gnostique.

– Je me demandais si vous étiez au courant.

– J'ai entendu les miliciens du dépôt d'alimentation jurer par Samael et Sophia Achamoth. Je n'en sais pas plus.

– Et s'il y a un lien, Ruth, ça signifie que Stern nous a amenés ici ?

– Oui. Reste à imaginer comment.

– Ce qui s'est passé au labo, ça continue peut-être. Il y a l'incident de la station-service.

– Dieu dans une colonne de lumière bleue ?

– Dieu, ou quelqu'un. (Il hésita.) Vous savez, je croyais vraiment le trouver ici. J'avais... j'ai l'impression que Stern est vivant.

– Moi aussi.

Ils échangèrent un long regard.

– Mais dans ce cas, reprit-elle enfin, il ne peut se trouver qu'à un seul endroit, qui est détruit, non ?

Peut-être pas, songea Howard. Il revit les bâtiments pris au piège de la lueur d'azur, les êtres de lumière arpentant les anciennes terres indiennes.

Ruth se leva.

– Il se fait tard, Howard. Vu la situation, mieux vaut ne pas trop flirter avec le couvre-feu. Mais d'abord, j'ai quelque chose à vous montrer.

Il la suivit au premier étage, jusque devant une porte au fond d'un couloir obscur.

– Une chambre libre qu'il a transformée en bureau.

Les murs de la pièce disparaissaient derrière des rayons surchargés de livres qui, supposa-t-il, appartenaient à Stern : les journaux de physique côtoyaient les objets ésotériques à caractère religieux, les textes philologiques, les fac-similés de tablettes araméennes. Son oncle avait appris à lire l'araméen ? Peu probable, mais pas impossible.

Tout, ici, gardait l'empreinte de Stern. Le pull sur le dossier de la chaise. Le bureau en chêne. La machine à écrire électrique – pas d'ordinateur.

On percevait même l'odeur un peu rance du tabac

froid et du papier froissé. Il se sentit assailli de souvenirs.

– Je n'entrais pas souvent, dit Ruth. Même pour passer le balai. Il n'y tenait guère. Aujourd'hui encore, il est rare que je vienne ici. Cette pièce me fait une drôle d'impression. Mais j'ai un peu fouiné. (Prenant une épaisse liasse de feuilles dactylographiées maintenues par un élastique, elle la tendit à Howard.) Il a laissé ça.

– Qu'est-ce que c'est ?

– Des notes. Celles qu'il se gardait bien de montrer aux gens du labo.

Sur la première page figurait, tapé à la machine, le mot JOURNAL qu'il fixa, les yeux écarquillés.

– Vous l'avez lu ?

– De la technique. Ça m'échappe. (Elle le dévisagea d'un air solennel.) Vous, vous comprendrez peut-être.

TROISIÈME PARTIE

AXIS MUNDI

Le résultat de nos semis, c'est une moisson d'impossible. Spéculation : le fragment n'est pas de la matière au sens strict – à part masse et volume, mesurables, il n'en possède aucune des propriétés conventionnelles. On ne peut le subdiviser. Sa structure reste lisse quel que soit le grossissement, mais l'examen optique peut occasionner des erreurs pour plusieurs raisons. Sa radiation viole la loi du carré inverse, comme si une masse infiniment supérieure modifiait la courbure de l'espace local, alors que quatre hommes robustes réussiraient à le soulever (mais aucun d'entre nous n'est assez fou pour le toucher). Il tire de l'air ambiant des photons à haute énergie qu'il fait passer au rouge en les rayonnant. Même effet sur la lumière qu'il réfléchit : les dimensions du fragment semblent se réduire en contradiction flagrante avec les lois optiques connues ; il diminue trop vite pour qui s'en éloigne ! La réciproque est vraie, ce qui interdit toute mesure rapprochée. Au microscope, il apparaît comme une structure homogène aussi vaste que la surface d'une étoile, en moins énergétique, par bonheur ! Cela crée de sérieuses difficultés, le miracle étant qu'elles ne se révèlent pas bien pires encore.

Observer de telles merveilles est un privilège. Etrange que ce fragment provienne d'un désert du Moyen-Orient. Des siècles de pensée religieuse ont fertilisé l'âme humaine dans un rayon de mille cinq cents kilo-

mètres autour du site : Moïse, Jésus, Mithra, Mani, Valentin...

Il me revient l'idée de Linde selon laquelle le cosmos observable s'élève de l'« écume » chaotique des configurations possibles de l'espace et du temps : enchâssé dans (mêlé avec) d'autres univers semblables et dissemblables. En rêve, j'ai vu un véhicule permettant de naviguer par les « trous de ver » entre îlots de création adjacents. Pour l'assembler, des êtres lumineux, étranges, inconnaissables – habitant le Plérôme ? Ils tentent de pénétrer le mystère de la Matière créée, mais ils échouent... des débris de hors-substance s'éparpillent sur d'innombrables îlots d'espace-temps, y compris le nôtre...

Nous comptons bombarder le fragment de particules à haute énergie. Frapper à la porte du Paradis.

16

Que le Bureau de la convenance et le département de la Guerre collaborent, et toutes les difficultés s'aplanissent, se disait Symeon Demarch.

En son absence, on avait assemblé le portique d'essai. Il dominait une parcelle de forêt mise à nu, trois kilomètres à l'ouest des vestiges du laboratoire, et son apparence sans prétention de tourelle en acier évoquait plutôt un mirador. Une grue déjà tractée à proximité permettrait de poser la bombe dans son berceau.

L'arme même – ou plutôt ses pièces, avant l'assemblage final – était arrivée bien gardée, du terrain d'atterrissage de Fort LeDuc, sur deux camions amenant aussi une troupe de techniciens nerveux. Ces civils en blouse blanche s'affairaient maintenant à son montage dans un hangar de tôle non loin de là, sous le vif éclat des rampes lumineuses.

Demarch inspectait le site en compagnie de Clément Delafleur, l'attaché de la Branche idéologique, devenu son principal rival à Two Rivers.

La neige descendant autour d'eux arrondissait les angles aigus du portique sur son pas de tir en ciment, mais elle ne pouvait rien pour les traits de Clément Delafleur. L'homme, âgé d'au moins dix ans de plus que lui, se trouvait beaucoup plus près d'une confirmation au poste de censeur. Son visage tout en froncements de sourcils et grimaces, creusé de rides par des décennies de manœuvres politicardes, ressemblait à une falaise imprenable. Delafleur avait plus d'amis que lui dans l'Officialité – y compris, peut-être, le censeur Bisonette, dont la loyauté professionnelle n'allait pas toujours dans le sens de la loyauté personnelle.

Demarch n'avait aucune latitude pour critiquer cette décision de pendre douze enfants par le cou jusqu'à ce que mort s'ensuive. Il se borna à risquer une allusion – subtile.

Delafleur ne s'embarrassa pas de précautions oratoires.

– C'était de la rébellion pure et simple, et les actions que j'ai engagées relèvent de la tâche qui nous a été assignée, vous le savez aussi bien que moi.

La cloche de midi sonna dans le camp. Demarch écouta les échos se perdre parmi les arbres enneigés. Il se demandait quoi répondre. Sa position lui semblait incertaine. Lorsqu'il était revenu en ville et qu'il avait vu les petits corps pendre des réverbères comme des sacs de blé, il avait ordonné qu'on coupât les cordes.

– Votre décision était légale, dit-il. Vous étiez habilité à la prendre, je n'en disconviens pas. Je me demande juste s'il était sage d'ajouter aux griefs de la population. (Il indiqua le portique d'un coup de menton.) Surtout maintenant.

– Je vois mal en quoi je devrais me sentir concerné par les sentiments de gens que guette l'annihilation.

– Pour nous épargner des représailles.

Une patrouille avait essuyé les tirs d'un père en deuil. L'individu avait connu le même sort que sa progéniture, mais sur un gibet plus discret.

– Nous pouvons les mater, dit Delafleur.

– Mais fallait-il en arriver là ?

– Peu importe.

L'attaché considéra la tourelle comme si elle constituait la meilleure réponse à toute objection. Peut-être était-ce le cas. Demarch disposait de quelques éléments d'appréciation sur la bombe, désormais.

– Difficile de croire...

– Qu'elle puisse accomplir ce qu'ils prétendent ? Oui. Pour ma part, je n'y comprends rien. Imaginer un tel cercle de ruine et d'incendie échappe à l'entendement. Le Génie a ménagé un coupe-feu tout autour du périmètre, de peur que la forêt, ou la péninsule entière, ne parte en fumée. (Delafleur secoua la tête.) Selon eux, elle opère sur le principe même du soleil.

– Incroyable.

Demarch songeait que ces arbres seraient bientôt du bois d'allumage, et la ville un four en brique – empli de viande.

Il en frissonna.

– Vous méritez des félicitations, dit Delafleur d'un air madré. N'avez-vous pas eu l'idée de piller les bibliothèques ? Cette initiative, à ce qu'il semble, nous a permis de gagner du temps. Plusieurs mois, à tout le moins. La mise au point était bien avancée, la faute ne vous incombe donc pas entièrement. (L'attaché eut un sourire insondable.) Cet air catastrophé ne vous sied guère, lieutenant.

Il s'entretint des plans d'évacuation avec Delafleur et un adjudant. Le programme venait de la capitale, mais il fallait en arrêter le détail. C'est presque irréel, se dit-il, de devoir négocier une fuite avec ce fonctionnaire du Bureau fastidieux et borné doté de tous les traits caractéristiques des hiérarques – l'ambition, la loyauté, et une absence totale de conscience. La mort prochaine de milliers de personnes comptait moins pour Delafleur que le protocole de cette ruée vers les sorties de secours.

Quoi de plus naturel, par ailleurs ? N'était-il pas absurde de discuter le blanc-seing de l'Eglise et de l'Etat ? Si chaque agent du Bureau décidait de sa propre politique et suivait la voix de sa conscience, quel serait le résultat, sinon l'anarchie ?

Néanmoins, l'attaché exsudait le mal. L'Eglise dirait que toute âme recèle un *apostoma theion*. En Delafleur, cet éclat divin, s'il existait, devait être profondément enfoui.

Une fois les négociations parachevées, il prit une voiture pour regagner la maison d'Evelyn dans un crépuscule amer.

A son arrivée, elle le dévisagea avec la prudence blessée qu'elle lui témoignait depuis son retour. Même si elle évitait d'en parler, il savait qu'elle avait vu les enfants exécutés.

Ses grands yeux meurtris lui rappelèrent Christof.

En haut, dans la chambre, intimidé par son mutisme, il lui présenta les documents obtenus de Guy Marris. Elle les consulta sans émotion apparente.

– C'est moi ?

– A certains égards.

Sauf-conduit bleu, certificat d'état civil jaune, attestation de citoyenneté verte, acte de naissance et de baptême rose, Guy s'était montré aussi méticuleux qu'à son habitude.

– Je suis plus petite que ça.

– Peu importe. On n'y jette qu'un coup d'œil.

Elle plia les papiers et les lui rendit.

– C'est pour notre départ ?

– Oui, Evelyn.

Il savait qu'elle se doutait de la tournure des événements. Ils n'en avaient jamais discuté. Les regards avaient suffi.

– Quand ?
– La décision reste à prendre.
– Dans quel délai, Symeon ?

C'est de la trahison, se dit-il. Oui, comme les documents. Comme ses pensées. Il ne pouvait plus revenir en arrière.

– Avant la fin du mois.

17

Dex parla à Bob Hoskins, qui l'envoya à un parent, lequel le dirigea sur un ancien pilote privé sec comme un coup de trique du nom de Calvin Shepperd.

Ils se rencontrèrent au restaurant *Tucker,* dans la petite pièce du fond qui servait de réserve dans les temps bénis où il y avait encore de la nourriture à stocker. Dex serra la main du vieil homme et se présenta.

– Je sais qui vous êtes, dit Shepperd. Vous aviez Cléo, la fille de ma sœur, dans votre classe il y a deux ou trois ans. (Il parut hésiter.) Bob Hoskins vous a recommandé, mais je me demandais s'il fallait vous impliquer.

– Je peux vous demander pourquoi ?

– Oh, c'est évident. D'abord, vous voyez cette femme de l'extérieur.

– Elle s'appelle Linneth Stone.

– Peu importe. Le problème, c'est que je ne sais pas ce qu'elle vous dit ni ce que vous lui dites. Et puis, vous ne sortiez pas avec Evelyn Woodward, de la pension ? Qu'on voit beaucoup au bras du proctor en chef, ces temps derniers.

– C'est une petite ville, observa Dex.

– C'était, c'est et ce sera toujours une petite ville.

Je n'ai rien contre les cancans, monsieur Graham, surtout de nos jours.

– D'ailleurs tout est exact. Je prends peut-être quelques risques en les fréquentant, mais ça m'a permis d'obtenir les informations dont vous avez besoin.

– C'est-à-dire ?

– Bob Hoskins m'a expliqué que vous essayiez d'établir une filière d'évasion pour des familles du coin.

– Bob Hoskins doit avoir sacrément confiance en vous. (Shepperd soupira et croisa les bras.) Allez-y.

Evelyn était passée trois fois avec des nouvelles fraîches recueillies en général sur les documents que Demarch laissait traîner sur son bureau. Dex décrivit le coupe-feu, la bombe – l'apocalypse qui fondait sur Two Rivers à la vitesse d'un rapace piquant sur sa proie.

Shepperd s'adossa à une étagère – qui contenait en tout et pour tout une grosse boîte de haricots verts – pour l'écouter, le visage figé. Quand Dex en eut terminé, le vieux pilote s'éclaircit la gorge.

– Alors, on a combien de temps – une semaine, deux ?

– Je ne peux pas être précis, mais ça semble plausible. On n'aura peut-être aucun avertissement.

– Faudra bien qu'ils évacuent les soldats.

– Je crois qu'il n'est rien prévu de tel.

– Quoi, ils vont les laisser là ? Les laisser cramer ?

– On dirait bien.

– Ah, merde, les salauds. (Il secoua la tête.) Je vous fiche mon billet que les proctors s'en iront, eux. Le voilà, notre avertissement... si vous dites vrai.

Dex resta coi.

Shepperd mit les mains dans les poches de sa veste.

– Je suppose que je dois vous remercier.

Dex haussa les épaules.

– Au fait, Hoskins dit que votre démarche l'a surpris. Il vous prenait surtout pour une grande gueule. Qu'est-ce qui vous a fait changer d'avis ?

– Douze mômes pendus aux réverbères de la mairie.

– Ah, oui. Je comprends.

Douze mômes pendus aux réverbères, se disait Dex en rentrant par les rues enneigées.

Douze mômes, dont certains qu'il connaissait ; dont trois de ses élèves.

Douze mômes. N'importe lequel aurait pu être son fils.

Aurait pu être David.

S'il avait vécu.

– Il ne t'a pas cru ? demanda Linneth.

Assise à la table de cuisine chez Dex, elle se réchauffait les mains sur une bouilloire de thé. Le ciel était bleu. Le vent secouait un carreau disjoint.

– Il m'a cru. Bien à contrecœur, mais il m'a cru.

– Combien de personnes compte son groupe ?

– Trente ou quarante adultes, plus leurs familles. Selon Bob Hoskins, ils ont réussi à se procurer quelques fusils de chasse et même deux ou trois armes automatiques. Stupéfiant, ce que les gens gardent dans leur cave.

– Ils espèrent s'enfuir ?

– C'est ce que je me suis laissé dire.

– J'aurais pensé qu'ils seraient plus nombreux, eu égard à la population de la ville.

– Il y a d'autres groupes comme celui-là, mais ils ne communiquent pas entre eux – et ça vaut sans doute mieux.

– Il n'empêche, trop de gens mourront.

Il acquiesça sans mot dire.

– Même les spécialistes venus d'ailleurs. Je ne

crois pas qu'ils aient l'intention de nous épargner. Nous en savons trop, et nous risquerions d'en parler.

– On partira. Sauver quelques vies, ce n'est pas l'idéal, mais il faudra s'en contenter.

Il enfila son anorak.

– Où vas-tu maintenant ?

– Finir quelques trucs. Je passe voir Howard Poole.

– Laisse-moi t'accompagner.

Il réfléchit un instant.

– Il y a un blouson dans le placard. Prends-le à la place du tien. Et mets-toi une écharpe. Je n'ai aucune envie qu'on nous reconnaisse.

Une fois dans la rue, elle le prit par le bras et marcha à ses côtés, tête baissée. Menue, parfaite. Sans doute condamnée à mort, comme tous les occupants de ces maisons tranquilles, se disait Dex.

18

Howard avait trouvé tant de réponses depuis ces derniers jours qu'il se demandait comment dire quoi que ce soit à Dex.

Celui-ci, débarquant sans prévenir, amenait quelqu'un : Linneth Stone, une étrangère, mais pas un proctor.

– Tu peux parler devant elle. C'est une prof, Howard – et une titulaire.

Il la regarda.

– Quelle discipline ?

– L'ethnologie culturelle, répondit-elle.

– Oh. Les systèmes de parenté. Beurk.

– Howard est physicien, dit Dex.

– Oh, dit Linneth. Les particules atomiques. Beurk.

Mais les nouvelles importaient davantage. Il se tourna vers Dex.

– Ecoute, j'ai trouvé la femme.

– Laquelle ?

– Celle chez qui Stern habitait. Elle vit à deux rues d'ici. Et elle a toutes ses notes.

– Howard, peu importe, maintenant.

– Mais si. Au contraire.

Dex échangea un regard avec Linneth, et soupira.

– Très bien. Dis-moi ce que tu as découvert.

Stern n'était pas le seul physicien mystique, dit Howard. Prenez Einstein et son objection à la théorie des quanta, ou Schrödinger et son idée de l'unité secrète de l'esprit humain. A force d'observer le cosmos, ces questions métaphysiques – religieuses – émergent.

Mais son obsession était encore plus étrange – hanté par Dieu depuis la plus tendre enfance, poussé par ce qu'on peut appeler une contrainte : des rêves, des visions, voire un ennui de santé passé inaperçu, tumeur, épilepsie du lobe temporal, début de schizophrénie – il avait étudié les textes sacrés, en quête d'indices de ce mystère qui lui semblait omniprésent, pressant et hors de portée... le mystère de ce qui dépasse l'entendement humain.

Il avait cherché les réponses avec la même passion dans les écrits d'Einstein, du Talmud, de Heisenberg et de Maître Eckhart. Si la physique lui avait donné une carrière, jamais il n'avait abandonné ses livres d'ésotérisme, ni sa fascination pour la cosmogonie folle des premiers gnostiques chrétiens, mythes de la création mêlés de judaïsme, de paganisme grec et de mystères orientaux. Le mysticisme florissant de la fin de l'Empire romain lui avait fourni une métaphore féconde pour l'univers tel qu'il existait derrière le quantum et avant la création.

– Ce devait être un homme brillant, dit Linneth.

– Aveuglant. Parfois méprisant envers ses collègues. Et excentrique – toujours en jean et en T-shirt, même pour la cérémonie du Nobel. Mais il pouvait se le permettre.

– Impressionnant ?

– Oui. Ça faisait partie du personnage. Ça lui a acquis sa réputation. Et c'est sa réputation qui l'a amené ici.

– De sa part, c'est étonnant d'accepter de bosser pour le gouvernement, dit Dex.

– Il n'y tenait pas. Surtout pendant la guerre froide. En ce temps-là, mener des recherches pour le gouvernement, ça revenait à laisser choir le résultat dans un trou noir. Si ton travail est secret, tu ne peux pas publier, et si tu ne peux pas publier, ce n'est pas de la science. Mais il n'a pas su refuser leur dernière offre. Ils lui ont promis qu'il pourrait regarder tout à son aise au cœur du mystère.

Howard décrivit le fragment turc, un objet si étrange qu'il défiait la compréhension.

– Vous imaginez à quel point ses obsessions ont carburé. Le jour, il mesurait, il émettait des hypothèses prudentes et rigoureuses. La nuit, il s'installait dans son bureau chez Ruth Wintermeyer, et il délirait : le Plenum, le fragment comme artefact divin, comme débris de l'Appenoia. Son journal mêle l'autobiographie, la chronique scientifique et la folie pure. Je dirais que Stern a perdu la capacité de dissocier les faits des spéculations. C'est devenu le *mysterium tremendae* – l'ultime frontière de la pensée rationnelle.

– Mais, au bout du compte, dit Linneth, a-t-il découvert ce qu'était ce fameux fragment ?

– Sans aucune certitude. Il a fini par le tenir pour un bout d'un véhicule permettant de naviguer par les « trous de ver ».

– Les trous de ver ?

– Disons un dispositif capable de voyager entre univers parallèles. Mais tout ça repose sur de la physique hautement spéculative et sur ses notions plutôt folles. Il a pu démontrer un fait intéressant – que le fragment réagissait de manière imperceptible mais mesurable à la proximité d'êtres vivants, bref, savait s'il y avait quelqu'un dans le coin. Stern y a vu la preuve d'une autre de ses marottes, comme quoi la conscience est liée à la réalité de façon beaucoup plus profonde qu'on ne le pense en général. Que ce fait le prouve, c'est une autre paire de manches, bien entendu.

– Et l'accident ? demanda Dex.

– Ah. Intéressant. On ne peut pas le reconstituer à partir de ses notes, mais il parlait d'irradier le fragment pour tester ses réactions. Le résultat a dépassé toutes ses attentes. Stern a franchi un seuil.

– Et nous a amenés ici ?

– Oui.

– Tu veux dire, lui, en personne ?

– Bon, c'est un puzzle, mais toutes les pièces s'emboîtent. Le fragment réagit à sa présence – à son esprit, comme dirait mon oncle. Une énergie formidable appliquée à l'objet produit une sorte de catalyse et, d'une manière inimaginable, nous voilà transportés ici. Mais ça va plus loin. Je pense que le processus n'est pas terminé. Qu'il se poursuit.

– Je ne comprends pas.

– C'est évident, non ? Le labo est toujours entouré de ce dôme de lumière. Et réfléchissez à ce qui s'est passé quand la station-service a pris feu. L'énergie libérée a pris une drôle de forme. Les gens ont vu Dieu ou le diable, mais moi... (Il scruta la table, puis leva les yeux sur ses deux visiteurs avec une lueur de défi dans le regard.) Moi, j'ai vu Stern.

Le raisonnement d'Howard allait plus loin qu'il n'était prêt à l'admettre. Pour lui, Stern avait raison : le fragment faisait bel et bien partie d'un dispositif destiné à traverser diverses avenues de la création, les univers infinis de Linde ou les multiples alternatives de la fonction d'onde – ou les deux. Et il était entré en interaction avec la conscience, avec Stern.

Ce véhicule, Stern l'avait piloté, en emportant ce bout du Nord Michigan dans un monde qui reflétait, imparfaitement, ses obsessions persistantes.

Il se figurait Stern au milieu des décombres, préservé... et vivant, comme dans ses rêves.

– Quand les proctors inspectaient le labo, ils envoyaient des gens revêtus de combinaisons protectrices. Ça devait les aider, un peu. Je veux me procurer une de ces tenues.

– C'est ridicule. Tu arriverais à quoi ?

Il faillit répondre. Comment leur faire comprendre qu'il devait aller là-bas ? Qu'il le voulait, mais qu'en plus il s'y sentait poussé, contraint ?

– Je ne peux pas t'expliquer, dit-il enfin. Il se trouve que je dois essayer.

– Vous n'avez pas beaucoup de temps, dit Linneth.

Howard la dévisagea sans comprendre.

– Comment ça ?

– Elle veut dire que la ville n'a pas beaucoup de temps. Les proctors comptent bien la détruire. Ils ont une espèce de bombe atomique dans l'ancienne réserve ojibwa. On venait te le dire. Howard, même si Stern est encore vivant, il n'existe aucun moyen de l'aider. Tout ce qui nous reste comme choix, c'est d'essayer de partir.

Howard songea à cette énorme quantité d'énergie, à la chaleur blanche de la fission nucléaire, engloutissant le labo et le mystère qui subsistait en son sein.

Il se rappela le rêve où son oncle se trouvait dans un globe de lumière.

– On ne les arrêtera pas, dit Dex. Le seul moyen de s'en sortir, c'est de partir.

Howard prit une profonde inspiration, et secoua la tête. Dans ses rêves, il entendait l'appel au secours de Stern, perdu au bord du monde, qui cherchait à rentrer chez lui. Il avait négligé cet appel une première fois. Mauvaise décision.

– Tu te trompes, Dex. Du moins en ce qui me concerne. Pour moi, le seul moyen de m'en sortir, c'est de rester.

19

La température baissait sans cesse, mais la couverture de nuages se déchira et, pendant trois jours, le soleil brilla dans un ciel hivernal d'un azur sans défaut. La neige de la semaine précédente recula et Clifford ressortit enfin son V.T.T.

Il partit tôt le matin et traversa la ville endormie. Vitrines et fenêtres poussiéreuses brillaient. Il portait son plus gros anorak, des gants, des bottes, un bonnet de laine. Cet amas de vêtements le gênait pour pédaler. Et il se fatiguait vite, mais ça venait peut-être de son alimentation : pas de viande depuis deux semaines, sinon le peu qu'apportait Luke, plus de légumes frais depuis des mois.

Two Rivers, cernée par l'hiver, condamnée. Il savait ce que le coupe-feu signifiait. La ville allait brûler. Il en avait la certitude depuis qu'il avait vu les ados pendus par le cou aux réverbères. A partir de là, se disait-il, tout peut arriver.

Il se dirigea vers la nationale, vers les anciennes terres indiennes. D'après Luke, les proctors construisaient un truc. Un truc que les soldats n'étaient pas censés connaître.

Il rejoignit la nationale avant midi, et il déjeuna – d'un sandwich de pain rassis et de fromage moisi, qu'il dévora au milieu d'une pinède enneigée à l'écart de la route. Des rais de lumière transperçaient les branchages et l'air moite.

Ensuite, il repartit vers l'ancienne réserve, mais tourna à gauche dans un sentier récent à travers bois. La circulation était plutôt réduite, et il avait tout loisir d'entendre approcher un camion ou une voiture et de se cacher dans les fourrés : le grondement du moteur et le crissement des pneus sur la neige tassée portaient loin. Mais les ornières et le terrain glissant lui rendaient la tâche si difficile qu'il finit par laisser son vélo dans un bosquet ombreux pour continuer à pied.

Il allait rebrousser chemin quand il parvint au sommet d'une petite colline et aperçut dans le lointain le portique en acier dominant la cime des pins. Il s'approcha avec davantage de précautions, car il entendait la rumeur des voix et le bruit métallique des outils, mais suffisamment pour voir la tourelle aux poutrelles entremêlées comme des volutes de fumée.

Clifford devina aussitôt sa fonction. Il avait vu un film sur le premier essai nucléaire à Los Alamos, et il savait qu'on avait laissé tomber la bombe d'un portique semblable. Et il ne pouvait s'agir que d'une bombe. Qu'est-ce qui pourrait brûler un territoire aussi vaste que Two Rivers et ses environs ?

Il resta un bon moment à observer le portique et l'enclos le surmontant, qui contenait peut-être l'engin de mort. Tant de destruction dans une simple boîte en métal. Si l'explosion se produisait maintenant, il disparaîtrait en une fraction de seconde. Il le souhaitait presque.

Mais non.

Il songea à la ville, aux habitants sans aucune perspective d'avenir. Comme sa mère. Comme lui.

Soudain très las, il se détourna pour rentrer chez lui.

Peu avant le couvre-feu, il frappait chez Howard Poole. Il lui décrivit ce qu'il avait vu, mais le physicien était déjà au courant. Clifford chercha son regard.

– Vous essayez toujours de sauver la ville ?

– A ma façon.

– Il reste peut-être pas beaucoup de temps.

– Peut-être pas.

– Je peux vous aider ?

– Non. (Un silence.) Si, remarque. Ce scanner. (Howard le sortit d'un placard de sa cuisine.) Je veux que tu l'apportes à quelqu'un. Dex Graham. Je t'écris son adresse. Montre-lui aussi comment ça fonctionne.

– Dex Graham, répéta Clifford.

– Raconte-lui comment on s'est rencontrés. Dis-lui de ma part que tu dois partir. Il pourra t'aider. Tu te le rappelleras ?

– Bien sûr. (L'idée de quitter Two Rivers l'intriguait ; il ne la croyait pas réalisable.) Et vous, vous devenez quoi ?

Howard eut un sourire étrange.

– Ne t'inquiète pas pour moi.

20

Le lycée John Fitzgerald Kennedy avait fermé pendant les vacances. Il ne rouvrit jamais, pour des raisons politiques et pratiques.

Au début du mois de janvier, quelqu'un bomba les mots PROCTORS = MEURTRIERS sur le mur de brique en face de LaSalle Avenue. Une patrouille arrivée tôt le matin étala du blanc de chaux sur l'inscription, mais elle resta visible par transparence, haineuse et spectrale. Les proctors déclarèrent l'école propriété du Bureau de la convenance et soudèrent une chaîne en travers des portes.

Un geste à caractère symbolique, la réunion des parents ayant conclu que le risque d'envoyer les enfants en classe n'en valait plus la chandelle, car il pouvait leur arriver n'importe quoi. Les douze preuves qu'ils avaient vues accrochées aux réverbères leur suffisaient. Et puis pour apprendre quoi ? De l'histoire ancienne. Dans quel but ? Aucun.

Evelyn avait recopié de son écriture appliquée certaines dépêches de Symeon Demarch. Dex les donna à Shepperd en échange d'informations sur le plan d'évasion, qui paraissait crédible. L'armée circulait surtout sur un itinéraire nord-sud qui croisait sur la nationale et menait jusqu'à Fort LeDuc – un trajet à éviter. Mais pendant l'invasion de juin, un bataillon de chars d'assaut était venu de l'ouest par un sentier peu usité.

Les éclaireurs de Shepperd l'avaient trouvé mal surveillé et avaient établi qu'il s'agissait d'une route de bûcherons menant à une coupe de bois, évacuée, trente kilomètres plus loin. De là, une route plus importante continuait vers l'ouest, et sans doute vers la civilisation, en évitant le goulet d'étranglement de ce qui aurait dû être le Mackinac Bridge. La forêt offrait un abri. Même un groupe important pouvait passer inaperçu.

– Pourvu, expliqua Shepperd, qu'on quitte la ville sans trop de bobos et que le temps nous soit favorable – nuageux, disons, mais pas trop neigeux. Si on retombe sur nos pattes, il y a pas mal de gens qui parlent de pousser à l'ouest, vers ce qu'on aurait appelé l'Oregon ou l'Etat de Washington. Paraît que c'est une frontière, là-bas. Les proctors y sont moins en force. Jouer les pionniers serait une possibilité, à long terme.

Il toisa Dex.

– On vous fera connaître la date et l'heure choisies. Mais ça ne tardera plus. Il vous faudra un moyen de transport, des réserves d'essence, des pneus neige – des chaînes, si possible – et des cordes, des outils et de la nourriture. Bob Hoskins dit qu'il peut vous aider pour ça. Ah, on préférerait un véhicule entièrement occupé : on a plus de réfugiés que de bagnoles. Si vous n'avez pas au moins trois passagers, venez me voir ; il y a une liste d'attente. Dites-moi, vous avez déjà tiré ?

– Au service militaire. Il y a des années.

– Sauriez toujours vous servir d'une arme ?

– Je suppose.

– Prenez ça. (Shepperd lui mit dans la main un pistolet d'ordonnance calibre .38 et emplit la poche de son anorak de munitions.) J'espère que vous n'aurez pas à vous en servir. Faut dire que je suis un type plein d'espoir.

Dex Graham rentra retrouver Linneth, qui passait plus souvent la nuit chez lui depuis que les proctors avaient retiré leurs gardes de l'aile civile du *Blue View Motel*.

Cette nuit-là, une fois les rideaux tirés, elle s'assit sur le lit près de lui et entreprit de lui déboutonner sa chemise. Sa blessure, réduite à une fossette rosée dans le gras du bras, ne lui élançait plus que par intermittence. Elle l'effleura de la paume de la main dans un geste sans doute inconscient, mais que Dex jugea empreint de profondeur. Caresse bénéfique qu'elle aurait apprise de sa mère. Symbole de l'étrange religion dans laquelle elle avait grandi, le polythéisme grec modifié par des siècles d'influence européenne. A Londres, selon elle, la ville acceptait encore les temples. On donnait les oracles d'Apollon en plein Leicester Square.

Elle se déshabilla dans la pénombre avec un mélange de modestie puritaine et de jubilation païenne. En dépit de toutes les épreuves qu'elle avait subies – l'arrestation de ses parents, trois années de couvent, sa longue et difficile éducation – une vitalité cachée courait encore dans ses veines.

Dex se sentait vibrer à l'unisson. Etrange de constater, à l'approche d'une mort possible, qu'il parvenait à se décharger de son fardeau. Sans tambour ni trompette. Persuadé d'avoir vu les limites du monde et de s'y attarder faute de mieux, la mort l'ayant négligé sans raison apparente, il était peu à peu devenu courageux... ou du moins bravache et téméraire.

Une drogue, ce courage. Ou un revêtement anti-adhésif. Dex avait passé sa vie à glisser, sans jamais s'accrocher. Son courage était resté lettre morte. Les étudiants massacrés sur la place Tien' an Men avaient, eux, dû affronter des tanks. En tant qu'Américain, il avait, même en cette fin difficile du XXe siècle, pu mener une existence préservée du mal – sinon celui qu'il s'infligeait.

Il s'était parfois demandé à quoi ça ressemblait, le mal. Il l'avait vu sur C.N.N., les corps dans les fosses communes, les escadrons de la mort dans leurs 4 x 4 poussiéreux. Mais le mal en face ? Comment réagirait-il ? Il se tapirait dans un coin ? Il y retrouverait l'odeur rance de son sentiment de culpabilité ?

Et il l'avait vu ôtant son masque. Des petits corps pendus. Le mal, à l'état pur. Rien ne permettait d'acquitter le bourreau. Ni circonstances atténuantes ni légitime défense, pour cette démonstration de barbarie organisée.

Cette cruauté, il ne la jugeait en rien effrayante. Banale, choquante, répugnante, brutale, tragique – elle était tout sauf effrayante. Elle pouvait le blesser, certes. Le tuer, sans doute. Mais le visage de cette cruauté, celui des proctors dans toute son autoglorification, n'était que vide.

A l'opposé, Linneth. Son sourire bannissait l'oppression. Son toucher relevait les martyrs. Son souffle abattait les murs des prisons.

Le choix est simple, se dit-il. Tu as là une porte ouverte sur le jour et la possibilité, après toutes ces années d'aridité et de poussière, d'avancer d'un pas. Un seul pas, et tout change.

Linneth tenait toujours compagnie à Dex le lendemain matin quand le jeune garçon vint frapper à la porte.

C'était un enfant très ordinaire, de grands yeux sous une cascade de cheveux blonds en bataille, mais elle crut voir Dex le reconnaître. Curieux, car Clifford, ainsi qu'il se présenta, était visiblement un inconnu : il apportait une drôle de radio et les instructions pour s'en servir de la part d'Howard Poole.

Il devait avoir douze ans. Les yeux bleus, comme Dex. On aurait dit son neveu. Ou son fils. Ah.

Combien de fois cet homme avait-il vu un air de famille chez quelqu'un ? Ce doit être terrible pour lui, songea-t-elle.

Selon Clifford, Howard avait promis que Dex l'aiderait quand viendrait le moment de quitter Two Rivers.

– Bien sûr.

– Et ma mère. On n'est que deux. On a une voiture, si vous en avez besoin. Une Honda. Il reste même de l'essence.

– Ne t'en fais pas. On a de la place pour deux.

Mais Linneth nourrissait de sombres pensées.

– Clifford, quand as-tu parlé avec Howard ?

– Hier, juste avant le couvre-feu.

– Tu dis lui avoir parlé de la tourelle dans la forêt ?

– De la bombe. Il était déjà au courant.

– Alors il t'a donné la radio et conseillé de venir ici ?

– Oui.

– Comme s'il ne comptait plus te revoir. Clifford... tu crois qu'il s'apprêtait à aller quelque part ?

Le garçon parut réfléchir.

– Peut-être. Il y avait un gros manteau d'hiver près de la porte. Un sac à dos, aussi. Oui, ça se peut.

Linneth dévisagea Dex, qui comprit aussitôt.

Il se précipita chez les Cantwell. Une maison déserte. Le compteur coupé, la cuisine nettoyée – geste futile, typique. Et le sac de couchage n'était plus dans la cave, là où il l'avait vu pour la dernière fois.

– Je ne m'attendais pas à ça, dit-il à son retour. C'est du suicide. Et il le sait !

– Il a pu se dire qu'il n'avait rien à perdre. Ou croire disposer d'une issue. (Linneth haussa tristement les épaules.) Je ne le connaissais pas bien, mais il m'a semblé très pieux.

21

Comme l'on était un vendredi soir, Lukas Thibault emprunta une voiture militaire pour se rendre chez Ellen.

Ces temps derniers, il devenait plus aisé de disposer d'un moyen de transport et de trouver quelqu'un pour se couvrir, mais cela restait dangereux. Nico Bourgoint, tout juste guéri des plaies occasionnées par le bris de glace consécutif à l'explosion du dépôt de gasoil, venait de se voir consigné au bloc pour avoir couché avec une des femmes du relais. Peu sociable, il n'avait aucun ami disposé à le couvrir. Tout était affaire de protocole, en vérité. L'aspect routinier – véhicules, tableau de service – se faisait moins problématique désormais. Tous les officiers supérieurs semblaient distraits.

Thibault se rangea dans l'ombre du garage. Les voisins sauraient qu'il était là, bien sûr ; sa discrétion n'était qu'une marque de galanterie. Mais il doutait qu'Ellen parlât souvent avec ses voisins.

Quand il frappa, elle ouvrit la porte, et posa aussitôt des yeux avides sur le sachet contenant un quart de tord-boyaux dans un bocal en verre.

Du geste, elle l'invita à entrer et ils s'assirent à la table de la cuisine. Il s'était accoutumé au luxe sybaritique de cette maison non dénuée d'étrangeté mais mal tenue, avec son tapis en grande largeur (taché), ses machines aérodynamiques (poussiéreuses) et ses comptoirs luisants (écaillés). Toutefois, sitôt qu'il y pénétrait, un vertige le prenait. Quelle existence mystérieuse ces gens avaient menée !

Il avait connu Ellen au relais sur la nationale, peu après le début de l'occupation. Cet endroit avait acquis une certaine notoriété parmi les soldats souhaitant rencontrer une femme prête à abandonner sa vertu en échange de quelques bons d'alimentation. Le relais avait tout d'une maison de tolérance, sauf le nom.

En un sens, Thibault avait permis à Ellen d'échapper au lot commun. Elle servait là-bas quand il s'agissait encore d'un établissement respectable et la nouvelle clientèle, surtout des valets de ferme rustauds arrachés à leurs soues de province, l'attristait. Thibault, qui se targuait de son Manhattan natal, l'avait sauvée d'un soldat de première classe dont la méthode de séduction consistait à exhiber son œil de verre et à se prétendre « le seul canonnier borgne de l'Armée de Dieu », même si on le voyait plus souvent de corvée de latrines que dans l'artillerie. Par Samael, c'était une drôle d'armée qu'on avait envoyée ici – des bataillons de boiteux, d'estropiés et d'aveugles.

Il avait raccompagné Ellen en voiture (sa toute première escapade illicite dans Two Rivers) et la femme avait tenu à lui témoigner sa reconnaissance. Voulait-il passer la nuit ici ? Oui. Voulait-il revenir ? Oui. Voulait-il apporter à manger ? Bien sûr.

Ce soir, le garçon était absent, ce qui convenait très bien à Thibault. Ellen prépara un souper quelconque puis s'attaqua sans attendre au bocal de rinçonnette. Elle buvait de plus en plus, et de plus en plus vite, depuis le début de l'hiver. Quel dommage ! Il avait toujours trouvé les femmes soûles moins appétissantes. Il n'allait pas pour autant jouer les difficiles.

– Cliffy dort chez un copain à lui, dit-elle. On a toute la maison à nous.

Et elle inclina la tête avec ce qu'elle prenait sans doute pour de la coquetterie.

Thibault acquiesça sans un mot.

– Un drôle de pistolet, ce môme. Et de drôles d'idées. Dis-moi, Luke. (Elle lui caressa la joue.) Vous allez vraiment nous brûler tous ?

– Que veux-tu dire ?

– Vous creusez des tranchées autour de la ville. C'est lui qui le dit. Pour contenir le feu. L'empêcher de se propager.

Elle se leva et s'appuya contre le comptoir. Thibault ne se sentait pas encore soûl, mais juste à l'aise dans sa glaise, comme disaient les fermiers. Il suivit des yeux la courbe de la hanche d'Ellen. Il la trouvait jolie, cette femme trop âgée pour être belle.

Ce qu'elle disait éveillait en lui une angoisse vague, tout au plus.

– On entend des rumeurs, répliqua-t-il. De toutes sortes.

– Une bombe, il dit, Cliffy.

– Une bombe ?

– Une bombe atomique.

– Je ne comprends pas.

– Pour nous brûler tous.

Il ne connaissait pas le mot atomique, mais la nouvelle ne le surprenait guère – même s'il s'étonnait qu'Ellen fût dans la confidence. Two Rivers serait rasée, certes ; le coupe-feu s'expliquait sans peine. Peut-être avec une bombe « atomique ». Ce devait être ce que les proctors avaient édifié dans la forêt. Tout était possible, sans nul doute.

Elle voulait qu'il la rassurât.

– Je prendrai soin de toi, Ellen. N'aie aucun souci.

– Cliffy dit que tu ne pourras pas. (Elle but délibérément une longue rasade du whisky de contrebande.) Les soldats brûleront aussi, il a dit, Cliffy.

– Quoi ?

– Les proctors s'en fichent. Ils s'en tapent. Ils vont brûler tout le monde. Même toi, joli Luke. Même toi, mon charmant soldat.

Il s'éveilla, au matin, migraineux et nauséeux. Ellen, sans connaissance à ses côtés, lui fit l'effet d'un amas de chair rance et graisseuse dans la lumière du jour. Il jeta un œil sur le réveil posé sur la table de nuit, et gémit. Il était en retard ! Maroix ou Eberhard avait peut-être signé à sa place. Ou non. La pensée d'être déjà par trop débiteur le tracassait.

Il s'habilla sans réveiller Ellen et s'éloigna dans une aube grise et glaciale. Au cantonnement, il signa le retour de la voiture et courut vers ses quartiers. Il lui fallait sa note de service et une excuse plausible...

Il eut la note, mais deux agents de la police militaire et un gros proctor l'attendaient dans ses quartiers.

Le proctor s'appelait Delafleur.

Thibault le reconnut. On le voyait partout, depuis peu, à se pavaner dans son uniforme du Bureau et son pardessus noir. Le nouveau chef, disait-on. La voix de l'Officialité.

Il ôta précipitamment sa coiffe, et salua. Delafleur, une expression de mépris chagriné sur son visage mafflu, s'approcha.

– Les temps changent et vous n'avez pas su vous adapter, monsieur Thibault.

– Patron, je sais que je suis en retard...

– Vous avez passé la nuit chez... (Le proctor fit mine de consulter son carnet.) Oui. Chez Mme Ellen Stockton.

Il rougit. Lequel de ces éleveurs de cochons avait osé le trahir ? Il n'arrivait pas à croiser le regard de Delafleur, qui se tenait si près de lui qu'il sentait son souffle sur sa joue.

– Dites-moi donc de quoi vous parlez avec cette femme.

– De rien, je vous jure. (Conscient du ton suppliant qu'il adoptait, il tâcha de sourire.) Je ne la vois pas pour parler !

– Mauvaise réponse. Vous ne comprenez pas, monsieur Thibault. La ville est au bord de la panique. Nous tenons à éviter que des mensonges ne se propagent. Deux fantassins ont été attaqués dans leur voiture de patrouille cette nuit, pendant que vous couchiez avec cette femme – le saviez-vous ? Vous avez eu bien de la chance de ne pas être tué, vous aussi. (Le proctor secoua la tête, comme s'il se sentait insulté.) Pire, on colporte des rumeurs jusque dans la caserne. Cela pourrait avoir des conséquences tragiques. Il ne s'agit en rien ici d'un délit ordinaire.

Au bout du compte, il avoua ce qu'il avait appris sur la bombe – la bombe « atomique » – mais prit soin de défendre l'honneur d'Ellen : elle ne savait rien, tout venait du garçon, de Clifford, qui avait un comportement étrange et s'absentait souvent. Delafleur hochait la tête en prenant des notes.

Thibault n'avait jamais aimé ce gosse, d'ailleurs. Ce ne serait pas une grande perte.

Les proctors l'emmenèrent à la prison de fortune établie dans les caves de la mairie et l'enfermèrent dans une cellule.

Thibault, qui détestait les espaces clos, se mit à arpenter sa cage. Il se remémora soudain les propos d'Ellen.

« Ils vont brûler tout le monde. Même toi. »

Etait-ce vrai ? Il n'avait jamais cru les murmures dans les chambrées et au mess. Restait le coupe-feu. Cela, on ne pouvait le nier. La tour dans la forêt. Cette incarcération.

Lukas Thibault sentait son crâne se fendre comme une coquille de noix. Il aurait voulu voir le ciel.

« Même toi, mon charmant soldat. »

22

Sur le terrain d'essai, l'activité atteignit son maximum, puis décrut. On renvoya la plupart des civils à Fort LeDuc. Un bataillon de physiciens et d'ingénieurs resta pour vérifier la séquence de mise à feu de la bombe. Plus rien ne bougeait ; l'air froid paraissait chargé de tension.

Les derniers instants, songea Demarch. Bisonette était arrivé de la capitale en avion pour une visite d'une journée : Two Rivers, avant la fin. Le lieutenant se cantonna à la lisière du site que Bisonette arpentait, escorté par ses subordonnés, dont Delafleur qui désignait fièrement les moindres points de repère. Puis un des hangars débarrassés récemment accueillit le premier repas convenable depuis le début de l'occupation : potage aux poireaux et aux pommes de terre dans des soupières fumantes, pain, viandes, fromages frais.

Demarch et Delafleur s'installèrent de part et d'autre du censeur. Malgré cette équité ostentatoire, la conversation se déroula surtout entre Bisonette et l'attaché de la B.I. Nouvelle preuve d'un changement d'alliances, se dit Demarch, ou d'un mouvement plus tectonique dans la géologie du Bureau. On l'écartait, mais il se sentait tellement inerte qu'il n'en avait cure, aidé en cela par la boisson, un vin rouge issu des caves espagnoles en Californie. Une prise de guerre.

A l'issue du déjeuner, l'attention exclusive du censeur n'améliora en rien son état d'esprit. Il monta dans la voiture de Bisonette pour visiter la ville dans le grouillement des véhicules de la sécurité. La procession suivit une nationale défoncée, des routes secondaires ponctuées de nids-de-poule, et des rues vides bordées de commerces fermés et de maisons grises sous un ciel terne. La prospérité passée et la misère présente se révélaient à tout instant.

Bisonette resta de marbre.

– Je ne vois guère de bâtiments publics.

– L'école, le tribunal – pardon, la mairie.

– Quel manque de civisme !

– Cela n'avait rien d'une grande cité, censeur. On peut la comparer à Montmagny, ou à Sur-Mer.

– Au moins, à Montmagny, il y a des temples.

– Les églises d'ici...

– Des cabanes de paysans agrandies. Leur théologie est bien pauvre, d'ailleurs. Une vague ébauche du christianisme.

Demarch en avait retiré la même impression. Il acquiesça.

Le défilé emprunta Beacon Street pour regagner l'hôtel routier réquisitionné comme quartier général. Le chauffeur gara la voiture, descendit et se posta non loin de là sans faire mine d'ouvrir les portières. Demarch tendait la main vers la poignée quand Bisonette le retint par le bras.

– Un moment.

Il s'immobilisa, crispé par l'attente.

– Des nouvelles de la capitale, reprit le censeur. Votre ami Guy Marris a quitté le Bureau.

– Ah ?

– Il lui manque trois doigts. (La punition traditionnelle pour vol d'un bien du Bureau. Ou mensonge à hiérarque. Demarch se raidit.) J'ai cru comprendre que vous étiez proches.

Nauséeux, pris de vertiges, il ne put que hocher la tête.

– Par chance, vous avez d'autres amis. Ainsi, votre beau-père. Il a laissé un grand souvenir. Nul ne voudrait insulter son honneur, ou celui de sa famille. Du moins de son vivant. (Bisonette s'interrompit pour souligner son propos.) Je pense que vous voulez conserver vos doigts intacts, lieutenant.

Il hocha de nouveau la tête.

– Vous avez les faux papiers que Marris vous a confiés ?

Dans la poche intérieure de sa veste. Il ne dit rien, mais sa main s'y égara.

– Donnez. Nous en resterons là. Pour l'instant.

Demarch chercha le regard du censeur. Des yeux bleus, de la couleur d'un ciel voilé. Il voulait y trouver l'*apospasma theion*, ou son opposé, l'*antimimon pneuma*, l'absence visible d'âme. Rien de la sorte. Alors il tira de sa poche les papiers d'Evelyn et les déposa dans la paume ridée.

23

La visite de Bisonette s'était révélée plus embarrassante que Delafleur ne s'y attendait : l'évolution de la situation dans les casernements lui avait échappé.

Deux miliciens arrêtés en essayant chacun de franchir un poste de contrôle avaient admis sous la question savoir que la ville allait brûler et que les proctors tenaient les soldats pour sacrifiables.

Tout cela, bien qu'exact, devait rester secret. Il fallait empêcher cette rumeur néfaste de se propager. Aujourd'hui encore, trois miliciens avaient disparu au cours de patrouilles de routine : peut-être tués ou capturés par les citadins. Plus probablement en fuite.

Le problème se résoudrait dans moins de vingt-quatre heures, mais bien des événements pouvaient survenir d'ici là. Une mutinerie entraverait la bonne marche des opérations. Il avait établi son quartier général à la mairie et transformé les réserves du sous-sol en centre de détention ; Lukas Thibault, qui s'y trouvait, n'était pas le seul à répandre son fiel, hélas.

Delafleur se mit à arpenter l'ancien bureau du maire, qui disposait d'une vue panoramique sur la ville. Two Rivers exhibait le calme trompeur d'avant la tempête. Les troubles demeuraient sous-jacents, mais pour combien de temps ? Et le climat compliquait encore la situation. La neige risquait-elle de retarder l'essai ? Le moniteur de contrôle radiophonique installé par les soldats ne le renseigna guère – des bavardages de techniciens. Le compte à rebours n'était pas commencé.

Il aurait aimé accélérer le cours du temps, bousculer la ronde des heures.

On frappa à la porte.

– Entrez !

Il se retourna pour voir un soldat au garde-à-vous.

– La femme que vous nous aviez demandé d'arrêter était sortie, censeur.

– Je ne suis pas censeur, cracha-t-il. Appelez-moi patron. Lisez votre manuel, pour l'amour de Dieu !

Le soldat courba l'échine.

– Oui, patron. Mais on a le garçon. On l'a trouvé.

Derrière le milicien, il l'aperçut dans la salle d'attente : un gamin quelconque, chaussé de lunettes et vêtu d'une chemise déchirée. Clifford Stockton, l'instrument de la vengeance de Lukas Thibault.

– Enfermez-le à la cave.

Peut-être était-il trop tard pour arrêter la rumeur, mais on ne perdrait rien à essayer.

Il chassa le soldat, puis prit le téléphone et appela le commandant militaire, le caporal Trebach, et lui ordonna de confiner ses troupes dans leurs casernes. Les citadins tiraient des coups de feu, et il ne tenait guère à ce qu'il y eût des blessés.

Il mentait, certes. Aucun coup de feu n'avait retenti, et le bien-être des troupes lui importait peu. Trebach le crut-il ? Impossible à affirmer.

Curieux travail, se dit-il. Colmater des brèches dans un barrage en attendant de le détruire...

– Demain, dit Evelyn. Je ne sais pas pour quelle heure. Sans doute vers midi. Je l'ai entendu parler à

Delafleur au téléphone. Ils ont des ennuis avec les soldats, donc personne ne veut traîner.

Dex hocha la tête. Il la voyait sans doute pour la dernière fois. Elle a l'air gelée, se dit-il. Et amaigrie. Elle doit pourtant manger à sa faim, depuis que Demarch l'a prise sous son aile.

Elle parcourut la pièce d'un regard vague, sans sourire. Pourquoi aurait-elle souri ?

Il lui promit de répercuter la nouvelle.

– Tu peux venir avec nous, Evie, ajouta-t-il. Il y a de la place dans la voiture.

Il avait mentionné Linneth, le plan d'évasion. Elle l'avait écouté sans manifester de jalousie – un sentiment éteint, sans doute, après tout ce qui s'était passé. Elle s'était contentée de le dévisager avec nostalgie. Comme en ce moment.

– J'irai avec le lieutenant. C'est plus sûr.

– Je l'espère pour toi.

– Merci, Dex. Vraiment. (Elle lui effleura le bras.) Tu as changé, tu sais.

De sa fenêtre, il la regarda s'éloigner dans la tempête de neige.

Shepperd passa plus tard. Il avait obtenu l'information d'une autre source : le jour J, c'était pour demain. Le convoi partirait une heure avant l'aube.

– Bonne chance si vous n'êtes pas prêt, mais on ne vous attend pas. Tout le monde prend Coldwater Road, ou ce qu'il en reste. Prions pour que tout aille bien. Et gardez ce sacré pistolet sur vous ! Le laissez pas dans la cuisine, bon Dieu !

Dex lui proposa le scanner, mais l'autre refusa.

– On en a plusieurs. Utiles, ces machins-là. Ecoutez la fréquence de la marine si vous voulez, et le signal qu'on capte vers mille trois cents mégahertz ; il doit venir des types de la bombe. Du charabia, mais vous en tirerez peut-être un indice. Peu importe, d'ailleurs. Le truc, c'est de respecter l'horaire. J'aimerais qu'on soit tous sur la route de bûcherons à l'aube. C'est réglé, pour la bagnole, je crois.

Il avait une vieille Ford au parking souterrain, la voiture qu'il prenait les jours de mauvais temps. Il avait déjà planqué dans le coffre deux bidons d'essence achetés au marché noir.

Il serra la main que lui tendait le vieux pilote.

– Bonne chance, dit Dex.

– Pour nous tous, répondit Shepperd.

Linneth le rejoignit avant le couvre-feu – elle était sortie sans permission, mais on avait affecté les gardes ailleurs. Pas question de dormir. Elle l'aida à descendre les provisions. Il fit le plein d'une essence américaine à l'odeur âcre.

Ils prirent un dernier repas à 3 heures du matin, dans la cuisine. Dehors, la neige granuleuse, balayée par le vent qui secouait les vitres, formait des congères.

Dex leva son verre d'eau tiède.

– Au monde ancien. Et au nouveau.

– Tous deux plus étranges qu'on ne l'imaginait.

Ils n'avaient pas fini de boire qu'ils entendaient des tirs dans le lointain.

24

Les Indiens huichol de la Sierra Madre l'appelaient le *nierika* : le passage, et la barrière, entre le monde normal et celui des esprits.

Le *nierika* est aussi un disque rituel, à la fois miroir et visage de Dieu, ressemblant à un mandala, où figurent les quatre points cardinaux matérialisés par des lignes irradiant d'un centre qui, dans les peintures huichol, se trouve toujours au milieu d'un brasier.

Il atteignit la nationale avant la nuit, mais une longue procession de camions et de voitures l'empêcha de traverser. Les proctors et leurs affaires, quelques officiers de l'armée, le reste du butin, tout ça se dirigeait plein sud vers le havre de Fort LeDuc.

Ça ne sera plus long, maintenant.

Howard força la porte d'une cabane abandonnée à l'écart de la route et, abrité de la neige, se protégea du froid en se drapant dans son sac de couchage. Ni le temps ni l'envie de dormir. Il se reposa dans un vieux fauteuil à bascule fragilisé par le gel. La poussière obturait les fenêtres.

Tout allait bien quand il se déplaçait ; la marche exigeait toute son attention. Mais l'attente favorisait la réflexion.

Jamais il n'avait à ce point courtisé la mort.

La proximité du danger le paralysait. La peur le prenait dans sa gangue, comme une grêle tombée d'un ciel noir. Il frissonna, ferma les yeux.

Peu après minuit, la circulation se tarit. Il s'étira, se leva en chancelant sur ses jambes engourdies, et rangea son sac de couchage dans son sac à dos.

Il traversa la nationale au petit trot. Les nombreuses empreintes de pneus qui s'effaçaient déjà sous la neige fraîche avaient gelé, et il glissa à plusieurs reprises. De l'autre côté, dans l'ancienne réserve ojibwa, les bois semblaient dessinés à l'encre de Chine. Il alluma sa torche pour longer le sentier de terre battue. La neige chuintait en ruisselant dans les aiguilles de pins. Chaque rafale le douchait d'une avalanche glaciale et muait le faisceau lumineux en un tunnel de glace mouvant.

Un embranchement sur sa gauche, plus usité, conduisait au terrain d'essai. En dépit d'une croûte de glace qui rendait chaque pas acrobatique, il continua tout droit.

Aux abords du labo, il revit les formes éthérées aperçues durant sa nuit dans les bois, à l'automne. Il les jugea moins effrayantes, mais aussi mystérieuses. Elles ne s'intéressaient à rien, sinon à cette parade majestueuse qui leur faisait décrire un cercle autour des ruines. Des spectres fébriles, se dit-il. Cloués là par une chaîne invisible.

Ils étaient en fait d'une étrange beauté, ces drapeaux de lumière à forme humaine qui projetaient en tous sens les ombres des pins et se reflétaient à l'infini sur la neige. A croire que les arbres eux-mêmes pirouettaient sur le rideau sombre de la nuit. Pris d'une émotion inexplicable, il sentit son regard s'embuer. Il s'enfonça dans ce tourbillon pendant ce qui lui parut des heures. Il avait du mal à se souvenir qu'il fallait suivre le sentier. Du mal à se souvenir de quoi que ce soit.

Il s'immobilisa à l'approche d'une de ces créatures (si le terme convenait). Elle passa tout près, alors qu'il retenait son souffle, et il sentit une chaleur intense ; autour d'eux, la neige fondait. Scrutant la silhouette translucide, il vit, par-delà les reflets verts et mordorés, des entrelacs d'indigo et de pourpre s'étirer comme la couronne d'une étoile avant de se faner et de se recourber telle une protubérance solaire. Il vit aussi des yeux, deux lacs de nuit. Pas une pause. Pas un regard.

Elle poursuivit sa route. Il reprit sa respiration tant bien que mal, et l'imita.

Arrivant sur le site tandis que l'aube éclaircissait le ciel, il franchit sans crainte la clôture de barbelés et le poste de garde que les proctors avaient construits et abandonnés. Plus personne. Depuis des mois. Ce mystère, les proctors l'avaient décrété trop effrayant et trop dangereux.

Des traces d'activité subsistaient, engins de terrassement, hangars rouillés, véhicules démembrés. La neige dressait des tumulus sur toutes ces carcasses mortes. Seul édifice intact, un bunker en brique, aux murs aveugles, nanti de portes en tôle fermées par un cadenas, vers lequel il se dirigea.

Le dôme de lumière bleue qui englobait le laboratoire de recherches de Two Rivers s'élevait au-dessus de lui. Howard ne l'avait jamais côtoyé de si près. Intrigué, il l'observa mieux. La frontière entre l'intérieur et l'extérieur paraissait bien tranchée. Dedans, pas de neige, une herbe d'un vert saugrenu, un arbre toujours feuillu... Le tout, cependant, changeait, mutait, sitôt que le regard s'attardait. Curieux, se dit-il. Et si le phénomène débordait les limites du labo ? Ça expliquerait ces créatures dans les bois.

Même ici, dans la lueur de l'aube, les monticules de neige luisaient, sa vision périphérique devenait un prisme suscitant des arcs-en-ciel – il parcourait une décharge piquée de joyaux.

Les derniers temps, Stern tenait le fragment pour un objet quantique dont le volume n'était qu'une fraction de la masse – incalculable car existant hors de l'univers observable. Débris inconnaissable du Protennoia, il modifiait la fonction d'onde de la réalité de manière aléatoire et souvent bizarre.

Si c'était vrai, franchir ce barrage d'azur l'amènerait en quelque sorte dans le fragment. Mais imaginons, se dit-il, que moi, les proctors, ce monde et cet univers jusqu'à ses confins, nous nous y trouvions déjà : on aurait l'illusion que l'univers contient le fragment, alors qu'en fait ce serait l'inverse.

Un passage, une barrière – le *nierika*.

L'*axis mundi*, comme son oncle l'appelait.

Les proctors avaient laissé beaucoup de choses dans ce hangar, à l'abri des intempéries : leurs carnets, leurs photos aériennes du site, leurs manuels de physique et leurs bibles ; des dossiers et des cartons issus du premier bâtiment du labo ; un amas de blouses blanches et de tabliers de plomb dans un coin ; et trois des tenues que Clifford avait décrites – lourde veste matelassée dotée d'une capuche, casque à visière fumée. Les vestes, pour arrêter les radiations, songea Howard. Dick Haldane, le capitaine des pompiers, était mort quelques mois après être entré sous le dôme. Les casques, pour diffuser une lueur invisible pour l'instant – radiance inimaginable, éclat aveuglant de la création. Comme si on pouvait s'en protéger.

Il descendit la combinaison de son étagère et

l'endossa. Geste inutile, sans doute, mais réconfortant.

Puis il sortit. Le soleil se levait dans un ciel gris de nuages bas. Un froid intense régnait. Il contourna le hangar, longea la décharge aux arcs-en-ciel, suivit le sentier enneigé et pénétra dans le halo de lumière bleue.

25

Le soleil se leva sur un terrain d'essai vide et silencieux.

Le dernier technicien était parti à minuit. Le bunker d'observation, un bloc de ciment armé, percé de meurtrières, se trouvait à l'est, des kilomètres plus loin. Les moniteurs de contrôle communiquant les données actualisées de l'armée aux banques de télémètres luisaient de tous leurs écrans anodisés. Les témoins verts ou ambre clignotaient de la plus rassurante façon. Tout se déroulait selon le programme préétabli. Tout se passe bien, du point de vue étriqué de ces machines, songea Milos Fabrikant.

Invité à titre d'observateur, il attendait toujours une explication convaincante sur le choix de ce site : Carthagène était-elle enneigée ? L'Espagne une forêt de pins ?

Mais les proctors suivaient leur logique interne, comme de coutume. Il s'était gardé d'insister. Il n'avait fait que son devoir, soit l'extraction d'isotopes d'uranium enrichi et leur application à la construction d'une bombe. On en avait déjà construit trois, dont une reposait sur le portique, et plusieurs étaient en cours de fabrication. Quant aux deux autres armes fonctionnelles, on les avait expédiées vers une des bases de l'Atlantique. Si l'essai s'avérait concluant, on les lâcherait sur l'Europe belligérante. Dieu nous vienne en aide !

Il avait eu en main les prévisions de rendement établies par le Bureau, qui dépassaient de très loin ses propres calculs. Il se demanda qui tomberait juste. En tout cas, cela dépassait l'entendement. Convertir la masse en énergie, comme si nous étions des Archontes, se dit-il. Quel orgueil démesuré !

Il se sentait privilégié, et pas peu effrayé, d'assister à cet événement.

Il se tourna vers le censeur responsable des opérations, Bisonette, ce déplaisant personnage.

– Dans combien...

– Deux ou trois heures, monsieur Fabrikant. Un peu de patience, je vous prie.

Je n'ai aucun désir de presser le mouvement, songea-t-il.

Symeon Demarch avait passé la nuit au téléphone, qu'un système de lignes ouvertes reliait avec Bisonette au bunker du terrain d'essai, Delafleur à la mairie, Trebach à la caserne et le commandant à Fort LeDuc. Dans la pénombre du bureau d'Evelyn, il avait regardé la parade des lumières sur la rive opposée du lac Merced. Un immense détachement de proctors et d'officiers quittait la ville en un long convoi. La scène lui avait paru étrangement belle dans la tempête de neige. On eût dit une retraite aux flambeaux, ou le pèlerinage de minuit qu'effectuaient les Renonciatrices à la veille de l'Ascension.

Le défilé des phares cessa bien avant l'aube. De ceux qui devaient partir vers le salut, restaient (outre les chauffeurs) lui, Trebach et Delafleur qui, inquiet de certains désordres dans les cantonnements, coupla sa ligne à celle de Bisonette, réduisant au silence, une heure durant, le poste de la pension Woodward.

Il resta assis, immobile, à mi-chemin entre le sommeil et l'éveil. Assis. Immobile.

Un soldat vint le chercher dès l'aurore.

Il alla répondre à la porte d'entrée.

– Oui. D'accord. Je vous demande une minute.

– Le temps manque, monsieur. (Le chauffeur, un jeune homme, paraissait inquiet.) Il y a un problème en ville. On entend tirer d'ici. Sans parler de la neige.

– Je ne serai pas long.

Il monta jusqu'à la chambre en traînant les pieds. Evelyn ne semblait guère avoir dormi non plus, et paraissait fragile dans la robe qu'il avait fait venir de la capitale de nombreux mois plus tôt. Fragile et belle. La fenêtre, exposée au plein vent, disparaissait sous la neige. Evelyn leva sur lui des yeux écarquillés dans une obscurité de dentelle et de glace.

– C'est l'heure ? On s'en va ?

Demarch se sentit vaciller. *Incipit vita nova*, se dit-il, tout étourdi. Une nouvelle vie commence. Maintenant, ici, dans cette pièce. Je laisse ceci derrière moi. J'oublie.

Il songea à Dorothéa, et son souvenir s'imposa avec une telle force qu'il vit le visage de sa femme flotter devant lui. Il songea à Christof, et à son regard prudent. Il avait quitté son foyer pour un lieu irréel, fait de bric et de broc, pour un décor de théâtre qui cesserait d'exister dans quelques heures.

Il songea à Guy Marris et aux trois doigts manquants de sa main droite.

En bas, le chauffeur l'appelait.

Evelyn fronça les sourcils.

– C'est juste une dernière corvée, dit-il. On me réclame à la mairie. Je reviens d'ici peu.

Il s'en alla sans attendre de voir si elle le croyait ou non.

Evelyn se précipita au rez-de-chaussée. Arrivée devant la baie vitrée, elle aperçut la voiture qui s'ébranlait, dérapait sur la neige de Beacon Street, accélérait pour se perdre dans le lointain, vers l'est.

Quand le bruit du moteur s'éteignit, elle entendit un bruit de détonation. Comme du pop-corn dans la poêle.

Elle doutait d'avoir le temps de rejoindre Dex Graham... et d'ailleurs, elle n'en avait aucune envie.

En fait, elle voulait regarder la neige tomber. Un beau spectacle, se dit-elle. Qui requiert toute l'attention. Elle allait s'asseoir dans sa chambre, et regarder le blanc manteau sur lequel le vent soufflant du lac gelé sculptait rides et dunes.

C'est la meilleure façon d'attendre les feux de la rampe, se dit-elle. Mais d'abord, se changer. Elle n'aimait plus cette robe. Elle ne voulait plus la sentir sur sa peau.

Clément Delafleur vit sa communication avec le caporal Trebach coupée. Il réussit à le joindre par radio. Trebach hurlait, à propos des cantonnements, de ses hommes, mais on ne comprenait rien dans le crépitement des parasites.

– Partez, pour l'amour de Dieu ! lui dit-il. Peu importe ! Partez !

Pas de réponse. La radio de Trebach venait de flancher, elle aussi.

Delafleur se mit en quête de son chauffeur. Il estimait avoir accompli son devoir avec beaucoup d'énergie, malgré la pression des événements, et tout désagrément disparaîtrait bientôt. Il allait enterrer ses erreurs, comme on le disait des médecins en plaisantant. Si ses problèmes forçaient Trebach à rester ici, lui serait le dernier à partir... ce qui risquait fort d'impressionner le censeur Bisonette, qui semblait surmonter son dégoût de la Branche idéologique. Ces jours-ci, il attirait les alliances comme le sucre les fourmis.

Ragaillardi, il pénétra dans la réception, où le chauffeur aurait dû se trouver. Une autre radio, réglée sur la fréquence du bunker, émettait un piaulement aigu ponctué de décomptes monotones et de rafales de données incompréhensibles. Moins de trois heures avant l'explosion. Un peu juste pour tirer sa révérence, mais la sale affaire de Trebach l'avait retardé.

Où était passé cet homme ? Les autres bureaux étaient vides, bien entendu. Il avait congédié et envoyé à Fort LeDuc par le convoi de minuit son personnel de proctors et de pions loyaux. Le chauffeur, resté à boire le café noir de l'étrange cafetière qui se dressait dans un angle, avait disparu.

Arpentant les couloirs moquettés avec une anxiété croissante mais soigneusement contrôlée, Delafleur explora les toilettes, les bureaux vides aux portes grandes ouvertes et enfin, au rez-de-chaussée, le vestibule dallé de marbre. Nulle trace de l'homme. Les minutes passaient à une allure dont il n'avait pas eu conscience jusqu'alors. La neige s'accumulait en congères de plus en plus hautes. Il fallait partir.

Il entendit des détonations à l'ouest. Selon les derniers communiqués de Trebach, les troubles se situaient à la lisière de la ville : un poste de garde avait échangé des coups de feu avec des véhicules civils, sans doute des réfugiés essayant de fuir par l'une des routes de bûcherons. Trebach avait dépêché des renforts qui auraient dû régler le problème. Mais les tirs sporadiques se poursuivaient – mauvais signe.

L'homme était peut-être à la cave, parmi les conduites d'eau, les murs de ciment et les cages d'acier où moisissaient Thibault et le jeune Clifford Stockton. Non, peu probable. En outre, il n'avait aucune envie d'y descendre, de peur de s'y trouver piégé. Tous ces murs se refermaient sur lui, soudain.

Il passa son manteau d'hiver et franchit la grande porte qui donnait sur l'allée. Au diable ce chauffeur, qu'il brûle en enfer, il conduirait lui-même s'il le fallait ! Mais, tandis qu'il dévalait les marches arrondies par la neige, il s'avisa que la voiture aussi manquait à l'appel.

Il en resta muet de rage.

Il ne perdra pas que trois doigts, se dit-il. Il me le paiera de sa tête. La capitale n'avait pas connu une seule décapitation depuis la Dépression, mais il restait des hommes au sein du Comité de salut public qui savaient encore châtier un traître.

Mais cela n'avait rien à voir avec sa situation présente ; le transport passerait avant la vengeance. Il n'avait plus aucun véhicule à sa disposition, son couard de chauffeur avait pris le dernier. Delafleur sentit la panique monter, mais décida de réfléchir, et de manière constructive. Il disposait toujours de la radio. Peut-être Bisonette pourrait-il lui envoyer quelqu'un du bunker, s'il n'était pas trop tard.

Il s'apprêtait à gravir les marches de la mairie quand un fourgon noir négocia le tournant du square municipal dans un rugissement de moteur. L'espace d'un instant, Delafleur sentit l'espoir renaître : on venait à son secours ! Mais le véhicule avait viré trop vite. Il gîta dans un sens, dans l'autre, et finit par se renverser sur le trottoir pour ne s'arrêter qu'à l'issue d'une longue glissade.

Le silence retomba. Puis les portes s'ouvrirent, laissant échapper des hommes en armes, termites surgissant d'un nid piétiné : des miliciens, à l'évidence soûls et dangereux.

L'un d'eux visa un réverbère, tira, et ajouta une cascade de verre brisé à l'avalanche de neige. Les autres se mirent à hurler des propos incohérents.

Soûls, certes, ils étaient aussi terrifiés. Ils savent, se dit Delafleur. Ils se savent condamnés.

Et ils savent à qui en incombe la responsabilité.

Une fenêtre se brisa au-dessus de lui. L'avait-on repéré, dans l'ombre de la mairie ? Peut-être pas. Il se rua dans le bâtiment et verrouilla la grande porte derrière lui.

26

Dex se voyait mal débarquer en pleine bataille rangée, mais le plan de Shepperd, rejoindre la route de bûcherons et tirer parti de la confusion, valait mieux que n'importe quel autre. La neige, abondante dans les rues, gênait la conduite, et le sentier forestier ne serait pas plus praticable, au contraire. Mais il s'en soucierait en temps utile. D'abord passer prendre Clifford et sa mère. Ensuite s'éloigner le plus possible de la bombe à fission installée sur les terres indiennes.

Linneth scrutait la lueur pâle annonciatrice de l'aube, que ponctuait l'éclat ambré des réverbères. On voyait des lumières allumées un peu partout, comme si les maisons elles-mêmes s'étaient éveillées en sursaut. Dex se demanda dans quelle mesure la population avait connaissance de la tentative d'évasion. D'après Shepperd, on avait contacté de nombreux parents. Evacuer les enfants passait avant tout, et le personnel du lycée n'avait pas été avare de noms. Des membres de la communauté noire de Hart Avenue, inquiets depuis que les proctors les avaient obligés à se déclarer comme « nègres ou mulâtres » lors du recensement, complétaient le convoi.

Mais Two Rivers était une localité trop importante pour un véritable exode. Ces deux derniers jours la nouvelle s'était répandue, mais beaucoup ne devaient pas être au courant. Dex les vit, derrière leurs rideaux, jeter des regards prudents sur la rue en s'interrogeant sans doute sur les tirs et sur ce trafic aussi intense qu'inhabituel. Sa voiture n'était pas seule. Plusieurs la doublèrent dans un festival d'imprudences lié à la panique. L'une d'elles se retourna dans le fossé de drainage bordant LaSalle Avenue. En dépassant le lieu de l'accident, il aperçut du coin de l'œil des roues qui tournaient en vain sous un ciel indifférent.

Il se gara à l'adresse que Clifford lui avait donnée, un pavillon près de Coldwater Road, et laissa le moteur tourner le temps de courir à la porte. Il frappa, patienta, refrappa. Pas de réponse. Le garçon et sa mère dormaient ? Un jour comme aujourd'hui ? Ils étaient partis en avance ? Désespéré, il assena de grands coups de poing sur le battant.

Ellen Stockton vint ouvrir, en robe de chambre, les yeux rougis par les larmes. Elle tenait un bocal plein de liquide qui ressemblait à de l'eau huileuse, mais empestait l'alcool de contrebande.

– Madame Stockton, appelez Clifford, et venez tout de suite dans la voiture. On ne peut pas attendre.

– Ils l'ont emmené.

Elle regardait dans le vague. Les flocons s'accrochaient à ses cheveux noirs.

– Pardon, vous parlez de Clifford ? Qui l'a emmené ?

– Les soldats ! Les soldats l'ont emmené. Partez. Allez vous faire foutre. On a pas besoin de vous. On ira nulle part.

Linneth aida Dex à l'habiller et à l'installer dans la voiture. Malgré ses jurons, Mme Stockton était trop fatiguée pour se débattre et trop soûle pour opposer une résistance autre que de pure forme. Une fois sur la banquette arrière, elle devint un objet malléable sous une couverture en laine.

Dex se rassit au volant. Le jour s'était levé. Linneth apercevait des panaches de fumée un peu partout, et entendait toujours des coups de feu sporadiques – tantôt lointains, tantôt beaucoup trop proches.

– Le garçon se trouve sans doute à la mairie, dit-elle. Ils ont une prison de fortune, là-bas.

A moins qu'il ne fût mort. Ce qui restait possible, voire probable. Mais Dex devait le savoir, et elle ne voulait rien ajouter devant la mère.

La femme Stockton parla d'un voisin qui avait vu les soldats escorter son fils jusqu'à la mairie – Clifford s'y trouvait donc, du moins quelque temps plus tôt.

– Ça m'étonnerait qu'il y ait beaucoup de gardes, dit Dex d'une voix posée. Tous les proctors sont partis, maintenant. Quelques soldats, peut-être.

Il dévisagea Linneth.

Il me laisse la décision, songea-t-elle. Puis : Non, il veut ma permission.

Sa vie à elle, aussi, était en péril.

Nous courons à la mort, se dit-elle. Mais le problème se posait nonobstant. Les uns mouraient déjà. Les autres allaient mourir bientôt – elle risquait fort d'en faire partie. Et alors ?

Selon l'enseignement des Renonciatrices, si elle mourait hors du sein de l'Eglise, l'ange Tartarouchis la fouetterait de son martinet de flammes. A jamais. Mais Tartarouchis devait être très occupé, avec la guerre et son cortège de malheurs.

La mairie se situait cinq rues derrière eux.

Elle décida de répondre tant qu'elle en avait le courage.

– Il va falloir se hâter, dit-elle.

Dex sourit, et engagea la Ford dans un demi-tour.

Demarch s'adossa à la banquette arrière molletonnée tandis que le chauffeur prenait la direction de la nationale sur les chapeaux de roues tout en marmonnant.

Il avait cessé de penser à Evelyn. Il avait cessé de penser à Dorothéa, à Christof, à Guy Marris ou au Bureau... Au vrai, il ne pensait plus à rien, il se contentait de contempler le flou vert et gris des pins et des nuages par sa vitre arrière, où chaque flocon rencontré adhérait avant de disparaître, chassé par le déplacement d'air.

– Des problèmes à la caserne, dit le chauffeur, un jeune civil aux cheveux gominés et à l'accent traînant du Nahanni.

Demarch s'avisa des regards nerveux que l'autre jetait sur le rétroviseur.

Ils virèrent sur la nationale, en direction du sud. Cette route rejoignait celle de Fort LeDuc, mais passait également devant l'hôtel routier réquisitionné pour la garnison.

– Vous nous croyez en danger ?

– Je l'ignore, lieutenant, mais cela se peut. Vous voyez la fumée ?

Demarch se pencha, mais ne vit que de la neige, cette neige sur laquelle la voiture dérapait à chaque tournant.

– Vous devez vraiment rouler aussi vite ?

– Monsieur, si nous ralentissons, nous risquons de perdre de la traction. Je préfère continuer sur ma lancée.

– Faites comme bon vous semble.

Un moment plus tard, le chauffeur lâcha un « Samael ! » retentissant et freina. La voiture se mit à tanguer.

Plus loin, sur leur gauche, la caserne brûlait. Demarch se laissa muettement captiver par l'étrange scène. La fumée s'échappait en torrents charbonneux des nombreuses fenêtres de ce qui était naguère le *Days Inn*, et les flammes s'élevant des embrasures n'étaient pas sans évoquer des visages.

La chaussée, noire de suie, semblait carrossable.

– Ne vous arrêtez pas, dit-il. Pour l'amour de Dieu !

Une vitre éclata à l'avant, côté conducteur. Le chauffeur eut un spasme et parut se retourner pour regarder en arrière, mais son œil visible pissait le sang. Son pied écrasa la pédale de l'accélérateur et la voiture bondit tandis qu'il s'effondrait.

Une borne kilométrique se matérialisa devant le capot. Projeté en avant par le choc, Demarch constata que le crâne fendu de l'homme tachait le siège d'un sang mêlé de gomina. Un vent glacial pénétrait par la vitre brisée. Le lieutenant se rapprocha de l'orifice déchiqueté qui marquait l'entrée de la balle et, des bois face à l'hôtel, vit émerger des soldats armés de fusils qu'ils braquaient pour la plupart sur la voiture.

Les soldats visèrent tandis qu'il s'extrayait du véhicule par la portière arrière droite. Il portait son uniforme qui, même à cette distance, le désignait comme proctor. Du verre explosa tout autour de lui en petits geysers solides. Il entendit les balles miauler et marteler la chaussée enneigée. Quand il se releva pour prendre la fuite, il ressentit plusieurs impacts.

Il était couché face contre terre. Les soldats criaient et brandissaient leurs armes, mais il ne comprenait plus ce qu'ils disaient. A bout de souffle, il tourna la tête vers le bâtiment en feu. Le brasier rugissant transmuait la neige en miroirs de gel, des miroirs emplis de ciel, de feu, de cendres, du monde, d'un proctor agonisant et, bientôt, d'une nuit ouatée, précoce et silencieuse.

Clifford Stockton avait dormi un peu au cours de la nuit. Pas Luke Thibault.

Chacun occupait une cage au sous-sol de la mairie. Elles étaient à l'écart l'une de l'autre dans l'ancienne salle des archives, vidée de tous ses classeurs quand Delafleur avait fait main basse sur le bâtiment. Des murs en béton. Un plafond en carreaux blancs insonorisants. Un parquet de lino vert, froid comme la glace. Clifford avait compris qu'il valait mieux éviter d'y poser les pieds : ses après-skis n'offraient qu'une maigre protection. Il passait le plus clair de son temps sur le lit pliant que les proctors avaient apporté.

Les jurons de Lukas Thibault le réveillèrent.

– Je veux mon petit déjeuner ! hurlait Luke. Connards ! On crève de faim, ici !

Silence. Puis un martèlement rythmé : Luke tapait du poing sur le métal. Clifford qui, pour voir le milicien, devait passer sa tête en force entre deux barreaux et se dévisser le cou pour apercevoir la bonne cellule, dans un angle, au bout d'une rangée de cages identiques, ne prit pas cette peine.

Il se réjouit de cet isolement relatif alors qu'il vidait sa vessie dans le pot de faïence fourni à cet usage, mais le bruit le gêna. Le froid était tel, ce matin, que de la vapeur s'éleva du récipient pendant quelques minutes.

Il se rassit sur le lit et s'enveloppa dans la couverture.

– Salauds ! criait Luke à tue-tête. Crétins ! Bâtards !

Clifford attendit qu'il se taise.

– Ils sont plus là, dit-il.

Luke laissa échapper un « Quoi ? » surpris, comme s'il avait oublié la présence d'un autre captif.

– Ils sont plus là ! (A la nuit, le bâtiment avait retenti des heures durant de bruits de pas, de claquements de portes et de grondements de moteur qui s'éteignirent ensuite au loin.) Ils sont partis. Ils ont évacué la ville. Ça doit être le jour prévu.

Nul besoin de préciser. Le soldat était enfermé là parce qu'il avait parlé de la bombe.

Clifford aussi, même si personne ne le lui avait dit. Les miliciens s'étaient contentés de les mettre dans cette cage, sans un mot, avant de s'éloigner.

Luke le traita de petit imbécile, de criminel, de menteur.

– Ils ne peuvent pas me laisser ici ! Les fils de Samael ! Même les proctors ne feraient pas ça !

Mais la matinée avançait, et le milicien se renferma dans un silence désespéré. Clifford devinait le jour à la lueur ténue filtrant par les fenêtres d'aération couvertes de poussière. C'était sa seule pendule. Les plafonniers au néon, grillés pour la plupart, ne donnaient qu'une chiche lumière.

Il fixa la flaque de jour qui rampait sur le lino près de sa cage jusqu'à ce que les pleurs de Lukas Thibault l'arrachent à sa contemplation.

Soudain, un autre bruit : des coups de feu, tout proches.

– Mère Sophia ! s'écria Luke.

Une autre menace. Clifford sentit le désarroi l'envahir : il préférait la bombe au fusil. A ce qu'il avait lu d'Hiroshima et de Nagasaki, la bombe avait tout emporté en un raz de marée de lumière. Les gens n'avaient laissé que leurs ombres derrière eux. Il s'était résigné à mourir dans la déflagration, mais ces coups de feu, c'était autre chose. La peur le tenailla.

Les tirs cessèrent, reprirent, cessèrent.

Puis la porte marquée ISSUE DE SECOURS s'ouvrit à la volée, et le proctor Delafleur apparut, les yeux écarquillés.

27

Au commencement était l'Ennoia, et le monde était fait de lumière.

Sophia, une pensée de Celui qui n'est pas, commit le péché de création. Expulsée du Noüs primordial, elle façonna le *hylé*, la matière, et la fertilisa de son principe spirituel, le *dynamis*, semence et image du Monde de Lumière.

Le monde, à la fois créé et séparé de ses origines, est ainsi matière plantée d'un grain d'esprit, ni *kenoma* (vide) ni *pleroma* (plein). Incomplet, moins qu'entier, asymétrique.

Stern trouvait cette métaphore irrésistible par ses échos dans la cosmologie moderne – retirons une charnière à la symétrie primordiale, et tout dégringole : quarks, leptons, noyaux atomiques, étoiles ; chatons, scarabées, physiciens.

Au cœur de tout ça, une insatiable *epignosis*, souvenir de l'unité isotropique de toutes les choses du monde incréé.

Sophia, abandonnée, arpente les bas-fonds infinis de la matière hylique avec une terrible nostalgie de la lumière.

Et pourtant... Sophia riait.

Howard avait trouvé cette phrase, soulignée, encadrée et terminée par des points d'interrogation, dans le carnet de Stern.

Sophia riait.

Il calcula qu'il devait parcourir deux cents mètres sur le parking du labo pour atteindre le bâtiment central, l'édifice en parpaings effondré où Stern était – peut-être – mort.

Une distance ordinaire. Mais cet endroit n'avait plus rien d'ordinaire. L'ordinaire, il le laissait derrière lui : il avait franchi la limite, il se situait dans la lumière.

Pas de neige, l'air était chaud et moite, et le gazon vert, mais l'herbe rase. Et si le temps passait plus lentement ? Dans ce cas, inutile d'espérer rejoindre Stern avant l'explosion.

Dehors, la neige tombait à son allure habituelle.

Le cours du temps n'est pas ralenti, en déduisit-il. Mais peut-être qu'il diffère.

Un pas de plus.

L'environnement ne convenait ni à l'œil ni aux autres sens : Howard voyait flou, coordonnait mal ses mouvements, avait trop chaud, ou trop froid. Le plus vertigineux, c'était la fuite des objets solides. Les images s'incurvaient et perdaient toute proportion, comme si le fait de les regarder remettait la réalité en cause.

L'observation, se dit-il, est une guillotine quantique, qui tranche l'incertitude attachée à ceci ou à cela, à la particule ou à l'onde. Ici, cet effet avait disparu. L'effondrement du front d'onde, le moment de l'être-au-monde, devenait fluide, imprécis ; il lui semblait éprouver la sensation une seconde avant la sensation. Ainsi, le goudron sous ses pieds. Un bref regard, et c'était le parking, numéros peints en blanc, *26, 27.* S'il le fixait, il discernait du granit, du verre ou des grains d'un sable cristallin. Et il avait très envie de le fixer.

Il comprit pourquoi les pompiers avaient si vite battu en retraite : une longue exposition au phénomène affecterait plus que les sens. Ça doit ressembler à ça, la folie, se dit-il.

Un nouveau pas. Et encore un autre.

L'éclat ambiant, qui n'était pas le jour, illuminait tout de l'intérieur, divisait les couleurs comme un prisme et parait tout d'une brume iridescente.

Un pas.

Un pas. Il avait l'estomac qui se soulevait.

L'air se solidifiait autour de lui, prenait forme, comme si des corps translucides s'y déplaçaient. D'autres spectres, se dit-il. Peut-être ceux des hommes et des femmes morts dans ces bunkers la nuit de l'accident.

Mais il en doutait. A constater le propos délibéré qu'ils semblaient mettre à croiser sa route, à les voir tourner autour du site, il échafauda une théorie : c'étaient les créateurs et les prisonniers du fragment, impuissants à quitter l'orbite et le décalage temporel qu'il leur imposait.

Il secoua la tête. Toujours des spéculations. Voilà ce qui avait perdu Stern.

Stern, qui l'appelait. Au fond, il était là pour cette seule raison. Parce que Stern l'avait appelé. Et l'appelait encore.

Tu es peut-être aussi intelligent que ton oncle, disait sa mère : un compliment, un soupçon, une angoisse.

Stern avait toujours pesé sur son paysage mental tel un grand monument inaccessible. Dans leur famille, personne n'abordait les sujets importants. Mais Stern avait du bagage, et il se montrait sans cesse prêt à le partager avec lui. Quitte à le taquiner.

« Tu aimes ça ? Alors, que penses-tu de ça ? Et de ça ? »

Il se rappelait son oncle, perché sur le fauteuil d'osier de la véranda, par une nuit d'été qu'éclairaient les étoiles et les lucioles, il se rappelait sa voix couvrant un bruit de vaisselle dans le lointain.

« Ton chien voit le même monde que nous, Howard. Il voit ces étoiles. Nous, on sait ce qu'elles sont. Parce qu'on peut poser les bonnes questions. Et ce savoir, ton chien, en chien qu'il est, n'y aura jamais accès. Jamais. Alors, Howard, à ton avis – tu crois qu'il existe des questions que même nous, les hommes, on ne pourra jamais poser ? »

Des lucioles, ici aussi : lueurs fugaces devant ses yeux.

Il atteignait le bâtiment central, au toit effondré, mais aux murs intacts. Une lézarde zébrait la porte en acier. En y regardant mieux, il vit les parpaings constellés de diamants ; des pierres précieuses collées aux murs comme des moules à un rocher. Ces facettes attiraient le regard, et il prit garde de se détourner : elles recelaient de périlleux horizons.

Effleurant la porte, il la trouva brûlante. D'une chaleur réelle, physique. Aussi près de l'épicentre, il devait encaisser des radiations mortelles, mais ça ne le concernait plus.

Il avait déjà employé le mot stupéfait sans en connaître le sens véritable. Maintenant, il se sentait bel et bien « rendu stupide » à force de respect, au point d'en oublier sa peur.

Là, son oncle avait franchi la frontière du monde.

Stern était-il devenu un Démiurge, en les amenant ici ?

Avait-il découvert, ou créé ce monde ? L'avait-il édifié, consciemment ou inconsciemment, avec l'aide du fragment turc, sur la base de ses peurs et de ses espoirs ?

Dans ce cas, tout comme Sophia, il avait échoué.

Tout ce qu'il avait cherché dans ses vieux livres – un remède à la douleur et l'aliénation, une cosmogonie dépassant la physique – se retrouvait dans le monde des proctors, mais sous la forme ignoble d'un dogme mort, pétrifié, oppressant.

Il imagina Stern perdu, prisonnier de sa propre création à laquelle il était incapable d'apporter la rédemption.

« Suis-je prêt à rencontrer un dieu ? »

Il en frissonna. Mais il ouvrit la porte ornée de bijoux.

28

Au lever du jour, la ville céda à la panique.

Le feu avait pris dans le quartier commerçant de Beacon Street. Tom Stubbs s'était joint, avec la plupart des pompiers, à l'expédition vers l'ouest. L'incendie, que nul ne combattait, balaya la boutique *Emily Dee* de prêt-à-porter pour grandes tailles, la librairie *New Day* et un local vacant, aux fenêtres barrées de planches sur lesquelles on pouvait encore lire, en lettres fanées : NOUVEAU RESTAURANT FAMILIAL *FRY CASTLE* ! BIENTÔT SUR CET EMPLACEMENT.

Aux abords de Coldwater Road, les réfugiés tombèrent sur un barrage routier tenu par un détachement – une fuite avait révélé la tentative d'évasion – mais les voitures de tête, dont celle de Calvin Shepperd, transportaient chacune trois tireurs d'élite armés des meilleurs fusils semi-automatiques. Les échanges de tirs, entamés avant l'aube, se poursuivaient de manière sporadique au matin.

Trois camions de soldats ayant dû rebrousser chemin sur la route de Fort LeDuc devant une barricade de gabions et une ligne de chars d'assaut en embuscade traversèrent la ville à toute allure.

Le premier allait atteindre Coldwater Road lorsqu'une arrière-garde de civils en armes le prit sous son feu croisé. Le conducteur, tué net, ne sut jamais qu'il avait défoncé une barrière de sécurité et précipité son véhicule, après une chute de dix mètres, au fond des eaux glaciales de Powell Creek.

Le deuxième se dirigea plein nord dans l'intention futile de traverser le coupe-feu et de rejoindre un terrain sûr ; il cassa un essieu dans un fossé enneigé. Vingt-cinq soldats dépourvus de vêtements d'hiver et d'équipements adéquats se rangèrent en file indienne et s'enfoncèrent au cœur des bois en espérant distancer l'ange Tartarouchis.

Le troisième se retourna devant la mairie, déversant des appelés furieux qui se déployèrent et se mirent à vider leurs fusils sur les façades obscures de ces maisons étrangères, dans cette ville au bord de l'Abysse, ce Temple du Chagrin.

Dex virait dans Municipal Avenue quand il aperçut des miliciens sous les arbres de la promenade devant la mairie.

Pris par surprise, il tourna le volant vers la droite, de toutes ses forces. Mais, sur cette chaussée glissante, la voiture partit en dérapage, monta sur le trottoir, et il dut batailler pour l'empêcher de verser dans l'égout à ciel ouvert. Il y eut un *ping* sur le capot, laissant une éraflure d'un gris terne à la place de la peinture.

– Baisse-toi ! dit-il à Linneth. Et occupe-toi d'elle !

Linneth saisit le poignet d'Ellen Stockton, qui restait à fixer les soldats dans une stupeur alcoolique, et la coucha sur la banquette arrière.

La Ford s'immobilisa à deux doigts de la tranchée. Il enclencha la marche arrière et accéléra tout doucement, mais les roues patinèrent sur une plaque de neige tassée.

Il manipula le levier de vitesse, la voiture tressauta. D'un coup d'œil, il vit un soldat, à cent mètres de là – on aurait dit un gamin tout juste en âge de voter –, pointer sur lui un énorme fusil au canon d'acier bleuté. Il l'observa, comme hypnotisé. Le canon oscilla, et parut se stabiliser. Arraché à sa transe, Dex rentra la tête dans les épaules et appuya encore sur le champignon.

Une balle traversa les deux vitres arrière. Le verre de sécurité vola en une pluie de poudre blanche. Linneth émit un cri étouffé. Il mit le pied au plancher, le moteur rugit, et la voiture bondit dans un nuage de gaz d'échappement.

Alors qu'il faisait demi-tour pour fuir les miliciens, il entendit d'autres projectiles frapper le coffre et le pare-chocs arrière : impacts inoffensifs, tant qu'ils épargnaient le réservoir.

Luttant toujours pour maîtriser la Ford, il s'engagea à gauche dans Oak. Le véhicule tangua, mais prit la direction approximative du nord.

Il franchit deux intersections et tourna une fois de plus avant d'oser ralentir.

– Seigneur ! dit soudain Ellen Stockton, comme si elle s'avisait juste des événements. Qu'est-ce qu'ils font à Cliffy ?

– Tout va bien, madame Stockton, dit-il, croisant le regard d'une Linneth pâle de terreur qui hocha néanmoins la tête. Ils n'ont rien de précis contre le bâtiment municipal. Il faudra qu'on entre par-derrière, voilà tout.

Le temps était précieux, mais à quel point ? Cependant, Dex attendit, et le bruit des détonations finit par s'éloigner.

La voiture se trouvait deux rues derrière la mairie, dans un quartier résidentiel tranquille – plus tranquille que jamais, à part l'écho des coups de feu. Des maisons attenantes toutes en hauteur, anciennes quoique bien entretenues, bordaient la rue. Les unes étaient vides, les autres, sans doute, occupées – mais les habitants restaient hors de vue. La neige tombait sans hâte. Un carillon tintait sur une véranda.

Ellen Stockton se plaignit du froid qui pénétrait par les fenêtres brisées.

– Mettez-vous sous la couverture, dit Dex. Je veux que vous restiez là pendant mon absence.

– Vous allez chercher Cliffy ?

– Essayer, en tout cas.

Une tentative qui, de plus en plus, lui semblait inutile ou, pire, symbolique. En évacuant la mairie, les proctors avaient sans doute exécuté ou emmené le jeune garçon.

– Tu devrais rester avec Mme Stockton, dit-il à Linneth.

– Ellen ne craint rien, ici, répondit-elle en le regardant droit dans les yeux. Ta galanterie est déplacée. Je ne suis pas un bagage, Dex. Je veux retrouver Clifford, moi aussi.

Il hocha la tête.

– Allons-y à pied. On attirera moins l'attention.

– Excellente idée. Pense au pistolet.

Le plus curieux, c'est qu'il l'avait bel et bien oublié. Il le tira de sa poche, ôta le cran de sûreté. La crosse lui sembla très froide.

Ils se mirent en marche. Une cour blanche, des canisses abattues, une autre rue tranquille. Les flocons tourbillonnants piquaient la peau et crissaient comme des grains de sable sur le vinyle de son blouson.

Clifford n'est pas David, se rappela-t-il en dépit de sa propension à établir un parallèle évident : un enfant condamné dans un bâtiment promis aux flammes. Dommage qu'il nous soit interdit de revenir sur nos péchés, se dit-il. Ça ne marche pas comme ça.

Mais le souvenir s'imposait avec une force inhabituelle, et il finit par l'accepter. Il l'accueillait, même.

La neige, qui étouffait les autres odeurs, lui permettait de sentir un relent d'incendie.

Aucun soldat dans l'espace situé derrière la mairie – un coin du square et le parking réservé aux véhicules autorisés. Personne n'était venu là depuis un bon moment, songea Dex à la vue de la neige immaculée. Linneth à ses côtés, il courut se réfugier dans l'ombre du bâtiment.

Celui-ci n'était pas si vaste, malgré ses façades en pierre et ses linteaux sculptés : une salle de réunion, une rotonde, une batterie de bureaux sur deux étages, et le sous-sol. Dex se souvenait d'être entré à l'occasion, en des temps plus cléments, pour renouveler son permis de conduire et payer ses impôts.

L'entrée du personnel n'était pas fermée à clé. Il se faufila, l'arme à la main, avant d'inviter du geste Linneth à le suivre. Tendant l'oreille, il ne perçut que le bruit du vent dans une aération. A sa gauche, un escalier, qui montait. Il le gravit et aboutit au premier étage, dans un couloir moquetté.

Il passa devant des portes ouvertes. MÉDIATEUR, PERMIS DE CONDUIRE, CADASTRE. On avait déjà dû fouiller ces pièces.

– Désert, murmura Linneth.

Elle avait raison. Des papiers, dont beaucoup à l'en-tête du Bureau de la convenance, jonchaient le sol et les meubles. Certaines fenêtres, brisées, laissaient entrer le vent ; les stores s'agitaient et des gobelets roulaient sur la moquette.

Dex effleura le bras de Linneth et ils s'immobilisèrent.

– Tu entends ? demanda-t-il.

Elle inclina la tête.

– Oui. Une voix.

Il pointa son pistolet. Les cours d'adresse au tir qu'il avait reçus comme réserviste ne l'avaient pas préparé à ça. Sa main tremblait, ou plutôt trémulait, comme sous l'effet d'un courant électrique.

Il trouva l'explication de la voix dans l'antichambre du maire : une radio, le modèle des proctors, énorme boîte de métal ajouré et de tubes à vide luisants, branchée à une prise par l'intermédiaire d'un transformateur.

Le poste s'exprimait en français.

– *Quarante-cinq minutes.*

Et un bip métallique incessant et régulier, tel celui d'une horloge parlante. Il dévisagea Linneth.

– *Quarante-quatre minutes*, glapit la radio.

– Qu'est-ce que c'est ? dit-il.

– Un compte à rebours.

Une voix débita des propos hachés par les parasites, mais Dex reconnut le mot *détonation*.

– Il reste combien de temps ?

Elle lui prit la main.

– Quarante-quatre minutes.

– *Quarante-trois minutes.*

Clifford reconnut l'homme entré par la porte marquée ISSUE DE SECOURS : le proctor que les autres appelaient Delafleur. Quelqu'un d'important. Lukas Thibault retint une exclamation à sa vue.

De son pardessus qui lui descendait jusqu'aux chevilles, Delafleur sortit une arme à canon long comme les proctors en portaient parfois : un revolver avec une crosse en bois poli incrusté de nacre. L'autre ne s'attarda guère à le contempler, toutefois : il transpirait et haletait.

– Patron ! dit Luke. Laissez-moi sortir, pour l'amour de Dieu !

Delafleur sursauta. Il avait dû oublier les captifs.

– Taisez-vous.

On entendait toujours des coups de feu à l'extérieur, mais Clifford estima qu'ils s'éloignaient.

Delafleur parcourut toute la longueur de la salle, entre le mur extérieur et les cellules, à grands pas, son long pardessus flottant derrière lui. Il tenait le revolver de la main gauche. Dans la droite, il avait une montre-gousset, reliée à sa veste bleue par une chaîne d'argent. Il ne cessait de la consulter, comme s'il ne pouvait pas s'en empêcher – mais il avait l'air terrifié.

Il tira une caisse sous une des petites lucarnes et monta dessus pour regarder à l'extérieur. En vain. La lucarne était trop loin, et fermée, par-dessus le marché. En plus, se dit Clifford, elle donne au niveau du sol. Bonjour la vue.

L'autre dut parvenir à la même conclusion. Il s'assit sur la caisse et scruta d'un œil torve la porte par laquelle il était arrivé.

– Je vous en prie, patron ! dit Luke. Laissez-moi sortir !

Delafleur se tourna dans sa direction.

– Si vous ouvrez encore le bec, je vous descends, dit-il d'une voix pincée.

Il ne donnait pas du tout l'impression de plaisanter. Luke se tut, même si Clifford, en écoutant attentivement, entendait sa respiration oppressée.

Au cours des dernières heures, Luke était souvent resté silencieux, quoique jamais bien longtemps. Delafleur mettrait sa menace à exécution si le soldat parlait. Le proctor avait l'air trop terrifié pour se contenter de menaces en l'air. Et après avoir tué Luke ? Dès qu'il aurait commencé à tirer...

Mais Clifford ne voulait pas réfléchir à ça, sinon la cage lui paraissait rétrécir aux dimensions d'un nœud coulant, et il craignait, lui, d'émettre un son, de perdre le contrôle de ses cordes vocales dans la panique.

Un long moment s'écoula. Delafleur scrutait sa

montre, fasciné. Il inclinait la tête à chaque détonation lointaine.

– Ils s'en vont, dit-il soudain.

Tournant et retournant sa montre, il parut recouvrer ses esprits. Enfin, il se leva, rajusta sa veste et se dirigea vers la sortie de secours sans un regard vers les cellules.

Lukas Thibault craqua. Clifford l'entendit se jeter sur les barreaux de sa cage.

– ALLEZ VOUS FAIRE FOUTRE ! hurla-t-il. NE ME LAISSEZ PAS ! VOUS POURRIREZ EN ENFER !

Grave erreur. Delafleur s'immobilisa, puis se retourna. Et saisit le revolver à canon long de sa main droite.

Clifford se tassa dans un coin de sa cellule, le plus loin possible du proctor – ce qui ne fit pas une grande différence. Il avait cessé d'avoir la moindre pensée cohérente depuis que l'homme avait rebroussé chemin.

Delafleur passa devant lui, le visage de pierre, et tourna dans l'angle où se trouvait la cage du soldat. Tous deux étaient hors de son champ de vision, maintenant. Mais il les entendait.

Lukas Thibault reprit la parole tout bas, d'une voix que la peur rendait rauque.

– Salaud ! Je vous tuerai, bâtard.

Non, c'est le contraire...

La détonation résonna comme un coup de canon dans la grande salle en pierre taillée.

Lukas Thibault poussa un cri étouffé. Clifford l'entendit tomber : un bruit sourd d'os et de viande heurtant le béton. Un bruit terrible. Un bruit de mort.

Le proctor revint, blême et menaçant, dans son champ de vision. Le canon de son arme laissait échapper des volutes d'une fumée bleue. Son regard se perdit dans le vague avant de se poser sur Clifford, qui en sentit le poids. Des yeux aussi mortels que le revolver. Il n'arrivait pas à s'arracher à leur emprise.

Un autre bruit. Delafleur battit des paupières et tourna la tête vers l'issue de secours.

La porte s'ouvrit, et Dex Graham entra. Aussitôt, il tira sur le proctor, le manqua. Celui-ci riposta, et Clifford eut juste le temps de se boucher les oreilles. La balle se perdit.

Dex tira une seconde fois. Delafleur tomba assis, lâcha son arme et partit à la renverse contre les barreaux de la cage en gémissant.

L'autre s'avança d'un pas vif. Linneth Stone franchit le seuil à son tour et vint ramasser l'arme du proctor.

Dex dénicha un bout de tuyau de cuivre et s'en servit pour forcer la grille de la cellule. Le verrou céda, la porte se rabattit à la volée, et Clifford se jeta sans réfléchir dans les bras du professeur.

Au passage, il remarqua son regard, étrangement calme.

Linneth emmena le garçon vers l'escalier.

Dex s'attarda un peu.

Il dévisagea Delafleur, qui vivait encore. La balle, en lui pulvérisant la hanche, l'avait paralysé au-dessous de la taille. La plaie saignait à profusion dans les replis de la doublure de soie de son long manteau d'hiver.

– Je ne peux plus bouger.

Dex pivota sur ses talons pour partir.

– Vous n'avez plus le temps, dit le proctor. C'est sans espoir.

– Je sais.

29

Plusieurs des murs en parpaings du bâtiment des hautes énergies avaient fondu, et une partie du toit avait disparu. Un ciel bleu électrique éclairait le dédale de couloirs.

Howard se fraya un chemin parmi les décombres. Les brefs instants pendant lesquels il avait une vision normale lui permettaient de voir des tiges métalliques émergeant de blocs de béton, des câbles rompus de l'épaisseur de son bras, des isolateurs en céramique éparpillés tels des débris de poterie.

Le reste du temps, il voyait tout au travers de multiples prismes, comme si une neige de cristaux à facettes emplissait l'air.

Il avança vers le cœur du labo, dont il sentait la chaleur sur son visage : le soleil, par un beau jour d'été.

Les dernières notes cohérentes de Stern tendaient vers la notion d'inflation chaotique : un scénario cosmologique selon lequel la fluctuation quantique du vide primordial engendrait une profusion d'univers. Au lieu d'une création unique, une infinité de créations inaccessibles les unes aux autres, sinon peut-être par les tunnels quantiques baptisés trous de ver.

D'après ce schéma, un univers pouvait même en

contenir un autre. Si l'on parvenait à comprimer quelques dizaines de grammes de matière à l'intérieur de l'orbite d'un électron, elles fleuriraient en une nouvelle avenue de temps et d'espace – un nouveau Big Bang ; de nouveaux quarks, de nouveaux leptons, de nouvelles étoiles, de nouveaux cieux.

Autrement dit, il était possible de devenir un dieu par la maîtrise de la technologie.

Stern estimait que c'était déjà arrivé. Le fragment turc résultait d'un effort pour relier deux branches de l'Arbre des Mondes. Ces spectres (qui traversaient et côtoyaient Howard avec la régularité d'un métronome) en étaient peut-être les fabricants. Dieux mortels. Démiurges. Archontes, mais pris au piège, enchaînés à ce vortex de création.

Les dégâts étaient plus graves au centre du bâtiment. Howard escalada un tas de briques et de carreaux brisés. Il avait le vertige, ou alors il se trouvait au centre du monde et de son tournoiement. Il s'obligea à regarder droit devant lui. Tout ce qu'il voyait paraissait fourmiller d'irisations.

Les murs noircis s'élevaient au-dessus de lui comme des dents cassées. Il passa devant des écriteaux et des panonceaux dont un mot restait parfois à peine lisible : ATTENTION, INTERDITE, AUTORISATION.

Le cœur du bâtiment était une enceinte de confinement entourée de deux couches d'acier renforcé : la matrice où convergeaient câbles et conduits, et où Stern avait concentré une énergie fabuleuse, des faisceaux de particules plus chauds que la surface du soleil, sur le fragment.

Si les parois de métal avaient cédé en plusieurs endroits, certaines sections demeuraient debout. Tout le reste, débris, poussière, éclats, avait été soufflé par l'explosion. L'enceinte se dressait au milieu du cratère de scories noires occupant le centre du bâtiment. Howard s'y engagea, atteignit les vestiges, sentit une nouvelle vague de cette terrible chaleur tandis qu'il se déplaçait au sein d'une atmosphère remplie de spectres et d'étoiles, franchit un vide qui dénotait l'ancien emplacement d'une porte, et parvint au cœur du monde : *axis mundi*.

Là, il vit Stern qui l'attendait.

Stern n'avait plus rien d'humain.

Il devait être là quand on avait entamé le bombardement d'énergie – et plus près qu'il ne l'aurait dû, par accident ou à dessein.

Le fragment ? Un œuf de lumière. Bleu-vert. Six mètres de diamètre – mais Howard savait les apparences trompeuses. Brûlant, éclatant de vitalité. Aussi fragile qu'une bulle, mais plus menaçant : verre soufflé contenant la substance de mille étoiles.

Radioactif.

Le jeune physicien se devina condamné à mort. Sa survie se comptait en heures, même si un miracle survenait ici.

Alan Stern, debout, touchait la sphère.

Il ne restait plus grand-chose de lui. Il devait être mort ; un événement ou un phénomène incompréhensible conservait une fraction de son individualité : son esprit, au mieux. Dans la brillance, Howard discerna un corps translucide dont le système nerveux – cerveau, dendrites – battait d'une étrange pulsation lumineuse. Ses bras se fondaient dans la sphère, au même titre qu'une douzaine d'autres excroissances qui, surgies de son corps, l'ancraient là comme des racines.

Sa présence autour d'Howard, plus nébuleuse, semblait lui communiquer l'impression d'être piégé, en stase, muet de terreur. Si la sphère était une porte,

Stern ne pouvait ni la franchir ni battre en retraite. Ecartelé entre chair et âme.

La tête – bulbe gélatineux, ombre vague d'un crâne – se tourna vers lui et, dépourvue d'yeux, le regarda.

Stern le suppliait de l'aider.

Howard hésita pendant un certain temps.

Toutes ses spéculations, toutes celles de Stern, touchaient à la vérité que la sphère, par une sorte d'osmose silencieuse, lui communiquait en cet instant : le fragment permettait de passer dans un autre monde, voire d'en créer un.

En ce cas, le seul moyen qu'il avait de secourir son oncle (cette chose, cette essence torturée), c'était de passer le seuil, d'ouvrir grande la porte. De réussir là où Stern avait échoué.

Mais comment ? C'était l'oncle, le génie. Pas le neveu. Alan Stern avait révisé et poursuivi le travail d'Hawking, de Guth et de Linde, qu'Howard comprenait tout juste.

C'était Stern le sorcier. Lui, il n'était que l'apprenti.

Un souvenir lui revint : sa mère, en train de laver des assiettes qu'il séchait ensuite. Quel âge avait-il, alors ? Quinze ou seize ans. Le bon vieux temps.

Stern venait d'accepter le prix Nobel – on l'avait vu à la télévision – et Howard répétait sans cesse que c'était extra de connaître cet homme hors du commun.

Sa mère rinça la dernière assiette de porcelaine, et ôta la bonde de l'évier.

– Alan est aussi intelligent que... le mot m'échappe. (Elle fronça les sourcils.) Pour lui, tout est un puzzle. Tu lui montres un galet, et il te dira de quoi il se compose, pourquoi il s'est retrouvé à tes pieds, comment ses atomes fonctionnent ou ce qu'il pèserait sur Mars. Mais le ramasser ? Le tenir en main, le sentir ? Jamais. Il est au-dessus de ça. Ce serait une distraction. Pire, une illusion. Oh oui, il comprend le monde, mais crois-moi, Howard : il ne l'aime pas.

Contemptus mundi. Le mépris du monde et des choses de ce monde. Quand il lut ces mots dans un texte de son cours de philo, il songea aussitôt à Stern.

Que faire, sinon retourner aux proctors, à leur terreur, à leur brasier ? La bombe n'avait pas encore explosé, ce qui l'étonnait. De toute façon, ça ne tarderait plus.

L'entité qui, jadis, était Stern, manifestait une souffrance aussi tangible que la chaleur atroce de cet endroit.

Tendant la main, Howard s'avisa des veines de lumière qui battaient désormais sous sa peau.

La lumière l'entourait, augmentait.

Un monde de lumière.

La bombe, se dit-il.

Sophia pleurait, et souffrait, parce qu'elle se retrouvait seule, abandonnée dans l'obscurité du néant ; mais songer à la lumière qui l'avait quittée lui apporta du réconfort, et elle rit.

Un brasier.

Du bout des doigts, il effleura quelque chose. Tout. Il le prit en main.

Une pierre polie. Un galet.

30

Ellen Stockton fondit en larmes quand elle vit Clifford courir vers la Ford. L'air froid l'avait dégrisée, et elle savait quelle chance ils avaient de se retrouver. Elle lui ouvrit la portière et il se jeta dans ses bras.

Dex s'attarda dehors, auprès de Linneth qui le dévisagea comme si elle attendait un verdict.

– Quinze minutes, dit-il. Si on peut se fier au décompte. (Il baissa le ton. La mère et le fils ne devaient pas entendre.) On est trop à l'est. On n'atteindra jamais la limite de la ville en temps voulu, sans parler de sortir de la zone dangereuse.

Linneth semblait d'un calme éthéré.

– En effet. Avons-nous une autre possibilité ?

– Rouler en tablant sur un miracle.

– Ils ne retarderont pas l'explosion. Tout va déjà mal.

– Rouler et prier, dit Dex, ou alors...

– Quoi ?

– Je n'arrête pas de penser à Howard. Tu te rappelles ce qu'il a dit ? « Le seul moyen de m'en sortir, c'est de rester. »

– Il parlait des ruines du laboratoire, sans aucun doute. Tu crois que nous pourrions y trouver un abri ?

– Je l'ignore. Qui sait ? (Il posa la main sur son épaule.) Et puis ça nous rapprochera de la bombe.

– Curieux avantage.

– Si, Linneth. Au pire, ce sera plus rapide.

Elle le fixa. De précieuses secondes s'envolèrent.

– Tu as raison. Mais j'accepte parce que c'est une chance. Tu comprends ? Il y a sans doute une part de toi qui désire se suicider, mais c'est loin d'être mon cas.

Voulait-il mourir dans les bois ? Il s'étonna de constater que non. Pour la première fois depuis des années, il aurait aimé vivre. Il le souhaitait. Désespérément.

Les routes enneigées. Les sinistres prédictions qu'Evelyn avait sorties en cachette du bureau de Symeon Demarch. Rien de tout ça n'incitait à l'optimisme, pas plus que ce qu'il avait lu sur Hiroshima et Nagasaki. Mais une mort propre vaudrait mieux qu'une longue agonie. Jamais il ne supporterait de voir Linneth dans cet état.

Et on a une chance, se dit-il. Infime, sans doute. C'est ce qu'Howard estimait, en tout cas.

Les flocons blancs paraissaient suspendus en plein air. L'air même semblait frémir d'anticipation.

– On perd du temps, dit-il.

Ce n'était guère moins loin que Coldwater Road. Il allait falloir une conduite sportive pour l'atteindre en... combien ? Il consulta sa montre. Treize minutes.

Linneth colla son visage à la vitre tandis que la voiture suivait Beacon Road. Une bonne part du quartier commerçant brûlait. La neige, en les reflétant, démultipliait la violence des flammes. La fumée envahissait la route.

Dex roulait dangereusement, mais il connaissait le trajet. Linneth évitait l'étrange pendule du tableau de bord. Ne pouvant rien changer à l'heure, elle refusait de se laisser obséder.

Bizarrement, elle songeait à sa mère, morte des années plus tôt dans une prison du Bureau. « Il y a du vivant en tout », disait-elle. Peut-être quelque chose vivait-il dans cet amas de ruines vers lequel Dex se dirigeait. Une espèce de démiurge, si elle avait bien compris. Un dieu mortel.

Un ange, bienveillant ou non.

Des nuages bas roulaient dans le ciel. La neige tombait en rideaux soyeux. La voiture s'engagea sur la nationale.

Clifford s'avisa de leur destination. Il garda le silence. Il savait que Dex Graham ne lui voulait aucun mal. Mais quand ils prirent un étroit sentier en pleine forêt qu'il ne connaissait que trop bien, il ne put retenir un soupir de résignation.

– Ça va, Cliffy, dit sa mère alors qu'ils passaient sous un toit de branches de pin. Tout va bien, maintenant.

Elle ne savait rien de rien.

Les arbres avaient plus ou moins abrité le sentier de la neige, mais la voiture mordait sans cesse dans les profondes ornières laissées par les véhicules militaires plus larges d'essieu, et patinait alors sur de la glace qui la ralentissait et obligeait Dex à des manœuvres prudentes.

Il tâchait d'ignorer la pendule, mais y réussissait moins bien que Linneth. Plus que cinq minutes.

Clifford avait deviné leur objectif.

– Il y a une colline avant d'arriver au labo. Ça sera peut-être glissant.

Dex l'aperçut. Une longue pente. Dans les trente degrés. Tout doucement, il accentua sa pression sur l'accélérateur. La voiture prit de la vitesse, en tanguant de manière alarmante, mais il se battit avec le volant pour tenir le cap.

La Ford roulait à quatre-vingt-dix dans la neige quand ils atteignirent le pied de la butte. Il comptait sur l'inertie, et celle-ci les emmena près du sommet, puis la voiture se mit à patiner. Linneth retint son souffle tandis qu'il accélérait. Mais ils s'immobilisaient. Le train avant dérapa. Ils reculèrent de trente ou quarante centimètres. Dex accéléra encore, dans l'espoir de creuser la neige jusqu'à retrouver une prise. Les pneus crissaient. Le pot d'échappement cracha un nuage de fumée bleue. La Ford bondit d'un bon mètre, hésita, bondit encore. Il avait l'impression qu'il pourrait toucher le sommet de la colline en tendant le bras par la fenêtre.

Il commit l'erreur de jeter un coup d'œil sur la pendule.

Le délai de grâce se terminait, et la bombe était au plus à neuf cents mètres de là. Clifford, qui regardait par la lunette, distinguait le portique d'essai au-dessus des arbres.

Linneth serrait les poings.

Un mètre. Encore un mètre. Le moteur grinça, comme s'il manquait d'huile – ce qui était possible, vu l'aspect des gaz d'échappement dans le rétroviseur.

Ils y étaient presque. Pied au plancher. Ce n'était plus de la stratégie, mais de la panique. Soudain, la voiture franchit le sommet dans une succession de soubresauts. Il était debout sur la pédale de frein.

Les vestiges du laboratoire de recherches en physique de Two Rivers gisaient devant eux. La lumière lui parut plus vive que dans la description d'Howard. On aurait cru de la foudre liquide. Et ils allaient rouler au travers ? Ou plutôt glisser au travers ? La Ford prenait de la vitesse, et il risquait à tout moment d'en perdre le contrôle.

– Accrochez-vous, dit-il.

Linneth eut un murmure indistinct d'où se détachait le mot « temps ». Ellen serra son fils contre elle. Si les roues se bloquaient, ils partaient en soleil. Une folle pensée lui vint.

On est une luge. Chute libre.

Un moment d'éternité s'écoula. Puis le ciel s'emplit de lumière et, en une fraction de seconde, les pins s'embrasèrent et se réduisirent en cendres.

31

Milos Fabrikant suivit le censeur, M. Bisonette, dans une tranchée creusée devant le bunker, à même le tertre mis à nu.

La neige avait cessé. Les nuages d'altitude se dissipaient. Le décompte se poursuivait avec une précision implacable, et il écouta la litanie dévidée par la corne métallique d'un haut-parleur. Quand le compte à rebours atteignit vingt secondes, Fabrikant, Bisonette et une demi-douzaine d'observateurs privilégiés s'accroupirent, le dos au mur ouest de la tranchée.

La lueur de la détonation, soudaine et incroyablement vive, projeta des ombres vers l'est. Une révision de la nature, songea Fabrikant. Il prit note du silence. Seules ses pensées l'assourdissaient.

Bisonette se redressa aussitôt, les mains en coupe autour de ses lunettes protectrices aux verres ambrés. Fabrikant prit le temps d'épargner ses articulations tenaillées par le froid.

La boule de feu luisait comme un soleil couchant dans les moutonnements de la forêt de pins. Chose fabuleuse, les nuages s'étaient écartés du lieu de l'explosion. Un pilier de fumée bouillonnait dans les cieux déchirés.

Le bruit leur parvint ensuite, un roulement de tonnerre, tel le cri d'indignation du Protennoia offensé.

Il effleura le bras du censeur qui frémissait d'un plaisir non dissimulé.

Il est aussi plein que je suis vide, songea Fabrikant.

– Nous devrions nous abriter de nouveau, censeur.

Bisonette hocha la tête et se baissa.

Survint le souffle, aussi chaud que le vent du Tartare.

Evelyn Woodward devint aveugle. Le nouveau soleil lui dévora les yeux. Durant un bref instant, la sensation lui parut transcender la douleur.

Puis le lac Merced se vaporisa tandis que l'onde de choc franchissait les flots, et la fenêtre disparut. Et la pièce. Et la maison. Et la ville.

Clément Delafleur avait essayé d'étancher le sang de sa blessure avec la doublure de soie de son pardessus, mais ses efforts n'avaient rien donné. Pendant le temps qu'il fallut à Dex Graham pour rejoindre l'ancienne réserve ojibwa, il traîna le poids insensé de ses jambes mortes jusqu'à la porte marquée ISSUE DE SECOURS. Ses plans futurs restaient plutôt vagues. Peut-être se hisser en haut des marches pour chercher du secours. Mais le temps manquait.

Il haletait, à peine conscient, quand les lucarnes du sous-sol laissèrent entrer une tornade de vapeur surchauffée. Les murs de pierre de la mairie s'effondrèrent comme un château de cartes avant d'être emportés.

Calvin Shepperd écoutait le décompte sur un scanner. A l'approche de zéro, il s'arrêta, alluma ses feux de détresse. Le signal remonta vers la queue du convoi : « Couchez-vous sur les sièges, coupez le contact. » Ce qu'il fit. Son ami Ted Bartlett se recroquevilla près de lui, imité à l'arrière par Paige, le tireur d'élite. Quant à Sarah, la femme de Shepperd, elle se trouvait sept voitures plus haut avec son neveu de cinq ans, Damion, et la conductrice, une certaine Ruth. Il espéra qu'elles allaient bien : il n'avait pas eu le temps de s'arrêter pour s'en assurer. Même équipé de chaînes, on roulait au pas sur cette vieille route de bûcherons.

L'éclair, lointain, pénétra pourtant la cathédrale de pins, comme la foudre au ralenti.

Le bruit vint plus tard, un grondement sourd déboulant du ciel tumultueux. Puis un vent chaud secoua la voiture.

– Seigneur ! s'écria Paige.

Une série d'impacts étouffés retentit sur le toit, le capot, le pare-brise. Des débris, se dit Shepperd, épouvanté, mais ce n'était que de la neige, de gros paquets de neige délogés des branches qui les surplombaient. Ils glissaient, déjà fondus par cette chaleur surnaturelle.

– Repars, dit Ted Bartlett dès que le vacarme s'estompa. Ça doit pas être bon pour la santé, tout ça.

Il redémarra, et entendit les autres l'imiter derrière lui. Courage, Sarah.

Au crépuscule, le convoi atteignit le camp de bûcherons abandonné, trois grandes cabanes en bois au toit de tôle.

Shepperd calcula que cette expédition avait permis de sauver une centaine de familles sur les milliers de foyers que comptait Two Rivers. La grande majorité des habitants de la localité n'était plus que cendres : un crime si atroce qu'à le contempler l'esprit s'égarait.

Mais ces évadés, dont beaucoup d'enfants, étaient sauvés. Et il n'en était pas peu fier. Il regarda les enfants descendre des voitures à mesure qu'elles se garaient sous les arbres : des mioches transis de froid, hébétés, mais vivants. Pour eux, il avait quelque espoir. Ils sauraient s'adapter.

L'avenir n'avait rien de radieux, pourtant. Un de ses éclaireurs était revenu du sud nanti d'une carte routière, et le produit des ventes aux soldats de tord-boyaux et de bouteilles d'alcool pillées dans les magasins fermés avait constitué une belle cagnotte pour l'essence, en monnaie locale. Le problème, c'est qu'ils apparaissaient comme des étrangers. Quant à leurs voitures, toute la peinture, tout le camouflage du monde ne feraient jamais passer une Honda Civic ou un 4 x 4 Jeep pour un de ces lourds paquebots que conduisaient les autochtones.

Cependant, on disait les quelques routes vers l'ouest peu fréquentées (pour la bonne et simple raison qu'elles n'étaient pas nécessairement praticables !) à cette saison, et si jamais ils réussissaient à franchir l'obstacle inimaginable des Montagnes Rocheuses, même si ça leur prenait jusqu'en juin... Alors, ils se retrouveraient dans les grands espaces du nord-ouest, sans un policier ni un proctor en vue, sinon au sein des villes les plus importantes.

Il se raccrocha à cet espoir, dont il retirait un certain réconfort.

A la tombée du soir, les nuages s'étaient dissipés. Même le champignon s'était dispersé. En revanche, on voyait encore un panache de fumée d'un noir de suie, sans doute les restes incinérés de Two Rivers, Michigan, attirés par l'encre bleue du ciel comme autant d'âmes migratrices.

Sarah le rejoignit dans l'ombre du toit de la cabane, et Shepperd l'enlaça. Ni l'un ni l'autre ne prononça un mot. Un appareil militaire les survola –

stupéfiant, ce que ces zingues ressemblent aux P-51, se dit-il – mais sans amorcer de demi-tour. On n'avait pas dû les repérer. Il paria sans crainte que tout le monde survivrait à la nuit pour voir un jour nouveau.

APRÈS

Même si tout est différent, M. Graham veut que j'écrive ce journal pour ne pas perdre mon anglais et mon histoire.

On est en hiver d'après notre calendrier, et il fait chaud. Presque autant que le jour de notre arrivée. Je ne me rappelle pas tous les détails. Ça vaut mieux, dit ma mère.

En gros, après avoir passé la lumière, je me souviens du vert. Le labo était bizarre, des bâtiments écroulés dans une clairière ronde, entourée de vert : les buissons aux longues feuilles pointues et les arbres qui ressemblaient à des plumes. Il y avait encore des flocons dans l'air ! Ils ont fondu tout de suite, bien sûr. Et la lumière bleue avait disparu.

On a logé quelque temps dans un dortoir en ruine près de la forêt. M. Graham a préféré qu'on ne s'y attarde pas, vu qu'il restait peut-être des radiations. On avait des provisions dans la voiture, mais y avait pas de routes, juste des pistes.

Puis les gens nouveaux sont venus et nous ont emmenés dans leur village. M. Graham dit qu'en fait il est aussi grand qu'une ville, si on compte les souterrains.

Ils sont gentils. Ils ont la peau sombre, ou vert sombre. Le vert de l'ombre des bois. En général ils sont moins grands que M. Graham, plutôt de la taille de Mlle Stone. Leur langue est difficile à apprendre, mais je connais déjà plusieurs mots. Je les note comme je les entends dans mon carnet « Langue ».

Ils nous traitent bien, ils ont beaucoup de curiosité pour nous. On n'est pas prisonniers. Mais tout est très bizarre.

En surface, les bâtiments sont aussi verts que les arbres. Avec des plafonds en voûte. On se croirait à l'église.

Hier, j'ai vu un avion. Il avait les ailes peintes en violet et en blanc, comme des ailes de papillon.

M. Graham et Mlle Stone parlent souvent de ce qui nous est arrivé. La nuit dernière, on est allés dans ce qu'on appelle la cour, un lieu à ciel ouvert près de la place du marché. On entend de la musique le soir, et il n'y a jamais trop de monde.

On voyait les étoiles. Ce sont les mêmes, dit Mlle Stone, même si tout le reste a changé.

Elle pense que c'est Howard Poole qui a créé ce monde. Elle dit que c'est un « Démiurge », maintenant.

« Non, les dieux sont plus distants, a dit M. Graham, et ce n'est pas hanté, ici. Mais il a dû nous amener, au moins. »

« Un acte divin en soi », a dit Mlle Stone. Elle parlait tout bas, et elle regardait les étoiles.

Je ne sais pas si je suis croyant. Ma mère dit que croire, ça compte plus que d'aller à l'église. Elle n'y allait jamais.

Mlle Stone dit qu'il y a du vivant en tout.

Je ne sais pas ce que croient les nouvelles gens. Dès que je connaîtrai mieux leur langue, je leur poserai la question.

Science-Fiction

En 1970, J'ai lu crée la première collection de poche de Science-Fiction, mettant à la portée d'un très vaste public des chefs-d'œuvre méconnus.

Depuis 25 ans, J'ai lu révèle les nouveaux talents, qui seront les maîtres de demain : James Blaylock, David Brin, K. W. Jeter, Loïs McMaster Bujold, Paul Preuss, Tim Powers, Michael Swanwick...

ANDERSON Poul

La reine de l'air et des ténèbres
1268/3
Sur la planète Roland, loin de la Terre, la population se divise en deux groupes hétérogènes. Les scientifiques habitent des cités modernes, sur la côte, tandis qu'à l'intérieur des terres, des paysans superstitieux croient encore à la toute-puissance de la reine de l'Air et des Ténèbres et aux monstres voleurs d'enfants.

La patrouille du temps
1409/3

APRIL Jean-Pierre

Berlin-Bangkok
3419/4 Inédit
A Bangkok, la Babel du XXIᵉ siècle, un scientifique allemand en mal d'épouse se fait piéger dans un gigantesque complot.

ASIMOV Isaac

1920-1992. Auteur majeur de la S-F américaine, Isaac Asimov est né en Russie. Naturalisé américain, il fait des études de chimie et de biologie, tout en écrivant des romans et des nouvelles qui deviendront des best-sellers. Avec les robots, il trouve son principal thème d'inspiration.

Les cavernes d'acier
404/4
Les cavernes d'acier sont les villes souterraines du futur, peuplées d'humains qui n'ont jamais vu le soleil. Dans cet univers infernal, un homme et un robot s'affrontent.

Les robots
453/3

Face aux feux du soleil
468/3
Sur la lointaine planète Solaria, les hommes n'acceptent plus de se rencontrer mais se «visionnent» par écran interposé. Dans ces conditions, comment un meurtre a-t-il pu être commis ?

Tyrann
484/3

Un défilé de robots
542/3

Cailloux dans le ciel
552/3

La voie martienne
870/3

Les robots de l'aube
1602/3 & 1603/3

Le voyage fantastique
1635/3

Les robots et l'empire
1996/4 & 1997/4

Espace vital
2055/3

Asimov parallèle
2277/4 Inédit

La cité des robots

- La cité des robots
2573/6 Inédit

- Cyborg
2875/6

- Refuge
2975/6

Robots et extra-terrestres

- Le renégat
3094/6 Inédit
Une nouvelle grande série sous la direction du créateur de l'univers des robots. Naufragé dans un monde sauvage peuplé de créatures-loups, Derec affronte un robot rebelle.

- L'intrus
3185/6 Inédit
Deuxième volet d'une série passionnante, par deux jeunes talents de la S-F parrainés par Asimov.

- Humanité
3290/6 Inédit

Robots temporels

- L'âge des dinosaures
3473/6 Inédit

La trilogie de Caliban

- Le robot de Caliban
3503/6

- Inferno
3799/5 Inédit
L'application des Nouvelles Lois de la robotique met en péril la sécurité des humains sur Inferno. L'avenir de la planète va se trouver compromis par un crime autrefois impensable.

AYERDHAL

L'histrion
3526/6 Inédit

Balade choreïale
3731/5 Inédit
Sur une planète lointaine, une terrienne et une non-humaine s'affrontent ou font alliance, en fonction des détours d'une politique subtile.

Sexomorphoses
3821/4 Inédit

Science-Fiction

BLISH James
Semailles humaines
752/3

BRIN David
Marée stellaire
1981/5 Inédit
Le facteur
2261/5 Inédit
Elévation
2552/5 & 2553/5
Les Galactiques décident de donner une leçon aux humains, mais Robert et Athaclena, la mutante, contre-attaquent.

BUTLER Octavia E.
La parabole du semeur
3948/6 Inédit (Juin 95)

CANAL Richard
Swap-Swap
2836/3 Inédit
Ombres blanches
3455/4 Inédit
Aube noire
3669/5
Le cimetière des papillons
3908/4 Inédit (Avril 95)

CARD Orson Scott
Abyss
2657/4
La stratégie Ender
3781/5
La voix des morts
3848/6 (Mai 95)

CHERRYH C.J.
Hestia
1183/3
Chasseurs de mondes
1280/4
Les adieux du soleil
1354/3
Les seigneurs de l'Hydre
1420/4 Inédit
L'opéra de l'espace
1563/3 Inédit (Mai 95)
Chanur
1475/4 Inédit
L'épopée de Chanur
2104/4 Inédit
La vengeance de Chanur
2289/4 Inédit
Le retour de Chanur
2609/7 Inédit
L'héritage de Chanur
3648/8 Inédit
La pierre de rêve
1738/3
L'œuf du coucou
2307/3
Cyteen
2935/6 & 2936/6 Inédit
Forteresse des étoiles
3330/7 (Mars 95)
Temps fort
3417/7 Inédit
Les feux d'Azeroth
3800/4 Inédit
La porte de l'exil
3871/8 Inédit (Février 95)

CLARKE Arthur C.

Né en 1917 en Angleterre, Arthur C. Clarke vit depuis de nombreuses années à Ceylan.Cet ancien président de l'Association interplanétaire anglaise, également membre distingué de l'Académie astronautique, a écrit une cinquantaine d'ouvrages, dont certains sont devenus des classiques de la Science-Fiction.

2001 : l'odyssée de l'espace
349/2
Quelque part, du côté d'un satellite de Saturne, une source inconnue émet des radiations d'une extraordinaire puissance. Une mission secrète va entraîner Explorateur I et son équipage aux confins du cosmos, leur permettant de percer le mystère des origines de la vie.

2010 : odyssée deux
1721/4
2061 : odyssée trois
3075/3
Les enfants d'Icare
799/3
Avant l'Eden
830/4
Terre, planète impériale
904/4
L'étoile
966/3
Rendez-vous avec Rama
1047/3
Rama II
3204/7 Inédit *(avec Gentry Lee)*
Les jardins de Rama
3619/6 Inédit *(avec Gentry Lee)*
Rama révélé
3850/8 Inédit *(avec Gentry Lee)*
Suite et fin du cycle de *Rama*. Arthur Clarke livre ici une explication exhaustive et surprenante de la création de l'univers.

Les fontaines du Paradis
1304/4
Les chants de la terre lointaine
2262/4
Base Vénus
Lorsqu'elle reprend conscience, Sparta s'aperçoit que trois ans de son existence ont totalement disparu de sa mémoire. Plus troublant encore : elle se découvre d'étranges pouvoirs. Comme si son corps et ses perceptions avaient été reconfigurés... A la recherche de son passé, Sparta rejoint alors l'orbite de Vénus.

- Point de rupture
2668/4 Inédit
- Maelström
2679/4 Inédit
- Cache-cache
3006/4 Inédit
- Méduse
3224/4 Inédit
- La lune de diamant
3350/4 Inédit
- Les lumineux
3379/4 Inédit

Le fantôme venu des profondeurs
3511/4 Inédit
La Terre est un berceau
3565/7 *(avec Gentry Lee)*

Science-Fiction

CURVAL PHILIPPE
La face cachée du désir
3024/3

DARTEVELLE ALAIN
Imago
3601/4

DEVLIN DEAN
Stargate
3870/6 Inédit (Février 95)

DICK PHILIP K.
Loterie solaire
547/2
Dr Bloodmoney
563/4
Le maître du Haut Château
567/4 (Mars 95)

En 1947, les Alliés capitulent. Hitler impose sa tyrannie à l'est des Etats-Unis, les Japonais s'emparent de l'ouest. Cependant une étrange rumeur circule : un homme vivant dans un Haut Château a écrit un livre racontant la victoire des Alliés en 1945.

L'homme doré
1291/3
Le message de Frolix 8
1708/3 (Mai 95)
Blade Runner
1768/3

Un Blade Runner, c'est un tueur chargé d'éliminer les androïdes qui s'infiltrent sur Terre...

Le dieu venu du Centaure
1379/3

DICK & NELSON
A rebrousse-temps
613/3
Les clans de la lune alphane
879/3
Les machines à illusions
1067/3

FARMER PHILIP JOSÉ
Les amants étrangers
537/3
L'univers à l'envers
581/2
Des rapports étranges
712/3
Le soleil obscur
1257/4

FOSTER ALAN DEAN
Alien
1115/3

Le Nostromo vogue vers la Terre, encore lointaine, lorsque le Cerveau Central réveille l'équipage en hibernation. Il a capté un appel de détresse, en provenance d'un astéroïde mystérieux. Trois navigateurs se portent volontaires. Mais lorsque le Nostromo reprend sa route, il emmène un nouveau passager. La mort a pénétré dans l'astronef.

AlienS
2105/4
Alien 3
3294/4

GIBSON WILLIAM
Neuromancien
2325/4
Comte Zéro
2483/4
Mona Lisa s'éclate
2735/4 Inédit
Gravé sur chrome
2940/3
Lumière virtuelle
3891/6 (Mars 95)

San Francisco, en 2005. Un monde pas très différent du nôtre, rongé par la drogue, le sida et la corruption. Chevette y est coursière à vélo. Lorsqu'elle pique ce qu'elle croit être de simples lunettes de soleil dans la poche d'un autre coursier, elle ne se doute pas des ennuis qu'elle va s'attirer...

GODWIN PARKE
En attendant le bus galactique
2938/4 Inédit

HABER KAREN
Super-mutant
3187/4 Inédit
L'étoile des mutants
3475/5 Inédit
L'héritage du mutant
3813/4 Inédit

HALDEMAN JOE
La guerre éternelle
1769/3 (Mars 95)
Immortalité à vendre
3097/5 Inédit

HAMILTON EDMOND
Les rois des étoiles
432/4
Le retour aux étoiles
490/4

HARRISON HARRY
Le rat en acier inox
3242/3
Le rat en acier inox se venge
3546/3

HEINLEIN ROBERT A.
Une porte sur l'été
510/3
Etoiles, garde à vous
562/4 (Mars 95)
Double étoile
589/2
Vendredi
1782/5

Un cerveau d'ordinateur, un corps surentraîné et la beauté en plus : telle est Vendredi. L'agent idéal en ce monde futur. Mais Vendredi, la non-humaine, est hantée par des souvenirs tragiques. Aurait-elle une âme ?

Au-delà du crépuscule
2591/7 Inédit

HERBERT FRANK
La ruche d'Hellstrom
1139/5

3949

Photocomposition Assistance 44-Bouguenais
Achevé d'imprimer en Europe (France)
par Brodard et Taupin à La Flèche (Sarthe)
le 18 mai 1995. 6568 L-5
Dépôt légal mai 1995. ISBN 2-277-23949-6
Éditions J'ai lu
27, rue Cassette, 75006 Paris
Diffusion France et étranger : Flammarion